★抗战四部曲

寒噤之城

林家品 著

SPM 南方传媒 广东人民出版社
·广州·

图书在版编目（CIP）数据

寒噤之城 / 林家品著. -- 广州 ：广东人民出版社，2025. 7. -- ISBN 978-7-218-18668-9

Ⅰ. I247.5

中国国家版本馆 CIP 数据核字第 2025A1H931 号

HAN JIN ZHI CHENG

寒噤之城

林家品　著

出 版 人：肖风华

责任编辑：廖志芬　古海阳
组稿编辑：向继东
封面设计：集力书装
责任技编：吴彦斌

出版发行：广东人民出版社
地　　址：广州市越秀区大沙头四马路10号（邮政编码：510199）
电　　话：（020）85716809（总编室）
传　　真：（020）83289585
网　　址：https://www. gdpph. com
印　　刷：广州市豪威彩色印务有限公司
开　　本：787mm × 1092mm　1/16
印　　张：16.75　　**字　　数**：225千
版　　次：2025年7月第1版
印　　次：2025年7月第1次印刷
定　　价：58.00元

献给——

沦陷区
不知名的
女游击队员
面对死亡
那种从容的美丽

目录

contents

一

长沙沦陷了。

这一天，是民国三十三年（一九四四年）六月十八日。

长沙南郊洞井铺。

尽管已经挤满了从城内逃出来的难民，但还是有人不相信或不愿相信长沙会沦陷。

“长沙怎么会沦陷呢？”

“长沙被老东占领了，怎么可能呢？”

“是的咯，开始我也不信咯，老东能攻破我们长沙？我溜进城去看个究竟，结果真的看见他们进城了，老子赶紧跑，老东在后面追，可追得我条卵到。”

长沙人不乏幽默，喊日本人喊老东，东洋佬。

“他妈妈的瘪，老东竟然敢占我们长沙！”

“看他占得好久咯，老子就不信！”

……

长沙沦陷了，被日本鬼子占领了，可长沙人讲话的口气还是如此牛。

在“老东竟然敢占我们长沙”的话题里，平常讲话就牛，似乎天上的事知道一半，地上事全知的长沙人，当然就会讲到长沙城曾经是如何的坚不可摧。

“日本第一次攻打我们长沙，调集了十万人马，三路进攻，可连长沙城墙都没看到，就被打死打伤两万。晓得不？”

“怎么不晓得咯，报纸上天天登战况，还说日本打长沙那天，欧战同时爆发，德国人入侵波兰。日军十万精锐在长沙外围就被击退，波兰却在不到一个月就被德军占领。波兰还号称什么，什么，英国法国在欧洲盟国中军事最强国。”

“德国佬比老东厉害。”

“什么德国佬比老东厉害，是守卫我们长沙的军队厉害。”

“听说连老东都承认，他们打长沙时，遇到的中国军队打得那个顽强，超过了诺门坎。”

“诺门坎是哪里的？”

没回答。许是说“诺门坎”的也不知道。但这种不回答属于“不屑”。不屑一答。转而说第二次。

“老东第二次打我们长沙有多少兵力？晓得不？十二万。不但配备有战车联队、野战重炮联队，而且出动了军舰、飞机，海陆空齐发。”

“何止军舰，连汽艇都出动，湘江里全是军舰、汽艇，天上的飞机黑压压，像老鸹。”

“这次他们攻进了长沙呢！”

“什么攻进了长沙，那是薛岳将军的‘天炉战术’，放他们进来，然后来一个反包围。把他们烤死在炉子里。”

“老东一进入长沙，立即被我们的军队反包围，他们怕被全部歼灭，两天后就赶紧向北跑了。”

“北边怎么没包围呢？”

“来不赢啦！老东是些矮子，‘矮子矮，一肚子拐’，晓得不？会找地方跑，跑得飞快。”

“我记得老东逃跑那天，是十月一日。”

这人说的十月一日是民国三十年（一九四一年）十月一日。

“才过两个月，他妈妈的瘪，又出动十二万兵力，这次的进攻和前两次完全不同啦，这次就攻得凶猛啦……”

“再凶猛又怎么地，他们还是只能望着我们长沙城骂娘，被打死打伤的倒是历次最多。”

“到底死伤多少？”

“将近六万呢！”

“六万！那不是被干掉一半?！”

“所以被称为长沙大捷嘛。大捷，那就是赢得最全面，战果最辉煌。晓得不？”

“我们长沙的报纸登了，我们长沙大捷，在亚洲的盟军却被日本打得一败涂地。”

“盟军被老东打得一败涂地，老东在我们长沙城下被打得一败涂地。”

“原来看不起我们中国的同盟国只得赞叹，说自从美国珍珠港被偷袭以来，‘同盟军唯一决定性之胜利系华军之长沙大捷’。晓得不？就是只有这次长沙大捷，其他的都是败仗。”

说这话的不是吹牛，“唯一决定性之胜利系华军之长沙大捷”，出自英国的《泰晤士报》。长沙的报纸予以转载。次年一月一日，世界二十六个反法西斯国家代表在美国华盛顿签订了《联合国家宣言》，中国与美国、英国、苏联，出现在宣言签字之领衔位置。中国被列入四强。

长沙，成为令世界震惊的一座不可攻破的城市。长沙保卫战，成为二战史上经典战役之一。

长沙，不光是在长沙人眼里，而且在全中国人眼里，甚至全世界，都曾是何等之牛！

这次长沙保卫战后，守卫长沙的第十军军长李玉堂获青天白日勋章，旋晋升任第二十七兵团副司令官；其主力预十师师长方先觉少将升任第十军中将军长；在形势极端危急之际，孤注一掷，毅然决定弃守为攻从而奠定第三次长沙保卫战胜利基础的第十军预十师三十团团长葛先才升为少将。

湖南媒体纷纷在头版头条刊载大幅文章，称葛先才为“赵子龙第二”。

战区司令长官薛岳被长沙人称为常胜将军。就连日军，也称他为“虎将”。

然而，这一次，长沙却为什么在几天之内就沦陷了呢？

坚不可摧的长沙城被摧毁了，回到不得不接受现实中的长沙人，不管是难民也好，洞井铺人也好，不能不发出疑问。

“那个赵子龙第二，这次怎么没来守长沙呢？”

“这次守长沙的总指挥，难道不是那个常胜将军薛岳？”

“赵子龙第二是第十军的吧，第十军这次没有参战？！去哪里了？”

……

他们不知道，方先觉任军长的第十军正奉命守卫衡阳，被称为赵子龙第二的葛先才已是第十军主力预十师师长，惊天地、泣鬼神的衡阳保卫战，几天后就在他们手里打响。

说到第十军，我叔爷林满群当时就在第十军预十师，他在衡阳血战中被炸瞎一只眼睛，于衡阳城陷后侥幸留得一条命，逃回老家新宁后，成为屈八成立的扶夷人民抗日救国军的“教官”，参与了雪峰山会战。我叔爷原本是个兵贩子，但在衡阳血战中，他和众多的兵贩子成为抗击日军最强的战斗队伍中的成员，为师长葛先才赞叹不已。数十年后，葛先才在回忆录中还专门说到他部下的兵贩子们舍生忘死英勇杀敌的事迹。我叔爷从衡阳逃回老家后，之所以又参加民众抗战队伍，一个主要原因是要为在衡阳死去的兵贩子弟兄们报仇——雪峰山会战南部战场进攻新宁的敌人，就是在衡阳血战中打死他的弟兄们的那支日军部队。我叔爷虽然是个兵贩子，在抗战中却可说是个英雄，令我敬仰并以他为荣。我在搜集长沙沦陷后的资料时，发现一个“大人物”竟然是我的外戚。这个外戚“大人物”，长沙、平江的一些老人都还记得，他们讲这个“大人物”还带有传奇，譬如说日军一支部队攻打长沙时行经平江县三眼桥（我老婆的老家），我这个外戚与日军军官交谈数语，便使平江三眼桥一带安然无恙，未遭杀掠。他们说我外戚的传奇及讲述长沙保卫战、长沙沦陷后的事，说的都是“民国某年”，民国某年是公历某年还得去推算。

我这个外戚“大人物”是不是汉奸，老人们没说，搜寻到的资料也没说他是个汉奸，只是被认为是湖南亲日派之首，但时在陪都重庆的国民政府信任他。他原来是国民政府的官，长沙沦陷后，隐居在老家，他的儿子却被列为湖南头号大汉奸。他的儿子当然也可以说是我的外戚，所以这外戚于我来说不但不光彩，若在几十年前，还会受到牵连，一审查社会关系，竟然有外戚是汉奸！一填政审表，社会关系那一栏会令我望而生畏，招工招干都别想。好在那时我还没有娶老婆，也就没有这外戚。

要把我这外戚“大人物”及他儿子在长沙沦陷后的所作所为说清楚，还得从逃难到长沙南郊洞井铺的难民说起。

二

在对长沙这次为什么这么快就沦陷的种种猜测、议论中，有两个人悄悄地离开难民群，躲到僻静处，讲起了悄悄话。

“林老板，日本人进城后，屠城三日。你听说没有？”

“这个还用问？那么多从城里出来的人，都在讲。章老板，日本兵是见人就杀呢，不分老幼；四处搜寻女人，一捉到就强奸，不论老少，强奸后再杀死……”

被喊作“林老板”的叫林韵清，原来是在长沙城里炸糖油粑粑的。长沙的糖油粑粑很有名，和当时的长沙烧饼、臭豆腐齐名。在《蔡和森》（中国大百科全书出版社2012年版）一书中，就有关于蔡和森与毛泽东这两个好朋友在长沙读书时最爱吃烧饼、糖油粑粑、臭豆腐的记载。烧饼、糖油粑粑、臭豆腐这三样中，蔡和森最喜欢烧饼，毛泽东最喜欢臭豆腐。主要还是因为便宜，口袋里没什么钱。如今，这三样中的烧饼已基本没了，臭豆腐名气更大，糖油粑粑则依然以南门口的最走俏。炸糖油粑粑的林韵清当时在南门口就很有名，市民口传：“那个炸糖油粑粑的哥哥，糖油粑粑炸得好，好呷（qiá）！”没人问他的姓，也没人问他的名，就称他为“糖粑哥”。“你这糖油粑粑是在糖粑哥那里买的吧。”“是的咧，你快去，等下冇得哒。”糖粑哥后来不炸糖油粑粑了，他用炸糖油粑粑赚来的钱买了辆黄包车，成了黄包车夫。拉黄包车比炸糖油粑粑来钱来得多，拉一趟，客人将铜板往他手心里一丢，当得炸好多个糖油粑粑，碰上大方的客人，还能接到用口吹一下、放到耳朵边听见嗡嗡响的光洋。黄包车又叫人力车，长沙成立人力车行工会后，他当了人力车行工会主席。当了工会主席后，喊“糖粑哥”的少了，只有南门口的见着他还会喊：“糖粑哥，怎么不炸糖油粑粑了啰？”

“章老板”叫章质紊，在长沙城里开有一家卖油盐的杂货店，规模很小，和杂货摊差不多。章质紊不爱吃糖油粑粑，最爱吃的是百粒丸。百粒丸也是一道长沙的名小吃，小小的糯米粉丸子，汤煮，熟后加麻油、酱油、葱花等调料，便宜又好吃得很。长沙人给百粒丸编了个谜语，说：五十个男人光屁股坐在石板上——打一名小吃。谜底就是百粒丸。因为章质紊特爱吃，每天必吃一碗，街坊人就喊他章百粒。

这二人一个是小商贩，一个是拉黄包车的（尽管当过人力车行工会主席，可那时候的工会主席没有工资发，还得靠拉车挣钱），但彼此都称“老板”。这也和现在逢人就喊“老板”差不多。当时若划成分，则一个是小商，一个是工人。当然，都有些历史问题，人力车行工会不是共产党领导的，被称作“黄色工会”；小商贩当过街坊的坊长，这坊长很少听说，乍一听还觉得新鲜，大概相当于保长。

“林老板，日本人在长沙城里杀人强奸，你怎么晓得这样清楚？听谁说的？”

“我那儿全是黄包车夫，黄包车夫脚力好，跑得快，跑出来后告诉我的。章老板，你又是听谁说的？”

“我隔壁店铺里的一个伙计好不容易逃了出来，他亲眼所见。”

“是哪个伙计说的？他又怎么逃出来的？”

“他灵泛，装死，躺在死人堆里……”

“章老板啊，当年长毛攻打长沙都没攻下，那个姓萧的西王还被打死在天心阁下，可这次，唉！”

“长毛是没攻下就打别的地方去了，日本人是死盯着长沙不放，攻了一次又一次，他们死了那么多人，攻下后能不报复？”

“长沙这次是遭了大劫，遍地是尸体啊！”

“林老板，是遭了大劫，长沙可是头一次被屠城啊！”

……

这两个“老板”是在长沙沦陷前两天，带着家人躲到了洞井铺。他们此时讲的还是听说，听说日本人见男人就杀，见女人就奸淫，遍地是尸体……几天后，他俩可就不但目睹遍地死尸，而且担负起了掩埋尸体的任务。

章质紊又说：

“有点奇怪的是，这次日本人好像只杀人、强奸，放火倒没放什么。”

林韵清说：

“长沙城还有什么房屋可烧咯，‘文夕大火’已经烧了一次，还没恢复，日本人就一次又一次地飞机炸、炮弹轰……他们进城后如果再烧，那就连他们自己住的地方都没有了。不过若说没放火也不可能，我们在这里都看得到城里燃起的火光。”

林韵清关于放火的“论述”没错，日军攻进长沙城后，已没有多少房子可烧，只是烧了些从军事角度来说对他们防守不利的房屋。

说到“在这里都看得到城里燃起的火光”，两人的对话突然停顿，似乎都在担忧自己家的房子，希望能够幸存。

静默。夜色中，旷野里，东一堆西一堆的难民或躺或坐。

洞井铺的狗突然狂吠了几声。

“哎，林老板，你说，日本人杀了那么多人，城里那么多尸体，总得有人去埋吧。”

“章老板你说呢，那么多尸体如果不埋，城里就会暴发瘟疫。天气这么热，瘟疫只怕会传到这里呵！”

洞井铺的狗突然狂吠了几声后，这两个“老板”突然关心起了城里的尸体。

“林老板你的意思是不埋确实不行吧，你说，日本人在停止屠城后，会去埋尸体不？”

回答是“肯定不会”。杀人的还会去埋被杀的？但杀人的又不可能天天和尸体在一起，那就得让长沙人去埋长沙人。

谈到日本人会让长沙人去埋长沙人，他俩不由得咋舌，那么多死尸在城里，不比在野外好埋，在城里得运到城外去埋。

他俩没去想也没想到，处理尸体可以用火烧。平常日子，长沙城里死了人也没火化一说，处理的方法只有一个，就是埋。而日本人对待被他们杀死的人，也没听说过以火焚尸，他们自己的士兵死了倒是要烧，骨灰还要运回日本去。大概火烧是火葬，只有日本兵才配火葬。被他们杀死的老百姓不行。或者是没来得及，这两个人就已经到了他们面前，日军头儿正好命令他俩负责掩埋尸体，他俩就不得不接受了掩埋尸体的任务。总之事实就是如此，长沙城内被日军杀死的四千五百人，四千五百具尸体是这两个人组织掩埋的。而这个数字，出自章质紊后来的“账簿”。

这两个人当时想到的，绝不是为了掩埋尸体挺身而出，埋尸体的活计，不是在迫不得已的情况下，谁愿意干？况且是那么多尸体！他俩之所以冒险进城去见日本人，是想发财。

回城里去，到日本人那里去，到日本人手下发财去。

日本人进了城，城里原来的头儿，逃的逃了，跑的跑了，躲的躲了，藏的藏了，日本人需要有人为他们干事啦，正是用人之际啦，此时去日本人那里，别的不说，商会那摊儿，可以接管啦，当上个商会头儿，把所有的生意揽到手里，能不发个大财？

然而，他俩在作出这个决定时，也有顾虑。

一个说：

“我们在这个时候回城，会不会被说成汉奸？”

另一个说：

“我们只是回城去做生意，怎么会是汉奸？”

“对，我们是回城去做生意。生意和谁不能做？和谁做不都一样？老话说‘生意兴隆通四海，财源茂盛达三江’，那‘四海’‘三江’，不就包括外国、番邦？生意能通外国，也就能和日本人做生意。”

达成共识，是去做生意。

为自己正了名后，他们便商议如何去见日本人的头儿，如何见到头儿而不被“误会”，尤其是见到头儿之前别被三八大盖打死。拿三八大盖的可是见人就杀的！如果还没见着日本头儿就被他的士兵打死，那就太不值。

关于如何见到日本头儿而不被“误会”的问题，他俩认为问题不大，头儿的“误会”一般是怕刺杀，他俩看过不少演有刺杀情节的大戏，如《荆轲刺秦王》《伍子胥》，那都是以献什么的名义。荆轲是献一颗秦王想要的人头；专诸是献吴王最爱吃的鲜鱼，把鱼肠剑藏在鱼肚子里。他俩去见日本头儿什么也不献，什么也不带，也没什么可献，也没什么可带，都是人一个卵一条，大不了脱掉裤子让日本头儿搜一遍，“误会”就没了。

在半路上被日本兵给崩了，这才是他俩最大的顾虑。日本兵可不管你是不是人一个卵一条，还没等你走拢去说明来意，“嘎嘣”，那长枪里的子弹飞出来了，枪法还特准。

黄包车夫想到了一个法子：打白旗。两军交战不斩来使，来使可不也有打白旗的。大戏里那个苏武牧羊在胡地十九载，身边可不就一直留着一根缠白布的棍子。况且，林韵清是人力车行工会主席、工人的头儿，章质紊当过街坊的坊长，两人也是有出身的人，还怕日本人不待见。

“对，打一面白旗，不，打两面，你打一面，我打一面。打白旗是使者，他们见着打白旗的人不会开枪。晓得不？”

尽管觉得“打白旗好像不是使者而是投降”，但必须说成是使者，说成使者好听一些。

“你开有店铺是商界人士，晓得不？我是工会主席，是工界人士。晓得不？”

“对，我代表长沙商界，你代表长沙工界，我们代表长沙工商界。”

“代表长沙工商界去和日本人谈判，是谈判，晓得不？”

“谈判?！对，是谈判。”

“谈判”这词儿一出，去见日本人的名就更加正了。名儿一正，胆子也就壮了些。

“原来的长沙商会没了，日本人得成立新的商会，这新的商会，不就得由你我掌管么？晓得不？”

这些话里的“晓得不”并不是真的问对方知道吗？懂吗？而是长沙

人的口头禅。长沙人的口头禅除了“妈妈的瘪”外，话里夹杂得最多的就是“你晓得不？晓得不？”，仿佛你什么都不晓得，只有他晓得。故而有长沙人在外地买东西，拿着他要买的东西和店铺老板议价，为了证明他要买的这东西只值他出的那个价钱，说开了他对这件东西的了解，这东西如何如何，“你晓得不”；这东西用起来怎样怎样，“你晓得不”……那老板呆呆地听着听着，猛地一把将东西夺了回去，说：“只有你晓得，你晓得，我什么都不晓得，不晓得。这东西我不卖了，好吧，你去找你晓得的去！”老板实在是被他的“质问”“逼”得受不了了。可他却感到莫名其妙了：“我说错什么了？我什么都没说错啊！晓得不？”

那“妈妈的瘪”有时是骂人，有时还真不是骂人，两个好朋友见面，也往往是这么一句：“你妈妈的瘪，这一向到哪里去了咯？”“你晓得不，晓得不”在外地人听来刺耳，长沙人之间则不但顺耳而且顺溜，越讲得兴奋溜出来的“晓得不”就越多。

黄包车夫林韵清说完“是代表工商界去和日本人谈判掌管商会”，轮到小商贩章质紊说“晓得不”了。

“林老板还是有点水平，到底是当过工会主席的。但要去和日本人谈判，光我们两个人去还是太单薄了一点，得多去几个人，要像个代表团。晓得不？”

“对，是得多喊几个人。”

“你去找你的车夫，我去找我的伙计，找那么四五个人就行了。晓得不？找来的人得是信得过的，不能得了好处就忘恩负义的，还得给他们讲清楚，工商代表团的团长副团长是我俩。晓得不？”

两人为当团长“谦让”起来。

“你当过（街坊）坊长，这次理应当团长。”

“你当过（人力车行）工会主席，理应是团长。”

“你当团长，你当团长，我当副团长。”

其实两人都想当团长。到日本人那里后，团长理所当然是商会主席，副团长只能是商会副主席。

谦让来谦让去，还是黄包车夫林韵清少谦让一声，当了“长沙工商代表团”的团长。他没有想到的是，到了日本人那里后，不但当商会头儿连门都没有，就是“维持会会长”都没当上。日本人怎么地要副团长章质素当了“维持会会长”。想当商会主席的变成“维持会副会长”，这让林韵清心里很不舒服，暗地里骂日军司令“妈妈的瘪”。后来他就撇开章质素，直接和管商务的日本头儿打交道，把自己的女儿送去请求“笑纳”……

需要说明一句的是，这个黄包车夫林韵清不是我的亲戚，和我什么关系都没有，仅仅只是同姓而已。他将一个未满十六岁的女儿送给六十岁的日本商务头儿，这个商务头儿还说自己年纪太大，如果传出去怕影响不好，不肯接受，他就替日本商务头儿选好秘密住室，说别人不会知道……这样的人如果是我的亲戚，我就会将他的林姓改了，改为“朱”韵清或“苟”韵清，撇得干干净净。

三

长沙沦陷后的第五天，一支七人的队伍，打着两面白旗，走进长沙城。

长沙老人说，这是长沙沦陷后出现的第一批汉奸。

这第一批汉奸的构成人员是：小商贩、黄包车夫、店铺伙计、无业市民。

林韵清和章质紊找来另外五个人的过程很顺利，一个从南门口逃出来的市民一见林韵清就喊："糖粑哥，你也躲在这里啊！"接着便把糖粑哥介绍给和他一起逃出来的朋友，"糖粑哥原来炸的糖油粑粑好呷呢"。一个原来卖百粒丸的伙计一见着章质紊就喊："章百粒，章百粒，哎呀呀，在这里又碰见你，×他妈妈瘪！这次幸亏我灵泛，晓得往洞井铺跑，人是跑出来了，百粒丸就卖不成了。告诉你啰章百粒，还有几个人，我要他们别往湘江跑，他们硬不听，跑到湘江边，能过江吗？你不是从江边再跑过来的吧……"

同是落难人，相见格外亲。

林韵清、章质紊和找来的五个人一说去发大财，都动心，但一想到那个路上的风险，又都有些害怕。最后还是被章质紊"风险越大，利润越高"的"理论"说服，被林韵清"冒他一次险，享受一辈子"的"箴言"激奋，成了"长沙工商代表团"的成员，麻着胆子，踏上"发财之路"。

在踏上"发财之路"时，还规定了纪律，喊林韵清得喊"团长"，不能再喊"糖粑哥"；喊章质紊得喊"副团长"，不能再喊"章百粒"。"记住，我们是长沙工商代表团的啦，你们都是代表团的团员啦！"

想当商会头儿的林韵清、章质紊打着白旗走在前头。

在进城的路上，这一行人皆提心吊胆，尽管打着白旗，尽管用"使者""谈判"自我安慰，还是怕日本兵乱开枪，但遇见的日本兵还真没开枪，他们就以为是白旗"使者"起了作用，心就放下了一些。他们不知道的是，日军屠城三日后，杀够了，不杀了，说要恢复城市秩序了，要老百姓回城，共同创建"大东亚共荣圈"里兴盛的长沙城。

这一行人的心虽然放下了一些，可一进长沙城，个个又胆战心惊，倒不是日本兵乱开枪，而是到处横陈的尸体，尸体中有不少阵亡的守城士兵，破烂的黄军衣格外打眼。

长沙城区本不大，章质紊、林韵清他们走过的大街小巷，处处都有尸体，有些地方尸体之多，竟难以插脚。所以后来说他们是“打着白旗，踏着尸体”去求见日军头目。死尸的具体数目，在他们进行掩埋后，章质紊有一个数据：四千五百具。其中被奸而死的女尸在五百具以上。这个数字应该准确，因为他以维持会名义向日军司令部领过四千五百具死尸的掩埋费。按照他原来的想法，可虚报尸体多领掩埋费，但有日本兵跟着“验收”。用章质紊的话说，“日本人连埋尸都他妈的监督，什么卵事都认真，糊弄不得”。

他们正“踏着尸体”走时，碰到慌慌而来的老乡，老乡没注意他们手里打的白旗，忙忙地轻轻地说：“你们怎么还往前走啊，谁知道日本人还杀不杀人，你们千万别带堂客女眷走啦，早两天日本人还在四处搜寻女人，一捉到就强奸，不论老少……”

这话说得连团长副团长都暗自庆幸，幸亏要堂客女儿仍留在洞井铺。随行的则已有退意。

“林团长林老板，我们还是别去了吧。”

林韵清说：

“已经到了这里还想后退？谁后退我和章团长就把白旗收起，没了白旗日本人的枪就不认人。”

这话就有了比较强硬的领导口气，只准向前不准后退。可没想到那“团员”立即顶上：

“日本人的枪不认人也照样不认你糖粑哥！”

这“团员”一“激动”，忘了纪律，喊出“糖粑哥”，他怕日本人可不怕自己这个“代表团”的团长。

章质紊赶紧说：

“别吵别吵，有话好好说，和气生财。晓得不？只要到了皇军司令部，一谈判，有了生意，就有钱来。我们这么冒险来干什么，不就是为了生意？发财嘛，不冒点风险也是不行的。风险越大利润越高。晓得不？”

一说到有钱来，发财不冒点风险不行，而且确实是风险越大利润越高，那位顶林韵清的“团员”不吭声了。可接着又有一个“团员”说：

“噫，刚才过去的那人没打白旗啦，怎么没打白旗的也没挨日本兵的枪子？咱这白旗是不是白打了？！”

这话什么意思？

说“白旗白打了”的又来一句，意思就明显了。

“林老板章老板不就是‘发明’了打白旗保平安吗，所以你们当团长副团长我们都没意见，只是那发财后的份子钱，太不合理。”

这明显的意思是得重新分配“股份”，团长副团长原来的“股份”占得多，是因为有“发明”，可实践证明，那“发明”没起什么作用，没有那“发明”也照样没挨日本兵的枪子，所以得让出一些“股份”来。

其他几位“团员”立即附和，必须重新分配“股份”，否则，他们都不去了，糖粑哥、章百粒二位请便。

“团员”们似乎要“临阵倒戈”，林韵清的“权威”已被顶他的那位顶没了，他想显出“英雄气概”，说“你们不去就不去”，老子“单刀去赴会”，可也知道当光杆司令不行，没有“单刀赴会”的“武功”。还是章质紊打圆场，说“份子钱”好商量好商量，不会亏了他们。

章质紊觉得眼前这场景像那个河里拉宝的故事，财宝还没拉上来，拉绳子的就为如何分财宝展开了激烈的争论，结果只顾争论如何分，抓绳子的手都松了，财宝又掉到河里去了。

他得先把财宝拉上来。

他主动提出减少自己的“股份”，并且说：“做生意嘛，谁都想多赚；发财嘛，谁都想多发。一起去做生意嘛，当然是有财大家发。”

他没说出来的是，只要财宝拉上来了，如何分可就由不得他们了。

林韵清也只得减少自己的“股份”。

团长副团长减出来的“股份”，平均增加给另五个人。

这个方案得到了“代表团”五位“团员”的认可，就继续走。

“打着白旗，踏着尸体”，他们到了日军城防司令部驻地。

“干什么的？！”日军司令部的卫兵喊着日本话拦住了“代表团”。

“代表团”的成员们都听不懂，但一看那肢体动作也知道是问他们来干什么，林韵清便说：

“我是长沙工人特派代表，这位是长沙商界特派代表，我们是长沙工商界代表团。我们是代表长沙工商界来见你们司令的。”

章质紊忙说：

“烦请转达，烦请转达。”

林韵清说他们是长沙工商界代表团，那话说得不软，有点真像来谈判的味道。章质紊则弯腰打拱手。弯腰打拱手是他做小生意养成的习惯、遵从的礼仪，这又和日本人的鞠躬有点类似，也可能就是因为这一点，他这个“副团长”很快就被指定为“会长”。

日军卫兵听不懂他俩的长沙话，尽管他俩的长沙话加了点普通话腔调，还是听不懂，但见他俩打了白旗，知道是来投降，也就没怎么凶，可小小的百姓投降用不着来司令部，便用枪比画着要他们离开，大概意思是“去去去，去你们该去的地方，别在这儿没事找事”。

林韵清继续说自己是长沙工人特派代表，章质紊继续说“烦请转达”，惹得日军卫兵不耐烦，“咔嚓”，拉动枪栓。

这拉动枪栓的肢体语言和“咔嚓”，令“代表团”一众成员皆大骇，全龟缩着往后退。林韵清边退边喊：

“别别别……我们是来找你们司令谈大事的，是来帮你们的！是对你们有好处的！晓得不？”

林韵清扯开嗓门喊，希望能喊出一个懂“事理”的来。只是在这种情况下，仍然带出个“晓得不”。日军卫兵当然是不晓得。“不晓得”就举枪紧逼，要逼着他们转身撒腿跑。

“代表团”可不敢转身撒腿跑，一转身，一撒腿，谁知道后面会不会来一声“嘎嘣”。他们全战战兢兢地喊：“别开枪，千万别开枪！”

这么一喊，果然喊出了一个懂“事理”的。

“懂事理”的是个军官，他听得懂中国话也会说中国话，而且一看来的这些人，一看白旗，就知道是来了他们需要的人。司令正要找能为他们效劳的人，这不就送上门来了。

军官对卫兵说，长沙已经是他们的了，他们对长沙人要亲善，要共同建设大东亚共荣圈，对待上门的人要以礼相待……

军官是用中国话对卫兵说的，当然是说给“代表团”听。卫兵虽然听不懂，但立即“哈衣哈衣”，弯腰点头不止。

“代表团”全体成员这才放下悬着的心，并且学会了一句最容易的日语，“哈衣哈衣”。还知道说“哈衣哈衣”的时候得弯腰点头。

“你们两个是代表？”军官指着林韵清和章质亲。

“是的，是的。哈衣哈衣。”

“你们两个跟我来。其他的，在这里。一个都不准走！”

“一个都不准走”这话并不亲善，不准走的那几个人又心惊胆战。

军官把林韵清、章质亲带到了司令办公室。

日军司令也是个会说中国话的，这让两个代表有点惊讶：见到的日本官儿怎么都会说我们的话？后来他们和管生意的日本人接触，管生意的日本人也都会中国话。他们才知道，日本人为了打中国，赚中国的钱，早就学了中国的话，懂得中国的事。而中国人没想过跨海东征去打日本，去赚日本的钱，所以会讲日本话、懂日本事的少。

“你们来见我，主要的什么事？”日军司令没有首先问他们的姓名，而是开门见山先问什么事，并且要求说主要的事。

司令的问话也算和气，但林韵清不敢再用“谈判”的口气，那“谈判”的口气早就被日军卫兵拉枪栓举枪瞄准给吓没了，忙说是来给皇军帮忙的，帮皇军做生意，把长沙的商家重新组合起来，把长沙的生意重新做起来，共同建设那个什么什么圈。完了再介绍自己是长沙工人特派代表，又指着章质紊说他是长沙商界特派代表。同来的人都是长沙工商界代表。

“工商界代表？”司令看着他们那样儿，明显地不相信。

“你们说说自己的名字？”司令问。

听着他俩先后自报的名字，司令脸上显出鄙夷不屑的神气，摇头。

林韵清急了，说：

“司令，司令，我们报的都是真名，没有一个假名。”

章质紊跟着说：

“司令，司令，我开的店铺就在那边街上，街上所有的人都知道我章质紊。我是那个街坊的坊长。”

林韵清这才想起没报自己的职务，忙说：

“我还是人力车行工会主席。”

章质紊又说：

“我们都是很会做生意的，是里手。”

林韵清忙又说：

“我们还很会管理，有组织能力。这不，才几天时间，就把长沙工商界代表团组织起来，来见你了。”

司令却问道：

“你们认识卓雪乾和榴聚慎吗？”

林韵清愣了：“这个司令怎么问起别人来了，什么意思？”他得先揣摩揣摩司令的意思。他正揣摩，章质紊已经“抢答”：

“认识认识，我认识。卓雪乾我们称他卓公，工商界元老，顶大的实业家，我们湖南的电灯公司、轮船公司，还有实业银行，都是他创办的。他的公馆就在南门福源巷，那公馆，上下两层，红砖垒壁，八角回廊，是我们长沙建得最早的公馆。哎呀，仗打得那么厉害，飞机那么炸，炮弹那么轰，听说卓公的公馆仍然无损。”

此话一出，章质紊觉不妥，飞机炸，炮弹轰，可不都是司令的飞机、炮弹？忙转说榴聚慎。

“榴聚慎人称聚爷，在我们长沙开有榴记纸号，是纸业巨商。他还是我们湖南人在上海最早开设钱庄、药号、纸业的人，听说他在上海时，和贵邦名商石冈有过来往……”

章质紊一对日军司令介绍卓雪乾和榴聚慎，林韵清就有点恼火：“姓章的不守规矩，我这个团长还没回答你怎么就抢先回答？”继而懊丧，自己怎么就没有“抢答”呢，自己虽然对卓雪乾、榴聚慎没有姓章的了解得那么详细，可在拉黄包车时也听说过呀。看来这个日军司令乐意听这些啊！可听到章质紊说飞机炸、炮弹轰，把日本说成“贵邦”而不是“贵国”，他又高兴了，他断定这些犯忌的话会让章质紊惹上麻烦。

然而，日军司令不但没有计较那犯忌的话，还接过章质紊的话说起了卓雪乾、榴聚慎。

日军司令说：

“你们长沙的这个卓雪乾是个了不起的人物，他参加过同盟会，同盟会你们知道吗？同盟会是在我们大日本国成立的。他岂止是工商会元老，岂止是实业家，他还是慈善家，是湖南好几家医院的董事长、救济院的院长，还办有报纸。我的都知道。榴聚慎很有才识，很会经商，上海、汉口、长沙都有他的分号。他和我们的石冈先生是朋友。卓雪乾、榴聚慎他们才是长沙工商界的代表，你们的不是！你们是小小的商贩、车夫。你们苦力的干活。”

司令说到他们是小商贩、车夫时，语气猛然严厉。尤其是“你们苦力的干活”那一句，斩钉截铁，如同把话往地上一掷，响声中含着杀机。而且就此打住，不说了。两眼直瞪着紧靠在一起站着的两个假代表。

日军司令的话一打住，林韵清、章质紊心里可就连连叫苦，原来日本人要的是卓雪乾、榴聚慎那样的人，日本人压根就看不上他们。不但揭穿了他们是假代表，而且要他们“苦力的干活”。

日军司令那句“你们苦力的干活”，本是说小商贩、车夫是干苦力的。可在林韵清和章质紊听来，就是说他们不是真代表，所以要他们干苦力。他们冒着挨枪子的危险，打着白旗，踏着尸体赶来，竟然是要去干苦力。早知道是干苦力，就不该来。如今后悔也来不及了。原想着说是工商界的代表好混个商会头儿干干，利用商会赚几笔大钱，这一下可好，“苦力的干活”。他要你“苦力的干活”，敢不“苦力的干活”?！这个苦力的干活可千万别要他们去埋尸体……

就在他俩认为这次是倒了八辈子霉而在心里开始“×他妈妈痗”时，日军司令挥了一下手。

日军司令一挥手，那个军官走过来，双腿并拢，长统军靴一磕，啪地立正。

这一下，林韵清和章质紊慌了，以为日军司令是要军官将他们拉出去，冒充长沙工商界代表欺骗皇军，拉出去“死了死了的干活”！

日军司令对军官说了几句日本话。

听不懂日本话的林韵清、章质紊顿时要晕，这哇啦哇啦的话可能真的就是要他们的命！

两位代表正准备求饶，林韵清甚至要喊“两国交兵不斩来使”时，军官已指着他们说：

“你们既然来了，也不能白来，这是你们中国的俗话。我们按你们的俗话办，你们的，可以先维持会的干活。这是司令的命令！”

军官指着章质紊：

“司令说，你可以先当一当临时会长。”

军官这话一出，章质紊长吁了一口气，这不光是从鬼门关上回来了，还当上了维持会会长，这维持会会长虽比不上商会主席，好歹也是个会长，忙弯腰打拱。

林韵清愣了一下，叫起来：

“司令，我呢我呢，我可是代表团的团长，他只是个副团长。”

军官说：

“你的，副会长。听会长指挥。”

林韵清还想争，司令又挥了一下手，这回没对着军官说日语，而是直接对章质紊和林韵清说中文：

“你们的，正式的维持会都不行，能力的不行，号召力的没有，只能临时的干干。你们先完成两项任务。第一，从明天开始，三天之内，扑灭各处余火，把市内的尸体统统拖出去埋了；第二，张贴安民告示，把跑出去的人统统喊回来。现在，你们去做准备。”

章质紊心里不由得叫苦，噎哒卵（长沙土话，意为突然倒霉背时、被搞砸了），三天时间，灭火、掩埋尸体，能完成吗？他想求司令宽限几天，又不敢开口。林韵清却轻松了，“反正你是会长，我不是会长，我听你的指挥，行，没完成是你的责任，皇军找你算账”。

林韵清正这么想，司令补一句：

“完不成，你们俩统统治罪！”

四

林韵清不停地骂着“他妈妈的瘪”。

章质紊说：

“林会长，你不是在骂我吧？”

林韵清说：

“老子想骂谁就骂谁。”

章质紊说：

“你不会骂我，你骂我干什么呢？我和你在洞井铺同是沦落人，如今在我的店铺里同是维持会的负责人。我这铺子还在，还没被烧掉，虽然东西全没了，全被抢走了，但只要房子在，东西就会有的。你呢，你靠它起家炸糖油粑粑的‘作坊’，没了，什么也没有了。你肯定是骂老东。不过在我这房里骂骂没关系，可别让老东听见了，晓得不？”

林韵清说：

“什么老东，老子就直接点日本人，听见了怎么地，日本人能听懂‘他妈妈的瘪’？老子就是要骂‘他妈妈的瘪’！”

章质紊说：

“对，要骂要骂，直接点日本人骂，在洞井铺可以放肆地骂。可既然到了这里，又是你最先提出要来的，骂还有什么用？这维持会不干是不行的了。林会长哎！”

林韵清说：

“我什么维持会会长，你才是维持会会长！维持他妈妈的瘪，维持得老子连个睡觉的地方都没有了。”

章质紊说：

“你就先睡到我这里啊，好在天气热，没被子盖也无事。林会长，这个正会长不是我要当，是那个司令乱点鸳鸯谱。你的能力比我强，是当然的会长，等办完了这趟差事，我跟司令说，主要是你的功劳。正会长给你，你名副其实，我当副的，我这不还是个临时会长么？临时的得转正，正好转给你。谈正事，谈正事，别骂了。”

林韵清听章质紊这么一讲，虽然知道什么转让会长的话是纯粹扯淡，到手了的会长还会让？但那句“你的能力比我强……”，听着心里还是舒服了一点。只是嘴巴子还得硬：

“我就是×他妈妈瘪，就是骂日本人，就是骂那个司令，你去告发咯。”

章质紊笑了，知道他对自己的气消得差不多了。

“林会长，我们只有三天时间啊，你得帮我谋划出个好法子来。如果不把这趟差事干好，去洞井铺都休想去，我们的老婆孩子还都在那里呢！跟日本人来不得虚的啊，糊弄是弄不过去的。到了这个地步，我俩只能齐心。再说我俩好歹也当了头儿，就把这趟差事当成一笔生意，掩埋费还是搞得几个到的。”

“老婆孩子还都在那里”这话，令林韵清想起他女儿，那可是个花骨朵般的女儿，水灵灵……

“跟日本人来不得虚的”，又让他想起那个日本司令指定章质紊当会长，他只能当副会长时，自己在心里想，反正是章质紊当会长，自己不是会长，没完成任务是章质紊的责任。这心思也似乎立即被司令看穿，立即说完不成任务要治两个人的罪，而不是治章质紊的罪后改由他来当会长，来完成。更不要说假代表的事了，一见面就被他看穿。还有，一个日本人，怎么对卓雪乾、榴聚慎也那么熟悉，比老子晓得的还多。

卓雪乾和榴聚慎躲在哪里呢？这两个人怎么不出来，他俩若是一出来，那是日本人的座上宾啊！

日本人要的是卓雪乾、榴聚慎那样的人，日本人看不起咱这主动上门的人。

日本人竟当面说咱能力不行，没有号召力……

“他妈妈的瘪！”

章质紊又说：

“日本人不讲理，定个三天时间，这明明是要逼死我们。但反过来想，只要我们真的完成，他看到了我们的能力，还能不转正？把正式的长沙治安维持会牌子一挂，就能跟各式各样的上层人物打交道，那交道一打，还能搞不到大生意？还能不发几笔大财？再说，那商会的位置还空在那里，还得成立个市政府，我们还有更好的机会。”

章质紊还要说，林韵清不耐烦了：

“行了行了，是条哈卵也晓得不搞就没路了。”

林韵清终于和章质紊商议起如何应对日本人派的差事来。

他俩商量出的第一个法子是，城里还有很多躲起来的人，找几个喇叭筒，到处喊话，说日军现在要建设新秩序，不杀人不放火不强奸不抢掠了，所有的人都不要藏了，都出来，回各自的家去，各自清扫整理院落房子，该干什么干什么，重新安居乐业。

“各自清扫整理，他那院子里院子外的尸体能不处理？还在燃的火能不扑灭？”林韵清说，“这一部分的问题就由他们自己解决了。”

“城里躲藏的人一出来，消息就会很快传到城外，我们再派人到处张贴安民告示，城外的人肯定会回来。他们不回来又怎么办呢，在野外饿死被蚊子叮死？只有回来这一条路。”

第二个法子是，对回城的人，给他们分派掩埋任务，无力掩埋或不敢掩埋的，要他们出钱。

“这叫折钱代役。”

“在外面的城里人一开始回来，就会有流浪的乡民进城，把他们组成一个拖尸埋尸队，给他们一些吃饭的钱。他们不敢不干，也会愿意干。”

“不叫吃饭的钱，叫生活补贴。”

“对，叫生活补贴好听。只是，生活补贴从哪里来？”

“放心，折钱代役的人肯定不少，先从代役钱里面出。那个，也用不了多少钱。”

“对，用不了多少。”

“行动时还得打上白旗，以免流窜的日本兵捣蛋，又来问三问四，把拖尸的人吓跑。旗帜上写些维持会负责安民、重建长沙之类的话。有了这面旗帜，就是个流动办公间，流动办公。”

“再扯上横幅，流动办公间就像模像样了。”

“旗上的话和横幅上的话要我们那几位部下好好议定，加些东西，作为安民告示。”

“对，要部下好好议定。”

……

商议得差不多了，林韵清突然问，那个司令叫什么名字。

章质紊说：

“不知道。”

林韵清说：

“他妈的搞了半天连他的名字都没搞清。”

这个“他妈的”又像骂章质紊。

章质紊说：

“当时确实被吓懵了，谁敢问。那个军官带我们进去后向他报告时好像是报了句什么山根还是山根什么。”

林韵清说：

“山根？以后你我之间就喊他山打根。”

林韵清为什么突然给那个日军司令起了个山打根的名字，搞不清。六年后，章质紊和林韵清被人民政府以汉奸罪审讯时，林韵清说他早就恨鬼子司令，一被强迫灭火埋尸体后就狠狠地骂过鬼子司令妈妈的瘪，而且当着章质紊的面骂，骂的是“我就是×鬼子司令妈妈的瘪”！不但骂鬼子司令妈妈的瘪，而且早就想打死鬼子司令，喊鬼子司令喊“山打根”就是明证，是要打死那个祸根。据说就是这句话使他免于一死，只枪毙了章质紊。但另有一说，说他是揭发章质紊躲过了吃“花生米”。章质紊在被审讯时不老实，说他当那个维持会会长没当多久，是临时的，当临时的维持会会长也没干别的坏事，主要就是干了两件事。那两件事是日军司令命令干的，是被逼得没法子才干的，一件是出安民告示，还确实到了长沙近郊，确实喊回了不少难民；另一件是组织掩埋尸体，埋了四千五百余具，其中有不少是守城被打死的国军（他还在说国军）。还说不掩尸体不埋尸体怎么办呢，那么多长沙人的尸体总得有人去埋掉，总得有人出面组织掩埋，不掩埋的话，肯定暴发瘟疫，全长沙人都会被传染，组织掩埋尸体也就相当于承包一个工程，他也就是个小包工头而已……林韵清则说他本是不肯去掩埋尸体的，是章质紊逼他去的，章质紊还对他说什么尸体不埋瘟疫蔓延。林韵清说他当时就对章质紊讲，瘟疫如果蔓延的话，日本鬼子照样会被染上，不用打就全死了，正好为被杀死的人报了仇。可章质紊威胁他要报告“山打根”，他怕遭日本鬼子的毒手，不得不去参加掩埋。

五

曾目睹掩埋尸体的长沙老人说，那个场面，唉，没法说！大街、小巷、室内、空坪、弯弯角角，到处都有尸体，那几天太阳厉害，尸体大多腐烂，爬满蛆虫，罩满红头苍蝇，活人一走近，红头苍蝇“嗡”地起飞，那一股一股、一团一团的“嗡嗡”声里散发的都是尸体臭味……

尸体臭气又和各种烧焦的气味混合。

长沙城确乎成了死城。

大街上，不时有巡逻日军“垮塌垮塌”的皮靴声响起，也仅有这种“垮塌垮塌”声而已。“垮塌”声一响，反愈发阴森恐怖；“垮塌”声一消失，死寂里如有惨然叫声。

黑夜一降临，踩出“垮塌垮塌”的似无数鬼影，鬼影枪上的刺刀闪着寒光，犹有霍霍之声。偶尔有不知名儿的虫子发出鸣叫，又倏忽而止，如同寒噤。

这天清早，终于传来“哐哐——”几声锣响，打破了死寂的长沙城。

随着锣声，几面白旗出现，还出现了横幅。

有点像戏台上演出的大戏一样，锣声一响，白旗先登场，白旗后面是横幅，然后主角登场。

主角登场开讲。

“各位父老乡亲……”

章质紊拿个铁皮喇叭筒喊。喊的内容无外乎说日军安民，大家不要害怕，不要再躲了，都出来，该干吗干吗……

章质紊喊完要林韵清喊。林韵清说要另外几个人喊，等他们喊完了他再喊。于是另外几个就先后接过喇叭筒喊。都喊完了，轮到林韵清了。

林韵清的喊话加了些即兴发挥的话，说躲着反正也不是个路，没有吃的会饿死，与其饿死不如出来重新寻活路，只要出来寻活路，就会应了一句老话：人不死，粮不断……

林韵清的喊话喊得实际，饿死不如赖活着，活着总会有粮来，于是有人走了出来。

林韵清又喊，就算躲着的地方暂时还有点粮，可四周都是死尸，死尸已经开始腐烂，再不出来清理死尸，瘟疫就会暴发，瘟疫一暴发，守着点粮也是死，只有趁着瘟疫还没暴发，赶快出来掩埋，如今唯一的一条路，就是自己救自己，过了这个“初一”再讲“十五”……

“过了这个‘初一’再讲‘十五’”，就是活一天算一天，过一天算一天，后面的事别想那么多。这话比“皇军安民，别害怕”的作用还大，反正是活一天算一天，那就出去吧。于是又有人走了出来。

……

和章质紊林韵清商议的结果差不多，城里躲着的人走出来，没挨枪子儿，这消息很快就到了城外，城外就有人试探着回来，试探着回来的没挨枪子儿，就有流浪的人进城来……

于是，城里躲着的人回到自己的家，就不能不扑灭余火，不能不处理屋里屋外的尸体；城外回来的人，被分派了掩埋任务，或几个人一起拖尸体埋尸体，或“折钱代役”；流浪进城的乡民，则在有生活费发的承诺下被组成了拖尸埋尸队……

长沙城里城外出现了人流——拖尸埋尸的人流！

千万别以为拖尸是真的将尸体在地上拖着走，那些开始腐烂爬满蛆虫的尸体，还能拖吗？只要一拖，全散架。所谓拖尸是将尸体拖到城外去，拖到城外再挖个坑掩埋。拖尸的或搭个形同担架的架子，或扎几块木板，以破衣掩着口鼻，将尸体挪到“担架”、木板上，抬出城去；有人找出架子车，架子车一次可装好几具。无论用“担架”、木板还是架子车，都是小心翼翼地将尸体往上挪，一不小心，尸体就碎成好几块，手上抓着的，是一只手或一条腿。

凄惨的场景中，竟然出现了黄包车，黄包车拉的，不是顾客，是死尸。

……

临时维持会的安民告示贴出去了，落款没有“临时”二字。

关于安民告示的内容，几十年后，有长沙老人说亲眼见过，还记得告示的大意是夸耀日军仁恕宽大，劝导外逃难民回城安生等。

临时维持会在喊喇叭的当天，又有五六个人自动加入进来，维持会便有了十多个人，三天后，章质紊和林韵清等十多人都下乡，到了长沙郊区，去劝说难民回城，还顺便动员乡里人运粮食菜蔬到城里去卖，说城里什么都没有，能卖个好价钱。

“城里确实什么都没有呢，农民不进城，城里人照样得饿死！”有乡里老人说。

乡里老人还说这些劝说难民回城、动员乡里人到城里去卖菜卖粮的人来时，每人都打了一面白旗，十多面小白旗，像送丧。

“不打白旗还是怕挨日本人的枪弹，日本兵不可能都晓得他们是维持会的啦！”

这话，怎么有点像是为打白旗开脱，不打白旗不行，打白旗是没办法。

于是有了这么一段对话：

“他们动员乡里人去城里卖菜卖粮，乡里人去了没有？”

“去了。开始去的人不多，后来去的人就多起来了。”

“去卖东西的人要打白旗不？”

“不要打。”

“不打白旗不怕日本兵开枪？”

“开始是有点怕，所以去的人不多，试探试探。见日本兵没开枪，去的人才多起来了。但进城时见着站岗的，端着长枪，长枪上着刺刀，还是紧张。”

“日本兵搜查吗？”

“一般不搜查。挑菜担子，推米车子，担红薯箩筐，都可以直接过岗。”

“他们占了长沙城，难道没到郊区农村进行抢劫？”

“有还是有，但次数不多。”

“为什么？”

“这个就不晓得了。”

这个为什么到郊区农村抢劫次数不多的问题，和中国军队的衡阳保卫战紧密相连。日军占领长沙后，很快就对衡阳形成四面包围之势，衡阳城内只有第十军的一万七千人，率领十万日军围攻衡阳的指挥官横山扬言在一天之内攻克，结果打了四十七天，其间不断增兵，第三次总攻兵力已达二十多万。第一次总攻刚开始，横山手下的一个师团长及众多将官就被第十军的迫击炮击毙，第二次总攻仍未攻下衡阳，东条内阁倒台……攻占长沙、衡阳是日军打通大陆交通线“一号作战”中的一部分，衡阳最后虽被攻下，但日军伤亡惨重，加之战线越拉越长，兵力已捉襟见肘。对于长沙而言，日军的兵力仅仅只能守护，他们要的是稳定长沙城，故屠城三日，发泄完兽欲后，急于恢复城区秩序。别说郊区农村，就连仅有湘江之隔的河西，他们也没去“清剿”，或曰无力“清剿”，而河西，正是国民政府长沙地方机关迁居地。长沙沦陷前，市内机关纷纷迁避河西，各种地下抗日组织、游击队、锄奸队、重庆方面的特工等均在河西，以至于长沙成立伪市政府后，市长要干的一些事，得先征求河西的意见。用长沙人的话说，得先看河西的脸色，晓得不？

为日本人属意而欲其“出山”的卓雪乾，就避隐在河西。那个日军城防司令“山打根”想要他出来组建傀儡政权，也只能派其同宗后辈去劝说，没有派兵去河西绑架迫其就范。

正因为如此，章质紊、林韵清他们下乡的劝说工作很快取得成效，躲在郊区的难民回城的一天比一天多，进城卖东西的农民也渐渐增多。

连黄包车都用来拉尸体的长沙，开始有了一点生气……

六

临时维持会的工作得到了日方的肯定，这个肯定是监督他们的日本人说的。日方“监督员”说：“你们这次的还可以，治罪是不会治了的。”

听了这样的肯定，章质紊、林韵清都在心里不服，×你妈妈瘪，干出了这么大的成绩，得到的就是“不会治罪”这么一句话。他们认为这也可能跟中国朝廷一样，“监督员”是奸臣，向皇上禀报时把成绩划到他自己的功劳簿上去了。

他们提出要见“山打根”，要当面向司令汇报工作。得到的回答是：

“不行，你们德性太低，司令不愿意见你们！”

“什么，什么，德性太低……”

章质紊和林韵清一怔，正想问个究竟，“监督员”走了。

“监督员”离开后，章质紊和林韵清嘀咕开了。

“德性？我们为他们做事，反而说我们什么德性……”

“……我们冒着生命危险赶回来，替他们把尸体掩埋干净，把避难的喊回来，把农民劝进城……市场重新开了业，城里有了生气……就这么完了，连见都不见我们了。”

“过河拆桥，过河拆桥。过河拆桥的才是德性太低，他妈妈的瘪。”

“怪不得被喊作小鬼子，硬是他妈的小鬼子。”

“是他妈的日本矮子，矮子矮，一肚子拐。”

……

嘀咕着发了一通牢骚。章质紊忽然想到一个最重要的问题：

“不行，‘山打根’不见我们，我们那掩埋费找谁要？”

一提到掩埋费，林韵清跳了起来：

“走走走，找‘山打根’去！不要回掩埋费，我们不就亏蠢了？！”

章质紊连连搓手：

“那就真是亏蠢了，亏蠢了。”

林韵清说：

"不光是亏蠢，还会被打死。"

章质斋一下没反应过来：

"还会被打死？被谁？"

林韵清说：

"会被拖尸埋尸的流浪汉打死。我们答应了给补贴，那补贴还只给了几个人，还有那么多人要给，我们拿什么给？每人不多多少少给一点，他们能罢休？能饶过我们?！"

章质斋恍然大悟：

"是啊，是啊，没发补贴，就是我们欠了他们的债，欠债是得还钱啦！没钱还的话，那些流浪汉会打死我们，城里这么乱，随便躲到哪个角落猛地给我们一扁担、一棍子、一锄头脑壳，他们无家无室，打死人就跑了，找得鬼到。"

林韵清说：

"人都被打死了还能去找，鬼去找？只有现在去找'山打根'，还不是个鬼。"

章质斋说：

"我们帮他做完了事，他没给钱，就是他欠我们的债，欠债还钱，天经地义，自古的规矩，他不能赖债。"

于是，两人一致决定去找"山打根"要掩埋费，只是心里都不免发怵，那个司令，那个日本矮子，说他们德性太低不愿见他们，此刻去要掩埋费，会不会要他们"死了死了的干活"？

接着，两人又揣测此去吉凶如何。

章质斋说：

"那个天天盯着我们办事的日本人已经说了，说我们这次干得还可以，不会治罪。"

林韵清说：

"那就是个小监工，他的话能作数，能相信？"

章质紊说：

“小监工的话恐怕是不能作数。”

林韵清说：

“小监工的话不能作数，‘山打根’是明打明地看不起我们。这人就是生得贱，咱这主动上门的他看不起，躲起来了的卓雪乾那些人反而被他看成个宝贝。”

林韵清这话不可谓不别扭，生得贱的本应是主动上门的他和章质紊，可他这么一说，却变成“山打根”贱。

章质紊说：

“他看不起我们，可我们这次还是显现了能力啊，虽说掩埋尸体没有在三天之内全部完成，可三天时间一过，他也没有来催命啊！”

林韵清说：

“这话有点道理，他原说三天之内没完成，统统治罪，也许是他忘了呢。如今我们又送上门去，而且是问他要钱，他正好给我们安上个没按时完成的罪名，这样就把债全给赖了。”

“咱们可千万别弄个送肉上砧板。”

“得再好好想想，好好想想。”

两个人揣测过来揣测过去，最后一致认为：“死了死了的”还是不会。

他俩给出的理由是，不管怎么说，干出的成绩摆在那里，尸体掩埋了，安民告示到处贴了，还亲自下乡，喊回了不少人，连农民都被动员进了城……如果连替他们维持治安而且维出这么多成绩的都被“死了死了”，谁还敢再来维！他们那建设“大东亚共荣圈”兴盛的长沙还建不建了？当然，要掩埋费就是讨债，但欠债的是大爷，倘若要掩埋费要得“山打根”这个大爷不高兴，挨打恐怕会挨。日本人爱扇耳光。

“扇耳光就扇耳光，掩埋费不能不要！”

“人为财死，鸟为食亡。×他妈妈瘪，豁出去了！”

两人陡显豪气，林韵清还唱起了大戏《伍子胥》：

一见子胥上马走，
大小儿郎听从头，
你等回朝若泄漏，
军令无私刀割头。

这唱词是申包胥的，他为什么唱申包胥的，鬼知道。

章质斎、林韵清见着了“山打根”。

“山打根”未待他俩开口，便说他们要来干什么的他知道，要他们先回答自己的一个问题。

“山打根”问的是：长沙城内原来到底有多少人？

这个问题大大出乎意料，他俩原来想到的是会盘问掩埋尸体的具体数目，每具尸体花费多少钱掩埋。掩埋尸体的具体数目不能夸大，因为有日本人监督；要想赚钱只能在掩埋费上做手脚，多报一些，然后来一番讨价还价。可没想到“山打根”不问埋了多少死人，而是问城里原来有多少活人。在长沙城里住了几十年，到底有多少人还真是不知道。

林韵清看着章质斎，示意章质斎回答。他这个示意的目的明确，一是章老板你乃会长，理应由你先答；二是章老板你若没答对，挨耳光也是你先挨。

章质斎当过坊长，他那一坊的大致人数知道，但长沙到底有多少街坊，不知道。平时里开个小杂货店，就算吃饱了也没撑得慌，谁有闲工夫去数长沙有多少街坊多少人！管这事的应该是原行政长官、警察局局长，可就算要长沙原任行政长官、警察局局长来回答，也不可能有个准确数字。

章质斎思索，咱这长沙是座古城，热闹的时候南门口人挤人，便壮着胆子说了个“三十多万”。

章质亲在思索时，林韵清想，“山打根”问原来城里有多少人是什么意思，要达到个什么目的。他揣摩着“山打根”是要把人数说得越多越好，越多才显示出他当了长沙这个城管司令管的人多，气派。待听到章质亲说出个“三十多万”，便觉得说少了，太说少了，起码得说个“四五十万”。

“到底是三十几万？”“山打根”的语气陡然严厉，透露出一股杀气。

“这个，这个……”

章质亲报出来的是个摸脑壳数字，“山打根”那透露杀气的话一出，他就有点慌神，想着“山打根”要骂他“八嘎哑鹿”了。“八嘎”是什么意思他还没弄清楚，但已知道“哑鹿”是马鹿，日本人喊马鹿为“哑鹿”，哑巴鹿。“哑巴鹿”前面加上“八嘎”，大概是骂像哑巴鹿一样蠢。日本人常在骂了“八嘎哑鹿”后就扇耳光。当然，有时也先扇耳光再骂“八嘎哑鹿”。总体而言，一般不骂“八嘎哑鹿”则不会扇耳光，扇耳光则必骂“八嘎哑鹿”。

章质亲准备先挨“八嘎哑鹿”再挨耳光，然而，“山打根”却没骂“八嘎哑鹿”，也就是没骂他像马鹿一样蠢或蠢得像马鹿，而是大笑起来。只是那笑声笑得章质亲和林韵清头皮发麻，心里打战。

“你们的不知道，我的知道！我的知道准确数字。”

一说出知道准确数字，“山打根”不说了，一会儿盯着章质亲，一会儿盯着林韵清。盯得这二人不知要如何才好。

“你们是长沙人，竟然不知道长沙到底有多少人，废物，你们就是些废物，中国人的废物！”

说他俩是废物、中国人的废物，仍然没说是“哑鹿”，章质亲心里没那么颤了，废物不废物的无所谓，本来就不是什么栋梁，混了大半辈子，挣到的全部家产就是个小杂货店，最大的职务就是个坊长，你给封的会长还是个临时的，维持。

章质素说：

“我们是废物，请司令明示，明示。”

“山打根”说：

“废物就是没用的东西，还用我明示？”

章质素说：

“废物确实不用明示，我们知道是没用。是请司令明示长沙到底有多少人口，让我们长长见识。我们一长见识，就会有那么一点用。”

“山打根”说：

“这个的可以让你们长长见识。”

“山打根”说长沙城内原来的人口是二十五万。

“山打根”说出个二十五万来，原认为章质素说三十多万都说少了的林韵清心里想，他不往上多说而往下减，长沙城大概真的只有这么多人。这个日本人真的什么都知道?！“我们一来，不是真代表是假代表他立马知道；那卓雪乾、榴聚慎我不知道，他早就知道；长沙原来有多少人我住了几十年不知道，可他照样知道。还是那句话，日本人为了打中国，赚中国的钱，早就学了中国的话，懂得中国的事。为了打长沙，占长沙，也早就了解长沙。如果中国人要跨海东征去打日本，去赚日本的钱，也得先学日本话，懂日本的事，打他哪个城市先了解哪个城市。”他记得大戏台上好像有个跨海东征，是薛仁贵征东，薛仁贵征东好像是征高句丽，不是日本，薛仁贵征高句丽不知学了高句丽话没有，反正大戏台上没听到一句高句丽话。

林韵清又想，这个“山打根”既然什么都知道又总是故意问，这里面就有名堂，别又像上次被派去拖尸埋尸那样给派上个什么倒霉差事……

林韵清在想着可别被派上个什么倒霉差事，章质素则心里有点不服：“你说二十五万就是二十五万啊？你这个准确数字从哪里来的？就算是个准确数字还要故意问，这是在要我们啊！”

他想问一句司令怎么知道得这么准确，但不敢。

“山打根”说了长沙城原有二十五万人口后，接着说他知道长沙城里的人都到哪里去了。

“你们的政府、官员，在我们的大军压境之前，大都逃到河西去了。老百姓嘛，有关系有条件的，逃到远一些的地方去了；一般的人嘛，统统躲在城外的四乡；留在城里的，大多是老弱病残，老弱病残，我们的不要！”

“山打根”右手自左往右狠狠地一横。

“老弱病残，我们的不要”这话一出，表示统统清除的手势一打，章质紊和林韵清惊悸之余又似乎有所悟，难道他们屠城，就是要把老弱病残统统杀掉？把老弱病残杀掉，好减轻他们的负担……

“城里的货物，运走的不多，货物，城里有。这个我也知道。”“山打根”这句话的口气又平和了，且不无得意地抹了抹仁丹胡，说：“你们不知道的，我的统统知道。”

“山打根”的口气一平和，林韵清赶紧说：

“司令，长沙的人口到底有多少，我们确实不知道；都逃到哪里去了，我们也确实不知道；城里的货物，我们更不知道。司令你都知道，所有的一切你都知道，你就好比张天师。我们只能佩服，佩服。我们能做的，就是按照你的吩咐尽心尽意去做。掩埋尸体的任务已经完成……”

林韵清见“山打根”一说“统统知道”便得意，可只说“知道”，根本就不问掩埋尸体，就如同欠债的根本就不提债务一样，自己如果再不提出来，不知他又会下达个什么命令，那掩埋费就打水漂了。尽管也怕说出来惹怒他，但先奉上高帽子。

林韵清还没说完，“山打根”问道：

“你说什么张天师，张天师什么的干活？”

称人为张天师其实是嘲讽，嘲讽他自以为什么都知道，等于说是个狗卵天师。林韵清只顾给“山打根”戴高帽子，顺口把个张天师给他戴上了。可没想到“山打根”不但听得仔细，而且不知道的还要问。若是真知道了被称为张天师的含义，林韵清就不是挨“八嘎”而是要挨“嘎嘣”了。

林韵清忙解释，这解释不能不以假代真：

“张天师是个天师，上知天文下知地理，天上地下全知道。老百姓对什么都知道的，就尊称他为张天师。”

“山打根”说：

“你们中国人不是最佩服诸葛亮吗，说他上知天文下知地理，还有个张天师？”

林韵清说：

“张天师是神仙，比诸葛亮还厉害。”

章质紊也赶紧说：

“是神仙，是神仙。司令你确实像神仙，什么都知道；司令你问的那些我们又确实不知道、不清楚，可我们掩埋了那么多尸体是实打实的，这里有个具体数目……”

“你们的，要钱？”“山打根”不追问张天师了。

“是掩埋费，掩埋费。”章质紊和林韵清同时说。

一说出来，两人几乎屏住呼吸，不知这个“山打根”会如何反应。但反正是豁出去了，不是为了钱，谁来冒这个风险。

“掩埋费?！”

“就是掩尸体埋尸体的花费。”章质紊说。

“没有掩埋费我们会被打死。”林韵清说。

“会被打死？谁要打死你们？”“山打根”问。

“流浪人员。我们雇了他们掩埋尸体，答应了给他们掩埋费他们才去干的。如今活干完了，没有掩埋费给他们，他们会打死我们。”

“答应给掩埋费，谁答应的？”

“山打根”这话可就让章质紊和林韵清真的要“噎哒卵”，还是林韵清再次豁出去，索性再编假话：

“我……我们……先是我们说给掩埋费，他们不相信，后来讲是司令说的给掩埋费，他们就相信，说司令答应给那就肯定会给，他们这才去掩埋。”

“山打根”说：

“你们的，小商小贩，做生意短斤少两，以次充好，不讲信用，他们肯定不相信。”

林韵清以为是自己的假话起了作用，忙说：

“是的，是的，他们只相信司令的话。”

章质紊跟着说：

“他们只相信司令的话，只相信司令的话。”

“山打根”接下来的话，可就使他俩等于挨一闷棍被打晕，猛地醒过来却又摸到个元宝。

“山打根”说：

“你们的，说的是假话。你们的，不老实！”

完了完了，这一下挨“八嘎哑鹿”耳光都是轻的了，日本人有句口头禅：欺骗皇军，死了死了的。

“山打根”却没要他俩死了死了的，而是说：

“你们的虽然不老实，但掩埋费，我的给。”

被吓呆了的章质紊、林韵清顿时喜出望外，却还有点怀疑，怀疑听错了，假话才被戳穿，怎么又答应给呢？

“掩埋费，你们的拿去。告诉你们雇用的人，是皇军发的！”

这话没听错，千真万确。章质紊和林韵清忙连声回应是皇军发的，是司令发的。他俩实在没想到这个“欠债的”还如此大方，尽管被吓了一跳，但只要有钱，再吓一跳也行。

章质紊、林韵清正在心里欢喜，“山打根”说：

“你们的，下一步，去河西！”

这话可就令章质紊和林韵清脑袋同时嗡，真正噎哒卵。

七

林韵清章质紊担心的最倒霉的差事来了：去河西。

“山打根”已经对他俩说了，“你们的政府、官员，在我们的大军压境之前，大都逃到河西去了”。中方的说法则是，长沙市政府绝不为日寇气焰屈服，各级机关秉“守土有责”之精神，坚守于河西，履行职务。也就是说，河西有长沙市临时政府。

如果只有一个临时政府，“山打根”早就兵发河西。问题是河西有各种抗日游击队、锄奸队、地下组织、重庆特工等，周边还有薛岳第九战区的一些部队，而中美空军也出动频繁，日军占领长沙后才一个多月，新市、汨罗、岳阳的兵站、基地均遭轰炸。虽说中美空军没炸过长沙城，但日军若进入郊区农村，被对方特工告知空军，能不遭到轰炸？再说，日军只有那么多兵力，不敢贸然进击，以至城内空虚，万一被对手乘虚而入……“山打根”得推行“以华制华”“以湘制湘”，让长沙人来制服长沙人。

“山打根”虽然只说了河西有个“流亡政府”，没说河西有各种游击队、锄奸队、地下组织、重庆特工，但不少长沙市民都知道，章质紊和林韵清也知道。

“流亡政府”对他俩而言不可怕，政府没“流亡”的时候对他俩谈不上不好也谈不上好。反正一个是开杂货店，一个是拉黄包车，没有什么政府干涉，也不要上什么证，领什么照，缴什么管理费、卫生费、联防费、打点费，你愿开就开，愿拉就拉，能开就开，能拉就拉，你觉得亏了就别开，拉不动了就别拉。一个虽然当过坊长，也没得过什么正式的任命书；一个尽管当过人力车行工会主席，政府也没发过工资……所以“政府流亡”也好，“流亡政府”也好，他俩都觉得无所谓。“流亡”“流亡”，说不定很快又流到别的地方去了，不在河西了。

可怕的是游击队、锄奸队……

锄奸锄奸，专锄汉奸！

章质紊和林韵清得好好商议商议了，那河西，去还是不去，能不能去。

章质紊说：

“林老弟，‘山打根’要我们去河西办那事，你说该怎么办？”

不喊“林会长”也不喊“林老板”了，喊“老弟”。

林韵清说：

“章老兄，你先说说，我先听你说。”

也不喊“章会长”不喊“章老板”，喊“老兄”。

这一喊老弟老兄，就亲密得多。这亲密得多，就说明这次要商议的问题非同小可，得像兄弟一样推心置腹。

章质紊说：

“行，林老弟，我就先说。”

章质紊说，他们从洞井铺冒着风险回到城里，为的是什么，为的就是发点财。想发财当然得冒风险，可这风险也得看划不划算，如果他们在回城的路上就被日本兵的乱枪打死，那就是老本亏尽，全没了。好在他们还盘算得好，打了白旗，没亏老本。被“山打根”派的那个掩埋尸体的差事，三天之内就要完成，没完成要治罪，好在他们又盘算得好，想出了法子，化险为夷，最终还是略有盈利。如今“山打根”要他们去河西，这是毫无利润，利润为零，风险却是百分之百，不但会把赚到的这点全赔光，有可能把老本都亏尽……

林韵清说：

“章老兄到底是个生意人，句句不离本行，还在说生意。按你的精明算计，应该早就是个大老板，怎么还只能开个小杂货店？”

章质紊说：

“就是想做成大生意，想变成个大老板啦，可没有路子，没有关系，哪里能来大生意，能变大老板？这次冒风险找到日本人，想着日本人能给个好路子，却又尽给些背时路子，上次是埋死人，这次是要去河西，×他妈妈瘪，商会的好路子全不给，连提都不提一下。”

林韵清说：

“好路子就别想了，谁想着还会有好路子那就真的是个二百五。怪只怪埋死人埋出晦气。”

章质紊说：

“怕莫是埋死人埋出了晦气。要不怎么这样倒霉，偏偏要我们去河西。”

林韵清说：

“埋死人只埋出些晦气，这次是要去见活人，见别的活人好办，去见河西的活人，只怕我们会成死人。”

章质紊说：

“我们两兄弟还是把话全挑明，别怕说出那两个字来。你说，河西会把我俩做那个办吗？”

那两个字还是没说出来。

那两个字尽管没说出来，但两人还是对河西是否会将他俩做那个办，最主要的是会不会被锄奸队给锄掉的问题进行了“探讨”。他俩觉得锄奸队锄奸有点类似讨债的流浪汉的手法，流浪汉是随便躲到哪个角落猛地一扁担、一棍子、一锄头脑壳，打完就跑了，找得鬼到。锄奸队只要盯上某人，也是随便躲到哪个角落里，猛地一枪或一刀，锄掉就跑了，找得鬼到。还有一点更可怕，和你面对面，放在衣服里的手却摸着一支铁短枪，像被人猛地挤了一下，和你撞个满怀，手指可就扣动了铁短枪的扳机……

会不会被锄奸队盯上这个问题不能不成为他俩最迫切需要“探讨”并得出结论的问题。

“探讨”的结论是：到目前为止，不会；但如果再走一步，难免。

得出这个结论的“依据”是，他俩从洞井铺回城是代表长沙工商界去和日本人谈判，是去谈判。可“山打根”不认他们这些代表，被派去干苦力拖埋尸体。这拖埋尸体虽说是给日本人干事，但埋的是被日本人杀死的长沙人，还有守城的中国士兵，被杀死的长沙人总得有人埋吧，被打死的中国士兵总得有人埋吧，总不能让死人就那么腐烂在城里吧，总不能真的让瘟疫蔓延吧。从这一点来说，他俩认为是做了好事，况且那么多死人里面肯定就有河西的亲属，替河西的人埋了被日本人杀死的亲属，还该感谢他俩呢，所以河西不会拿他俩怎么样。下乡去劝说难民回城，动员农民到城里卖菜蔬，河西应该也不会拿他俩怎么样，难民不可能老待在外面，天气一冷，活冻死？农民也不可能总不进城，总得挑菜蔬来换点油盐酱醋。有可能被拿捏的是回城、下乡都打了白旗，可就算打白旗是投降，自古到今一打起仗来都有投降的啦，他俩投降后主要干的事还是拖埋尸体，没干别的啦！但如果去河西，按“山打根”的命令去做，那就真的是送肉上砧板。所以河西不能去，去不得。

林韵清说：

“章老兄，日本人不去，要我们去，咯个蠢宝当不得。”

章质紊说：

“林老弟，我们还是只做生意，只想赚钱的法子。”

章老兄和林老弟遂决定了不去河西，去不得。可不去河西，又怎么向日本人交代？

去河西怕被中国人杀，不去又怕日本人杀。

“二人会议”还得继续，还得继续“探讨”。

林韵清想出个一拖二躲三开溜的法子。

林韵清认为这个法子可行，他从“山打根”的言行分析，这个司令要的是榴聚慎、卓雪乾那样的人（林韵清没说“山打根”压根儿看不起他和章质紊），不会太在意他和章质紊。他俩之所以摊上这些倒霉的事，都是自己送上门导致的。第一次是当代表去“谈判”，结果想当商会的头儿没门，摊上掩埋尸体；第二次是去“讨债”，掩埋费虽然到手，又摊上去河西……只要不再主动上门，“山打根”把心思都放在榴聚慎和卓雪乾那些人身上，估计不会派人来“请”，也不会派人来催。万一来“请”来催，先找借口拖一拖，拖不过去时躲，躲也不行时，只有开溜了。

林韵清的这个分析对头，日本人一见到他俩，就打心底看不起他俩，认为这就是两个窝囊废，完成掩埋任务也好，喊回了难民也好，依然看不起他俩，要他俩去河西，就等于丢弃废物，丢了也就忘了，不记得了。不久后成立商会，他俩根本就无人提及。

章质紊在听完林韵清的法子后，表示同意，说：

“×他妈妈瘪，冒了那么大的险，费了那么大的劲，什么都没捞到，总有点不甘心。”

林韵清说：

“所以嘛，先拖一拖，看一看，等一等，如果成立商会时想到我们，我们还是出来干。再不打我们的米米（给财路），就各自去找门路。”

章质紊点头，说这样我们还有点想头，只是提出别管他们“打不打米米”，现在就各自去找“米米”。

“林老弟，你找到好‘米米’别忘了我啦。”

“章老兄，你找到好‘米米’也别忘了我啦。”

“咱两兄弟有财共发，有难同当。”

“有财共发，有难同当。”

“二人会议”结束，他们决定不去河西，各自去找好门路，有什么事再碰头商议。

这个“二人会议”也相当于他俩的历史性转折会议，不但延长了生命，而且在抗战胜利后，国民政府虽将他俩当汉奸抓了，却没将他俩作汉奸办，免却牢狱之灾，只是躲过初一没躲过十五，新中国人民政府成立后，把他俩给办了，一个枪毙，一个交群众管制。交群众管制的是林老弟，他检举揭发章老兄立了功，这检举揭发还让他悟出了一个道道，以后凡遇上难过的坎儿，他就检举揭发，无论身边的人、认识的人，也无论亲疏远近、认不认识，揣摩着上面需要什么，他就检举揭发什么，反正检举揭发只会有功，不会有罪，有时顶多被训斥一下检举不实，但训斥他的人仍然肯定他的这个积极检举揭发的态度，积极性还是要保护的。

八

章质紊、林韵清喊的司令“山打根”，是日军驻长沙最高军事单位“K部队”指挥官，“K部队”为代号。驻湘特务机关总部挂的牌子是“宗宫公馆”，系占据湖南高等法院院长陈长簇的公馆。日军对长沙狂轰滥炸，有些有名的公馆、老建筑、名人故居却没被炸毁，什么原因，有几说：一说是日本人为了留给他们自己用，所以没炸毁；一说是他们对名公馆、老建筑、名人故居还是有所尊重，尽量保留；一说是中国守军未将这些名公馆、老建筑、名人故居作为据守点，所以没有引来轰炸。不管哪一说，还是林韵清想到的那句话，日本人为了打中国，赚中国的钱，早就学了中国的话，懂得中国的事；为了打长沙，占长沙，也早就了解长沙。长沙的名公馆、老建筑、名人故居，全知道，全在他们的掌握之中。

长沙老人说，日本人占领长沙屠城三日后，开始治理长沙城。对长沙城开始治理后，鬼子驻军倒没有那么可怕了，最可怕的是宪兵。宪兵队里真正的日本人并不多，主要是汉奸。就驻在教育会坪的长沙宪兵队而言，全队真正的日本宪兵不过四五人，其余都是汉奸。这些汉奸一旦抓到他们怀疑的“抗日分子”，所采用的毒刑骇人听闻，人们知道的毒刑有灌水，他们则是灌汽油，将汽油从捆绑者嘴里灌进肚子里，再用脚踩受刑者肚子，踩得汽油从嘴里往外喷，点燃香烟的洋火往喷出的汽油上一扔……这些最残暴的汉奸是随同日军从武汉过来的。驻扎在湘江西岸的岳麓宪兵队则基本上都是本地汉奸，被老百姓直接称为汉奸宪兵队。长沙老人还记得汉奸宪兵队里作恶最多的叫焦震，就是水陆洲（橘子洲）人，凡他所怀疑的抗日人员，一抓到便活埋。

前面说到的“山打根”所器重的榴聚慎，也怕宪兵。

榴聚慎出身于书香门第，这个书香门第里出过翰林。他父亲是位秀才，教私塾，这位私塾先生原本想将自己这个儿子好好培养一番，以诗书再去博个翰林光宗耀祖，无奈这孩子虽聪明过人，却顽皮不羁，灌诗书灌不进，成天只嚷嚷着要去外面闯大世界。私塾先生倒也开明，从另一方面来看他的顽皮，说这孩子不喜读书，那么将来必定也不用靠诗书文字来养活自己，由着他吧。这一由着他，只在爷老子的私塾读了几年书的榴聚慎，便真的去了大世界——上海。

榴聚慎到了上海，先是给人当徒弟学做生意，后来投到了黄金荣门下。他投到黄金荣门下可不是走黑道，黄金荣是看中了他的经商之才，经商可说是榴聚慎的天赋。他跟随黄金荣，自己开钱庄、药号、纸店等，和杜月笙也常有来往。他不但有黄金荣、杜月笙这样的关系，而且和大音乐家被称为中国流行音乐的奠基人、中国近代歌舞之父黎锦晖是朋友。

榴聚慎在上海商界打出了一片天下，为湘商在上海的开创者。他说是他爷老子给他取名取得好，聚慎！聚者，他说看坟地的风水先生有句话，好坟地得团风聚气，团风聚气为第一要紧。对于他这个大活人来说，则是得广聚人脉，也就是广泛利用人脉资源，用今天的话说，就是抓好关系经济，关系就是生产力。慎者，凡事小心谨慎。

要广聚人脉，就得广交朋友，广交朋友就得讲义气，不但得有侠义衷肠，而且得讲诚信，唯诚信才能得真正朋友；小心谨慎则是不盲目投资，不随意乱上项目，看准了再出手。

榴聚慎就是以侠义衷肠、诚信和日益扩展的事业而被称为聚爷。

聚爷是能帮人处就帮，得饶人处则饶。

聚爷事业的转折点是在袁世凯称帝那一年。

袁世凯一当皇帝，全国反袁浪潮顿起，聚爷义无反顾投身其中。他的反袁不是上街游行，不是高喊口号，而是大把大把地拿出钱来，支持革命军的护国运动。他拿钱支持护国军时，有人劝他别忘了那个“慎”，得三思而行。

“聚爷，那袁世凯已经当了皇帝，这反袁护国……”

“怎么，还能让他复辟帝制?！”

“不是这个意思，聚爷，那袁世凯没正式称帝时，就有过护法运动，可打不过老袁啊，老袁三下五除二就给扑灭了。这回的护国，护赢了还好办，可若又输了，聚爷你……”

“我聚爷就会家产亏尽，对不对？不光亏尽，而且会被悬赏缉拿，脑袋难保。”榴聚慎说，“可这回我是豁出去了，不支持反袁，对不起国家也对不起朋友！”

他有朋友是护国军头头。

榴聚慎这话，尽显他的胆识、豪情、义气。

袁世凯只当了八十三天皇帝，从龙椅上跌落下来，不久一命呜呼。老百姓说他是被气死的。

袁世凯死后，榴聚慎的“投资”得到了极大的回报，他所资助的护国军头头回报几十万银元给他的钱庄，以至于不少老板顿足而叹：“唉，唉，当初若也像聚爷那样就好了。”

榴聚慎的钱庄有了几十万银元作周转，事业立即腾飞。他不断扩展实业，几年时间，长沙、上海、武汉、重庆都有他的店铺。

聚爷成了20世纪20年代上海工商界知名人士，当选为上海商会副主席。

曾力劝袁世凯称帝，袁世凯死前说“皙子误我，皙子误我”的皙子、晚年加入中国共产党的杨度，对榴聚慎的评价是：“长沙榴聚慎君，则一真商人也。经商起家，全无假借，唯以才识过人为众所信，故其事业日广，兼及长江各埠。此在宁波、广东商界诚不足奇，若在吾湘，实为仅见。上海向无湘商，有之自榴君始。”

聚爷还是黎锦晖在上海创办的“明月歌舞团”教务委员会的委员。明月歌舞团兀是了得，被称为中国第一代歌星的“金嗓子”周璇、“歌唱皇后”白虹、“桃花王子”严华等都在这个团里。就连聂耳，也和明月歌舞团有不解之缘。

在聚爷广交、能帮则帮的朋友中，有国民党的重要人物，也有共产党的重要人物，如萧劲光落难时，他营救；萧劲光去苏联，他资助。更有一事，鲜为人知，中共在上海成立之时，需要经费。当时经费虽有，但是支票，有些支票不敢到外资银行兑现。为甚？怕引起怀疑。组织里的人遂来到聚爷所开的钱庄。聚爷钱庄的伙计一看那支票，亦有点不敢兑付，请示聚爷。聚爷看了支票后说，给他办理，拆兑、垫支，有什么可怕的！那是什么支票，你懂的。所以对于聚爷来说，国共两党牵手合作时，是他的朋友；两党势不两立相互厮杀时，还是他的朋友。

正是聚爷的这个“聚”，广交朋友、帮朋友，使得他后来即使被国民党抓了起来，没多久又被国民党人放了；国民党放了他后没几年，共产党将他抓了，没多久又被共产党人放了。

聚爷这回之怕宪兵，是要去河西。

按理说，为“山打根”所器重的人，去河西还怕宪兵吗？

他要去河西，却不是“山打根”指派，而是朋友的指点。

朋友指点他必须亲自去一趟河西。可河西有岳麓宪兵队，岳麓宪兵队里绝大多数是些比日本宪兵更可怕的本地汉奸宪兵。

那么，他既然是怕本地汉奸宪兵，去河西就应该是和长沙临时政府的有关人员商量抗日之事，或者是递送某种情报、信息。然，非也。

聚爷去河西究竟是为了什么事呢？这又和林韵清有关。

林韵清和章质紊分开后，想着那个去找好门路、能大把大把地来“米米”的好事，可好事去哪里找呢？他想到了卓雪乾和榴聚慎。

日本人要成立商会，“山打根”要的是卓雪乾和榴聚慎。林韵清想，自己想当那个商会主席是完全没戏，如果将卓雪乾或榴聚慎请出山，不说能令“山打根”对他另眼相看（对于“山打根”能看得起他和章质紊这一点，他是不抱幻想了，只能在心里骂“他妈妈的瘪”，日本人也是看出身，看名望），但只要请出卓雪乾或榴聚慎，他俩无论谁当了主席，自己这个拉线的，进商会当个理事什么的应该还是大有希望。等于做成一笔生意，中间人总要得些回扣什么的好处。

林韵清不敢去找卓雪乾，一是听说卓雪乾隐居在河西，河西去不得；二是卓雪乾名气太大，就算找到他，只怕也进不了他的门，不会见他，只会让他吃闭门羹。榴聚慎毕竟是个商人，这商人嘛，就是做生意，哪有做生意的见到有利可图而不动心的。

林韵清便决定去找聚爷。

聚爷还真让林韵清给找着了。

林韵清原本以为聚爷也难见，可聚爷生性有豪爽一面，听说有人求见，上门拜访，虽然没打过交道，可人家既然来了，来了就见呗。无非是招待一杯茶、散几根纸烟。

“聚爷！你老人家好！”

“唔，唔。”聚爷唔唔着回应“好，好”。只是那“好，好”几乎听不清，只听见“唔，唔”。

听着聚爷的“唔，唔”，林韵清知道聚爷不会和他扯“宿（xǐu）嗑”。扯“宿嗑”就是聊天、讲白话。长沙人爱扯“宿嗑”，认识的，不认识的，只要到一起，一扯起“宿嗑”来，天下的事有一半会扯到，长沙的大事、小事、正事、邪门的事几乎全涉及。你若说出件什么为难的事，你还没说完，他就会告诉你该怎么怎么办。而且你那事若在他手里，似乎是没有他解决不了、没有他办不成的。当然，至于他告诉你该怎么怎么办，究竟能不能办成，那又是另外一回事了。如今长沙沦陷，局势险恶，人人自危，能碰上个老乡聊一聊、扯一扯都不容易，这还来了个“串门子”的，按理说“宿嗑”一定会先扯起来，无论你是聚爷或不是聚爷，得先问问城里的事、外面的事，听听他有什么见解，可这位聚爷没那个扯“宿嗑”的意思。

林韵清便直接说了他来拜访的目的。他说目前长沙城一片混乱，没有商会不行，这个商会只有聚爷才能组织得起来（没提卓雪乾），他作为原来的人力车行工会主席，一定尽心尽力协助聚爷办好商会。

“聚爷，你老人家不出面不行啦，商铺都关了门，老百姓家家出门七件事，柴米油盐酱醋茶。可如今，唉，老百姓盼着聚爷你老人家啦！”

这“老百姓盼着聚爷你老人家”的话，说得多好。

可聚爷仍然只是“唔，唔”。

林韵清不知该说什么话才能打动聚爷了，没话说了，只得停下来。

林韵清不说了，聚爷开口了。

聚爷说：

“是日本人要你来当说客的吧？”

不等林韵清回答，聚爷说：

“你去告诉日本人，就说聚爷身子骨欠安，得静养。他们的差事聚爷懒得干。”

走出聚爷房子的林韵清不能不佩服这位聚爷的骨气，他想不通的是，“山打根”那么希望聚爷“出山”，怎么不来点蛮的呢？直接威逼，给点厉害瞧瞧，骨气毕竟只是一股气，皮肉骨头可都是实打实的，能熬得住？

林韵清不可能知道，日本人已经和聚爷谈了话，聚爷已动了心。对他这位“客人”讲的话，纯属蒙他，好让他到外面说聚爷是如何如何地有骨气，如何如何地看不起日本人，“懒得干！”这话只有聚爷敢对日本人讲。

聚爷早年当过上海商会的副主席，如今摆在他面前的是长沙商会主席，虽说上海的码头比长沙大，可主席和副主席那完全是两码事，副主席有一大摞，主席只有一人！

聚爷之所以想干这个主席，还有一个原因是他觉得自己能应付日本人。早些年无论发生任何情况，他都应付自如，生意越做越大。如今在日本人占了的长沙，他也想试一试，不就是成立个商会吗，不就是当个商会主席吗，有什么大不了的。

然而，聚爷又想到了那个“慎”。

“不就是成立个商会吗，不就是当个商会主席吗”，话可以说得牛气，行事却得小心。

聚爷请来一位信得过的朋友商量。

朋友对他说：“这事啊，聚爷，这边你没有问题，可那边……”

朋友用手指了指西边。

这位朋友说的“这边”是指日本人，“没有问题”是说聚爷能应付。“那边”则是指河西。

聚爷心知肚明，也用手指了西边，说：

“你往下说，尽管说。”

这位朋友便说出一番道道来，要聚爷先与河西方面取得联系，征得河西方面的同意后，再去组那个商会。这样进可攻、退可守，方为两全之策。

朋友说：

“聚爷啊，日本人找到你，你口头应允，这是明智之举，好汉不吃眼前亏，且有了进路。再去征得河西方面的同意，那就有了退路。聚爷你说呢？”

聚爷当即说：

“对对对，你说得对，我再替你说得透彻一点，如若不征得河西的同意，往远点说，日后重庆方面赢了，我聚爷就是汉奸，会以汉奸罪论处。说近一点，得罪了河西，不定哪天会挨一冷枪。连看重庆和南京究竟哪方面赢都看不到了。我这就派人去河西联系。”

聚爷派人去了河西，可回来的人传达的意思弄不清。聚爷认为此人太笨，换了个人去。

聚爷一连派了好几个人去，结果带回来的都是“摸脑壳”信息，完全没有个明确的表示，究竟同意还是不同意，无解。

若按照聚爷以往的行事，老子已经派人和你说了，而且派了好几拨人，你都没有个明确的答复，没有明确说不同意那就是同意，老子就搞起来了。可聚爷知道这次的事不能意气，这次得慎之又慎。这次若不慎，就有可能顿成千古恨。

聚爷决定亲自去。

聚爷换了一身衣服，扮作乡民，坐船渡过湘江，到了河西。

他扮作乡民要给人的感觉是从河西进城再回乡里去的，因为船一靠西岸，就有岳麓宪兵队的汉奸宪兵，汉奸宪兵有时穿便装。

聚爷离船登岸很顺利，可他走着走着，总觉得不对劲，似乎已被人盯着。

被人盯着只是他的一种感觉。

在上海滩混过的聚爷是不能容许这种感觉的，只要一有“感觉”，他就得甩掉这个“感觉”。

于是，聚爷也像个地下工作者那样，施展出了甩掉“感觉”的功夫。

聚爷甩掉“感觉”后，才去会见要见的人。

这一见面，一商谈，聚爷觉得这就等于谈生意。对方提出条件，你要去筹备那个商会，要当那个商会主席，可以啊，但得按照我们说的办。这第一条该如何如何，第二条该如何如何，第三条，第四条……聚爷则讨价还价，说第一条的难处难在哪里，第二条中的哪一点实在难以做到……

经过讨价还价，最后这桩生意似乎谈成了，河西方面同意聚爷筹组商会，同意他当商会主席，表面上为日本人干事，暗地里得为河西方面服务。

聚爷要成“身在曹营心在汉”的人物。

聚爷告辞。

在往回走的路上，聚爷心里想着河西方面所提的条件，尽管经过讨价还价，那些条件宽松了一点，但自己若真当上了河西所说的伪商会主席，难以应付啊！日本人那边的事稍一应付不好，日本人会找他的麻烦；河西这边的事应付不好，同样会惹上麻烦……

聚爷正想着这些麻烦事，蓦地，在来时路上所出现的那种感觉又出现了。他仔细回想，终于想起来了，他在登岸时，有一双眼睛注视过他。

注视过他的那双眼睛是谁的呢？他不认识那人。那人和乡民并无两样，像是在等渡船，又像是在无事溜达，也仅仅就是如同寻常一般注视了他一会而已。但凭聚爷在上海滩闯荡过的经验，那人绝非无意间对他的注视。

那人……那眼光……

汉奸宪兵队里的人！

聚爷一浮上这个感觉，猛地打了个冷战。

不能回城，不能再去那个码头搭船！如果是被日本人怀疑还好办，还能编几句话蒙混过去，被汉奸宪兵队的人怀疑，连日本人都见不到就会被整死。

聚爷的感觉没错，注视过他的人是汉奸宪兵队里最凶恶的本地汉奸焦震。不过焦震没有一直跟踪他，焦震肯定他不是河西的乡民，断定他会再回来。只要是被焦震注视过的人，焦震就能记住。焦震要等他回城时再下手。管他是不是真的"抗日分子"，先抓了再说。而一旦被焦震抓住的人，想再活命，难。类似于焦震的这些本地汉奸，他们才不管什么聚爷不聚爷，名人不名人，大老板不大老板，是不是即将上任的商会主席，杀了再说，杀了后列入"抗日分子"名单往上一报，了事。

倘若有人告诉他们这是某位爷，他们说老子是大爷，现在老子这个大爷杀掉这个爷才痛快。如果抓的是个平民百姓，他们说既然已经抓了，那就不能放，谁叫他平时没孝顺老子。他们感到最惬意的是，有了"抗日分子"这顶帽子，往人头上一戴，那就是该杀、可以杀，是最省事的杀。

聚爷如果真回城去当那个商会主席，而在码头又落入焦震手里，长沙城日后就会流传出个汉奸杀汉奸的故事。可聚爷溜了，他不往河东去，不上码头不过湘江，直接从河西开溜。

聚爷溜到桃花江"美人窝"去了，没有对任何人说。

聚爷之所以选择桃花江为避难处，大概与黎锦晖创作的《桃花江》有关。因为聚爷曾是黎锦晖在上海创办的明月歌舞团教务委员会的委员。

……桃花江是美人窝，

桃花千万朵，

比不上美人多……

聚爷究竟是不是奔着“美人窝”而去，是不是因为那里真的美人多，不清楚。桃江老人却一听有人唱“桃花江是美人窝”就来气，说《桃花江》这首歌把桃江人害惨了，引得日本人点名打桃江要花姑娘美人。“什么美人窝，有几个鬼美人啰！”桃江老人没好气地说。

聚爷溜到桃江时，桃江早已遭受了日军一次洗劫，洗劫完后开路了。聚爷应该是知道这一点才去的。他也许是想把劫后的桃江当作桃花源，在那里隐居，过一段休闲的日子，可日本驻华中区商务代表石冈派人找到了他，请他回去合伙做生意。

石冈是他在上海就认识的老朋友。

石冈得知聚爷未待商会正式成立就不见了人影儿后，便断定他去了桃江。

石冈怎么知道他躲在桃江呢？他可是没对任何人说啊！但老朋友就是老朋友，老朋友能判断出他在何处。

聚爷溜到桃江自然是对日本人的忤逆，这个石冈既然知道他躲在桃江，为什么不通知日军或特务机关将他捉拿归案，强迫他就任商会主席，不从则处以刑罚？这就是商人有商人的打算，石冈的身份除商人外当然兼有间谍、特务，他秘密地请聚爷回来是为了将他自己的生意做大。

就因为这个老朋友石冈，聚爷又悄悄地回到了长沙。回长沙后，不但和石冈合伙做起了大生意，而且在石冈的慷慨相助下，生意红火异常。石冈为何如此赏识他，他和石冈究竟有何交易，后面再叙。

大生意做了不到一年，日本投降。作为接收人员进城的军统通过暗地调查，将长沙大小汉奸立案在册，采取突然行动，于一夜间将全城汉奸抓进监狱，聚爷亦在其列。

被关进监狱的汉奸们，有不少人懊丧叹息，叹息自己怎么就看不清时势，从长沙沦陷到日本投降，还不到十四个月，一年多一点，若是忍一忍、躲一躲，躲过这一年零两个月，不为日本人做事，不就免了牢狱之灾？可谁能看清那个时势呢？原本稳如泰山、日本人接连攻打三次都败于城下的长沙城，却在几天之内被日军攻破，日军除了在衡阳被阻击四十七天，损兵折将，打其他地方都势如破竹，一直打到了贵州独山。原以为重庆都难保了，中国却一下就打赢了，打得日本投降了。如果早知道，忍那么一年把时间，可不就什么事都没有了。

进了监狱的聚爷尽管也没看清时势，却没懊叹，他认为全中国都没有几个人能看清这个时势，日本军队于一九四四年四月二十日出动十七个师团、六个旅团、一个战车师团并所有的骑兵部队，发动了太平洋战争爆发后规模最大的一连串大军作战，即“一号作战”——打通大陆交通线作战。以黄河南岸霸王城为基点，一路横扫过来……人们都以为中国这回没戏了，孰知应了那句话：欲令其亡，必先令其狂。大陆交通线还没完全打通，小日本自己完了。既然全中国都没有几个人能看清这时势，也就不显得他没眼光。进了监狱，聚爷很快就要以汉奸罪审判，他只等着开审。

这天晚上，被关在监狱里的聚爷照样睡得鼾声不断，引得同室的其他汉奸啧叹，只有聚爷心宽，还能睡出猪婆鼾。

一开审，聚爷说他到河西与政府官员商议，政府官员同意他当伪商会主席他都没去当，怎么是汉奸呢。这一点，有河西政府官员为他作证。证人证实他确实来河西谈过，同意他在按要求去办的前提下当日伪商会主席，可他还是跑了，一天都没当。这个问题本来也不在军统审讯的主要问题内，主要问题是他和被列为战犯的石冈合伙做生意，铁证，休想抵赖。内中的肮脏交易必须老实交代。聚爷除了和石冈的一笔大交易不认账，其他的都配合，还要烦请去查一查他做的一些交易，看款项去了哪里？他老老实实提供线索。

军统办事倒也雷厉风行，立即去查。这一查，聚爷和石冈会晤后开设的一家大商行，是经过第三次长沙会战时担任守卫长沙城的第十军军长、因长沙大捷而晋升为第二十七集团军副总司令的李玉堂将军同意的，李玉堂还派有亲信配合“行动”，不少物资是资助了中国军队。再一查，他设在长江各埠的店铺，还为大后方提供了急需物资。另有些物资还送到了延安方面，国共合作嘛，给共产党提供一些也可以理解。

聚爷和石冈所做的那笔大交易还是被军统查出，之所以被查出，乃在于林韵清揭发。林韵清怎么知道？后面有叙。聚爷藏匿的那笔大款只得如数缴出。但人还是释放了，有李玉堂将军的人作保。

聚爷说他靠的还是“聚”“慎”二字，聚起了人脉关系，到时候便有人相帮；没当那个商会主席，靠的是“慎”。借助石冈之力办大商行，先得到李玉堂将军的同意，还是从“慎”而行。至于以物资资助部队、为大后方提供急需物资什么的，只是应朋友所托，一个义字当先。

有人则说聚爷是东京、重庆、延安三方通吃。不久国共正式开打，国民党很快输了，又有人对他开玩笑地说，聚爷若是被共产党抓了，只怕也会释放。

这话还真说准了。

长沙老人说，国民党收复长沙叫光复，共产党进入长沙叫解放。共产党解放长沙后，聚爷被抓了。

聚爷被共产党抓不是以汉奸罪名，共产党没说他是汉奸，而是说要改造他，要将他在旧社会沾染、养成的旧习、劣习、恶习统统改造掉，将他改造成一个新人。改造成新人后为新社会服务。

一位市领导要人将被抓的聚爷带来（没说是审讯，而是说谈话、教育），对他说：“你是个识时务的人，现在是人民的天下，你在人民的天下就得老老实实听共产党的话，听人民的话！我们知道你有三教九流的关系，特别是与国民党要犯的关系，你必须和他们彻底划清界限，必须检举揭发他们，检举揭发就是为人民立功，你知道吗？只要你划清界限、检举揭发，有立功表现，可以考虑给你安排个市政协委员。”

聚爷说：“我老实，我一定老实，我的那些店铺都可以捐给政府，捐给政府立功，但我不能对不起朋友。”

聚爷又喃喃自语：“我已经老了，我一辈子没有做过对不起朋友的事，如今老了，再做对不起朋友的事，那就毁了我的清名……”

“这都是些什么话?！顽固不化！誓与人民为敌！”

“顽固不化，誓与人民为敌”的聚爷被判了三年徒刑。

聚爷进了正式的牢房是在一九五一年。可没过多久，他被保释，放了出来。

是谁保释的？聚爷不知道，也不去过问。

聚爷出来那天，是个秋高气爽的日子，望着蓝天白云，他开心地笑了起来。他住进自己的一个弟弟家里，进门就说：

“日本人来了，我躲过去了；抗日胜利了，国民党放了我；国民党倒台了，共产党也放了我。”

聚爷哈哈大笑。

这天晚上，聚爷洗了个热水澡，又洗了头（那时谁家也没有淋浴，都是用澡盆，聚爷爱干净，先用澡盆洗澡，再用脸盆洗头），喝了点酒，在弟弟为他安排的一间房里睡下。往床上一躺时，聚爷高呼：

“爽快，爽快！”

第二天上午，他弟弟去喊他起床吃饭，喊不应，一看，死了。

死了的聚爷，似含笑熟睡。

九

聚爷从河西溜往桃江时，汉奸宪兵队抓住了一个女游击队员。

抓住这个女游击队员的人是焦震。

被抓的是个真正的女游击队员，不是焦震之类平常看不顺眼，抓了后再给戴上顶“抗日分子”帽子的被冤枉之人。而且在抓这个女人时，比他们平常抓男“抗日分子”难得多。不但难出许多，还差点要了他的命。

焦震本是在码头等着抓已进入了他的视线、“不顺眼”的人，也就是聚爷。焦震断定此人肯定还要回到这儿来，回到这儿时一把抓了，押进宪兵队，要他交代是不是在与河西的“抗日丢部”联系。

“抗日丢部”是焦震自创的词，他认为国军将长沙丢了，长沙周边的地方也丢了，真正打仗的部队都败逃了，将些没多少用的人丢在河西。这些被丢在河西的人本应该向日军投降，以保全性命，可这些人竟然和皇军对抗，宣称坚决抗日到底。都已经被自家部队丢掉不要了，还叫喊坚决抗日，可不就是个“抗日丢部”？

焦震曾向日军建议，派出大部队，将河西一举扫平，“抗日丢部”那些人全是没卵用的。他说河西的地形他特别熟悉，愿带队当先锋。

焦震不明白日军怎么不采用他的计策。当然，能听他献策的也就是个日本宪兵而已。但这个日本宪兵可称为岳麓宪兵队即汉奸宪兵队的二把手——这个宪兵队里只有两个日本人，他非二把手莫属。

曾经何其赫赫的日本宪兵队里怎么尽是些汉奸宪兵呢？就连驻扎在城内的长沙宪兵队竟然都只有五个日本人。须知，日本内阁首相东条英机曾被称为“宪兵天才”，担任过关东军宪兵司令官。他一上任关东军宪兵司令官，很快就把只有三百人的宪兵队扩充为几千人，以恐怖的宪兵和警察统治而闻名东北。他任首相后，在日本国内大力推行连日本民众提起都害怕的“宪兵政治”，实行宪兵统治，能不加强在中国的宪兵力量?

据传，东条英机当首相后，给东京的宪兵司令下达了一条密令：夜晚派宪兵去翻市民家的垃圾桶。翻垃圾桶干吗？看看垃圾桶里有没有肉骨头。如果有，则证明此家人吃鱼吃肉，立即逮捕。为什么？帝国军人在前线浴血奋战，条件极其艰苦，有时连饭都吃不上，甚至有饿死之士，你们还有钱吃鱼吃肉！不拿出钱来支援前线，安的是什么心？肯定是对帝国不忠心。

东条英机这个首相不是不想加强在中国的宪兵力量，以重现他在日本用宪兵治理的辉煌，而是已经力不从心，无法再现。在他手上所发动的“一号作战”，虽势如破竹，连战连捷，但战线越拉越长，每占领一个城市都得有宪兵，连继续向前的兵力都不足了，还能扩充宪兵？长沙沦陷时他还是日本首相，不到一个月，日军向衡阳发动的第二次总攻失败，东条内阁轰然倒台。

日军只能依靠汉奸来填充宪兵队伍。

大量的汉奸进入宪兵队伍，令日本人惊讶的是，这些汉奸宪兵对付中国人的手段更多。换句大白话，就是比他们还凶残。但进来的汉奸虽然多，手段虽然超过他们，但想当头头却是不行的。所以岳麓宪兵队尽管只有两个真正的日本人，尽管被称为汉奸宪兵队，一把手和二把手还是日本人。况且这些汉奸宪兵无论怎么卖力，一把手二把手还是看不起他们，认为他们就是些混混。说他们是混混其实还算“宽大”，比直接说流氓地痞要好听那么一丁点儿。

这个二把手听完焦震所献的计策后，说他有点弄不明白。

焦震赶忙说：

“这有什么弄不明白的呢，就是要皇军多派些兵，扫荡河西，我的带路，房子的统统烧掉，人的统统抓起……”

二把手说：

“我弄不明白的是你！怎么对自己家乡人不讲一点情面？”

焦震说：

“我这是忠于皇军，为了大日本好嘛。”

二把手说：

“为了我们大日本好也还是弄不明白。”

焦震说明不明白没关系，赶快把他的计策呈送上去便是。二把手说他只执行上级的命令，上级命令干什么就干什么。

焦震说：“那你就立即去报告上级，上级肯定采纳我这个计策，就会下命令，命令你立即执行。”

二把手说：

“你个土瘪三混混，敢指派我的干活！”

二把手骂焦震是“瘪三混混”，前面还加了个“土”字，令焦震很窝火。平常一把手骂他“混混”都没加“土”字，因为他原本的确是个混混。不光他是个混混，汉奸宪兵队里的哥们基本上都是和他一样的混混。

只有混混才有到日本人手下当宪兵的这种胆量，管他什么爱不爱国、叛不叛国、爱不爱家乡、是否背叛家乡父老。混混们光棍一条，连家都没有，原来有家的被父母赶了出来，族上祠堂还要施以族法……不过也有真混出了名堂的，那就是投军、去吃粮，见到有插起招兵旗的，走拢去，算我一个。至于是什么部队，管他娘的，有粮吃就行。所以有些当兵吃粮的，当了几年兵，竟不知道自己是什么部队的兵。混出了名堂的是打仗拼命，没被打死，弄了个官当。当了官就不可能不知道了，他妈妈的，老子当兵当的是某某某的兵。故而乡村不乏出现这样的场面，一天，村口突然出现了高头大马，高头大马上骑着位长官，鞍前马后还跟着勤务兵，村人先是愕然，后蓦地惊讶，这不是当年跑了的那个某伢子吗？哎呀呀，当了将军。

进宪兵队的人和这类似。不过他们知道是去替日本人干事。替日本人干事怎么了？那才叫一个威风，王八盒子在腰间一别，回到村里，不光吓得当初要对他动族法的长老战战兢兢，连父母都打哆嗦。对于焦震这类人来说，这不就是活出了个滋味人生，不也和荣归故里光宗耀祖的差不多，族长那些老东西都怕了咱。什么族法，老子废了它；施族法的祠堂，老子烧了它；只能归族长坐的那太师椅，轮到老子去坐一坐了；老子坐得不耐烦了再劈了它，当柴火烧……一把白胡子了还抱有嫩姨太太的，将那嫩姨太太也让给老子抱一抱、睡一睡，老子抱得舒贴睡得舒贴就饶了你，不舒贴吊你个半边猪，给你的白胡子涂点油，划根洋火哧啦哧啦……

这么说焦震之类的汉奸宪兵似乎有点脸谱化，他们难道就完全没有人性？确切地说，即使有也不多。这些流氓地痞混混就是这样。如果要说他们有一次突然复苏了某点人性，做出了某件符合人性的事，那是例外。总之长沙老人对汉奸宪兵之恨，比恨日本人更甚。

被二把手骂混混还加个“土”字，心里窝着火的焦震想，一把手骂老子混混也就算了，他妈妈的瘪，你这二把手竟然也骂老子，老子要让你知道点厉害。

焦震要让这个二把手知道点什么厉害呢？是瞅个机会给他一冷枪或者邀其他同伙趁月黑风高夜将他蒙头蒙脑揍一顿吗？否也。你就是借给他十个胆子他也不敢。虽说宪兵队里只有两个日本人，和他一样的混混有几十个，混混们却是最靠不住的，焦震知道，都和他一个德性，相互之间你盯着我、我盯着你，巴不得能抓住一点什么把柄好向日本人告密请赏。

焦震要把他们同伙之间常使用的手法用到这个日本人身上，但不是告密而是告状。他认为告密的话，对方总得有点什么把柄被自己抓住，亲眼看见什么或听见什么，这告状嘛，可以随自己想个什么事由。

“×你妈妈瘪，老子向一把手队长告你一状。告你对皇军不忠、有异心。”

对皇军不忠、有异心，表现在哪些地方呢？表现在同情“抗日分子”，为“抗日分子”说话。一想又不妥，这得拿出证据来，没有证据一把手队长不会相信。说他厌战，想回日本老家，也不妥。

焦震想来想去，想到个最好的事由，就说这个二把手对一把手不满，要一把手提防着点……

他认为哪个国家的人都一样，一把手总是防着二把手，二把手总是瞄着一把手的位置想取而代之。告二把手背地里说一把手的坏话，一把手肯定相信。

焦震真就这么去告了一状，告完状，他想着一把手队长立即会骂二把手良心坏了坏了的……

一把手确实当即骂“良心坏了坏了的”，不过骂的是他焦震。

一把手骂焦震“良心坏了坏了的”，挑拨他们大日本战友的关系。

一把手虽然骂焦震“良心坏了坏了的”，但没骂“八嘎哑鹿”，没扇耳光，让焦震觉得这一状还是告得值，至少令一把手对二把手还是有了看法，不然的话，怎么没扇他耳光。

敢暗地里对日本人状告日本人的，什么事干不出?!

焦震本来还想在告状后把他的计策再告诉一把手，可一把手骂他“良心坏了坏了的”后，要他滚出去。要他滚出去时狠狠地踢了他一脚，那一脚踢得不轻，踢他的那只脚上穿的是长统靴子。

焦震认为河西的“抗日丢部”之所以越来越多，就是因为不听他的计策。

他感到最恼火的是，“抗日丢部”那些什么游击队、锄奸队不怎么去惹日军，主要对付他们这些汉奸。他没听说过“抗日丢部”和日军直接打过什么大仗、中仗，连小仗都少，倒是这个汉奸被除掉、那个汉奸被打死的消息不但听得多，而且亲眼见到，身边的伙计就有几个变成了尸体。尸体旁立有牌子，落款或为“热血报国队”，或为“铁血锄奸队”，还有什么“正义别动队”。

他觉得守城的日军好像与“抗日丢部”有种默契，你别惹我，我也不惹你。“抗日丢部”不怎么去惹日军是没有那个能力，可日军不主动出击，不去荡平“丢部”，他就无法理解。而且，他那些大大地忠于日军的伙计被杀死，日军竟然无所谓，根本就不为他们兴师复仇。

日军这是怎么了？焦震想不通，害得他们成了“抗日丢部”游击队、锄奸队、别动队，还有许多不知名的什么队打击的主要对象。

想不通归想不通，这想不通还不能说出来。说出来就不仅仅是挨长统靴子踢，还有可能被当作刺刀穿心的靶子。

焦震这些汉奸们的处境有点像老鼠钻风箱——两头受气。日本人打心眼里瞧不起他们，纯粹当一种工具使用；中国这方面呢，皆曰诛之。按理说，他们应该有所收敛，给自己留一条后路，可直到日本已宣布投降、日军都放下武器之时，焦震之类竟然还在“作孽”。他们不相信日本已经投降，不相信日军会放下武器，说那是“抗日分子”造谣，竟然还向喊“日本投降了”的市民开枪……

对于日军不主动出击，不去荡平“抗日丢部”，不为死去的汉奸兴师复仇而有些想不通的焦震，反而以日夜监视河西、捉拿“抗日分子”的加倍努力来表达对日军的忠心，显示自己的能力。他觉得日军这一点好，就是任由他抓任由他杀，抓错了不会怪他，杀错了也不会怪他，放得开，不束缚他。有例为证，他已经活埋了好几个他所认定的“抗日分子”，皇军就从没说他活埋有什么不对。这对他放得开不就是信任么？疑人不用用人不疑嘛。

焦震在码头等啊等，等着抓聚爷。当然他不知道要抓的人是聚爷，但他这回的判断没错，聚爷的确是去和“抗日丢部”进行了联系，只不过联系完后就脚底板抹油，溜了，而且一溜溜到桃花江去了。这是他绝对没想到的。

也许有人会质疑，他为什么不跟踪聚爷，跟踪的话至少能找到“抗日丢部”的一个分部，能抓获分部人员，那可都是些货真价实的“抗日分子”。如果以为焦震会跟踪前去捣毁分部，那就是看低了他的智商，在这方面他不傻，他跟踪前去便进入了“丢部”的地盘，日本人都不派兵去，他去？他得待在自己的地盘。他的这个地盘不但是河西进城过渡的主要码头，是“丢部”和城内地下抗日组织联系的主要通道，而且是湘江航运最繁华段。

待在自己的地盘抓人杀人安全，还能发财。湘江水面来了货船，拦住，上船检查，检查有没有“抗日分子”，货船要想继续前行，赶紧塞钱。若瞅准是一船好货，索性连船劫了……

然而这次，焦震在自己的地盘上，等来了一个要取他性命的女人。

焦震睁大着眼睛，不住地扫视着往码头而来的行人，却硬是没见着他准备要逮的那只“猎物”。他感到奇怪：那个人怎么总是不见来？

这当儿，江面上逆水来了一只木船。

木船吃水不深，似乎没装什么货物，可焦震凭他那双锐利的眼睛一看，便断定船上有值钱的买卖。

“他妈妈的瘪，先搞几个现钱再说。”

焦震喊来一个同伙，驾一只无篷小舟，将木船截住。

同伙掌住小舟，焦震跳上木船。

“宪兵队！查缉鸦片！”他边喊边敞开衣襟，露出插在腰带上的王八盒子。

平常干这个行当，只要他一喊出“宪兵队”三字，王八盒子一亮，船上的人就会吓得战战兢兢，作揖打躬，喊“宪兵大爷”“宪兵大爷”……这一回没听到有人喊“宪兵大爷”，只见一个身影到了他面前。

这个身影有如一个幽灵，悄无声息。

焦震一看，差点喊出“我的个爷”，这船舱里藏着一个仙女！

站在他面前的这个女人，身材高挑，标准的鹅蛋脸，秀发被江风吹拂飘扬，人也似飘飘欲仙。她从船舱里走出来的那几步，不像是走，而是飘，飘飘然然，一飘然就到了他面前。

这女人身上的确像有股仙气。冷峻如冰的仙气。

关于这个女人，长沙老人皆吁叹，“那么美的一个女人，唉，唉，那是无法言说。”

焦震一时被这种美震慑，忘记了平时的程序，平时一喊出“宪兵队！查缉鸦片！”、露出插在腰带上的王八盒子后，便立即拔出王八盒子，点着船上的人：“都给老子老实点，老老实实把货交出来，老子要什么货，你们知道！”

焦震要的货一种是实物，一种是现金。实物以鸦片为主，过往船只确有不少是夹运鸦片的，鸦片这生意，各路人马都在偷偷地做。焦震他们收了鸦片，不是自己抽，也不敢抽，日本人能容许宪兵队的人抽鸦片?！一发现就真的要死了死了的！他们是偷偷地卖给城里的烟馆、赌场。收缴鸦片也不是全没收，全没收人家亏蠢了，下次再也不夹运了，他们也就没有第二回生意了。要现金也不是把人家的都抢光，而是索贿，交了够意思的钱就放人放船。

焦震被突然出现的仙气般的美震慑而愣了一下后，回过神来，想着这是来了艳福，得把这美人弄到岸上去，还不能带进宪兵队，否则怕其他的伙计哄抢，得自个儿先享用享用。

焦震一边想一边拔王八盒子，得继续走一走程序，先吓唬吓唬，说这女人私通河西“丢部”，有“抗日分子”嫌疑，要带上岸去审问。

焦震的王八盒子还没拔出，一坨冷冰冰的黑铁对准了他的脑袋。

这坨冷冰冰的黑铁是把老式撸子。

这种老式撸子几乎见不到枪嘴，小而沉，抓在手中如同抓着一坨黑铁，激战时没有多少作用，主要功能一是近距离护身，二是配合驳壳枪使用，可以保护驳壳枪。真正善使驳壳枪且单独执行特殊任务的一般都配有一支撸子，驳壳枪威力大，特别是德国镜面匣子，有“小机关枪”

之称，连发时一甩手就是二十发子弹射出。但若是两个高手对峙，你刚拔出驳壳枪指着对手要他投降，来不及拔枪的对手却有一招能让你的驳壳枪“卡壳”，此“卡壳”不是子弹卡，是要你扣不动扳机。这时候你若配有撸子，可就不但能救你，而且令对手只能束手就擒。直到20世纪80年代还有民警配备这种撸子，说一次只能打一发子弹。

对着焦震突然亮出老式撸子的当然就是这位如有仙气般的美女。

这位美女是游击队员，她不是来执行枪杀汉奸任务的，这次她什么任务都没有，只是回家看望了父母后，搭个顺水船归队。船老板也不知道她是游击队员，她完全可以躲在船舱的货物后面。而船老板知道遇上汉奸宪兵队的“板路”，只想赶快塞钱，只要塞些钱给焦震，焦震不会动真格儿进船舱搜查。船老板们都懂，所谓查缉的目的就是要钱。

这位女游击队员是在焦震截住船后，突然作出决定，除掉这个汉奸宪兵！

她就那样站到了焦震面前，掏出了黑铁坨一样的撸子。

“你，你是什么人？”

焦震有点慌，但也不是特慌。事情来得太突然令他有点慌；但用枪指着他的是个美女，这又使得他不是特别惊慌，他甚至断定这个女人不知道怎么开枪。

他没有得到回答。

“你，你敢对我开枪?！”

焦震的这句话还未落音，“砰”，女游击队员开枪了。

枪声响了，焦震没有倒下；倒是随着那声“砰”响，女游击队员手里那把撸子被震得差点脱手。

女游击队员也许真的是第一次开枪，仅仅相隔几步，竟然没有打中。

子弹，打在焦震脚下，击穿了一块船板。

第一次开枪的人往往有这种情况，俗称“啄脑壳”，短枪因震动往下一啄，子弹射到了地上。

枪声一响，焦震可能以为自己被打中了，并没有立即拔枪还击，而是呆呆地立着发怔，似乎要先验证自己是不是已经死了。他那掌小舟的同伙可就拔出了王八盒子。

十

女游击队员是在湘江里被焦震抓住的。

当她猛地扣动扳机，朝着焦震射出子弹的那一瞬间，她的心都要跳了出来，对方尽管是个长沙市民皆欲除之而后快的汉奸，但毕竟是个大活人……

正因为心跳过快，正因为是猛地扣动扳机，第一次开枪杀人的她，射出去的是“啄脑壳”一枪。

没打中焦震，反而震得她的手一颤，撸子差点掉落的砰响，却使得她似乎蓦地有点轻松感，她还没杀人，没把人杀死！

然而，她没有将人杀死，人是要杀死她的。

无篷小舟上拔出了王八盒子的正要朝她开枪。

在这一瞬间，只能是本能反应，“扑通”，她跳入了江中。

江面腾起一片水花。

“跳水了，跳水了！”船上的人惊得大喊。正要开枪的人也被惊了一下，不由自主地跟着喊。

都以为是跳水自杀。

女游击队员本能地往江里一跳，她的水性不错，跳入江中后，她才想到要凭自己的泳技潜水而逃，潜到有自己队伍活动的区域。

一个猛子，她潜出了很远的地方。可是她不知道焦震是水陆洲人，自小在湘江边上长大……

"跳水了，跳水了！"的喊声，将呆呆发怔的焦震给惊醒，自己没死，没被打中！

确定自己没被打死的焦震才反应过来向他开枪的女人跳入了湘江，他顿时来了精神，将衣服一刮，将王八盒子往衣服里一裹，扔到无篷小舟上。

在跳下水之前，他没忘了对掌舟的同伙喊一句："你别开枪，看老子抓个活的。"

女游击队员从水中探出头来，以为脱离了危险，刚喘口气，一回首，却见后面也探出了一个脑袋。

女游击队员忙又潜入水中，但甩脱不了焦震。

她，被焦震追上了……

湘江里，展开了一场水上搏斗。

关于这场水上搏斗，很多年后，湘江两岸的百姓还在讲述，不过都说是女游击队员赢了，汉奸焦震被她按在水里淹死了，为长沙人民除掉了一个大祸害。还有人编了长沙弹词，标题是《女英雄智除汉奸》，把水里这一段删了，说成是她用计，在船头活捉焦震。演唱过程中内容被不断修改，将女游击队员的身份明确为中共云雾山抗日支队的战士，她不是在搭顺水船路过码头遇见汉奸宪兵队查缉时突然做出的除奸决定，也不是孤身作战，而是经过云雾山抗日支队集体研究讨论作出的除奸决定，派她诱敌。她的身后不但有战友掩护，而且有人民群众的支持。形式也变成了单人锣鼓说唱，一个人手拉二胡、脚踩锣鼓，锣鼓是用绳子分别系在两条腿上，左脚一踩，锣响，右脚一踩，鼓响，两脚同时踩，就既打锣又敲鼓，手还得拉琴，嘴里还得唱，不时还要放下琴弓敲竹板。一个人表演一台戏，很热闹。据说这个节目还被选送进京，得了奖。再后来单人锣鼓说唱无人师承，一是难学，要拉要踩要唱要敲，费劲；二是这么费劲，也没有多少人看。但还是有业余文艺工作者将之改为《美女锄奸》，吸眼球一些。只是不管怎么改，这位女游击队员的名字都不是真名，因为不知道她的真实姓名。

她到底叫什么名字，确实没人知道。长沙老人说她从未透露过自己的姓名，在汉奸宪兵队里受尽酷刑她也没说，她只说自己是游击队员。

这位女游击队员是被焦震拖上岸，反绑双手，押进汉奸宪兵队的。

尽管被焦震拖上岸，反绑了双手，但看见的人都说她在水里好身手，只可惜还是身子单薄了一些，力气不支。接着便恨恨地骂焦震这个汉奸，盼着他被雷劈死。

雷没有劈死焦震，他连雷击都没遭过，他是在日本宣布无条件投降的第二天被抓住的。关于他的死又有二说，一说是被铁血锄奸队处死，一说是被军统击毙。其实他是死在牢房里，只不过那个牢房是城内长沙宪兵队原来关“抗日分子”的牢房。

在女游击队员被杀害后，游击队、锄奸队、热血队、别动队都要为她报仇，要杀掉焦震，但都没成功。

至于女游击队员在汉奸宪兵队里所受的酷刑、蹂躏，长沙老人都不愿意说，只是叹气，说“那么美，那么美的一个女子……”

焦震所在的岳麓宪兵队附近没有民房，驻扎在长沙城内教育会坪的长沙宪兵队附近则有民房，住在附近的市民常听到宪兵队的狼狗狂叫，只要狼狗一叫，就是有人被抓了进去。

被抓的人一推进去，扑面而来的便是狼狗，狼狗撕咬略停，开始审讯。

“你说不说？”

“我不知道，我实在是不知道啊！”

“不知道？”

又交给狼狗。

“我说，我说啊！”

“快说！”

“我真的是什么也不知道啊！”

“上刑！”

狼狗撕咬还不算动刑，皮鞭抽算是轻微的，接着是上老虎凳、灌辣椒水、灌汽油、上电刑……

惨叫声不断地传进民房，令人毛骨悚然。

这还是仅仅受到怀疑被抓进去的人，他们的确什么也不知道，就是这些的确什么也不知道的人，惨叫到最后就没有了任何声音。

还有些连怀疑都没被列入的人也被抓进了这里面。日军要抓人去干苦力，也不是见人就抓，而是要汉奸“点名”。于是有汉奸站在街边，手里拿着粉笔，看中了一个，在他背心上用粉笔画个圈。被画了圈的还不知道是怎么回事，有的根本就不知道被画了个圈，走不远，被日军抓了，成了苦力。有人的背心上虽然被粉笔画了圈，但那个圈画得轻、不明显，看不清楚，没被日军抓走，他本人不知道，在街上办完事，又碰到给他画圈的汉奸，这就倒了血霉，汉奸眼尖，一看，“嘿，老子‘点了名’的怎么没被皇军带走？”对不起，那就请去宪兵队。

凡被抓进去的，没有人能活着出来。

那位女游击队员被抓进岳麓宪兵队，境况可想而知。

宪兵对女“抗日分子”的刑讯，离不了轮奸这一项，说是轮奸最能折磨女性，挫其意志。但轮奸一般并不由宪兵队里的日本人执行，而是交由汉奸。为什么？日本军队不是以奸淫闻名吗？须知，宪兵是不同于士兵的，宪兵还负有整饬军纪一项任务，而在日军停止屠城后，要恢复秩序，恶行也得到一定遏制，长沙城内的日军也不能随便抓人随便开枪。抓人主要是宪兵和警察，而长沙的伪警察又有其特殊性，长沙沦陷后，无人愿出任警察局局长，警员有二百名额，却远未足员，警察局等于虚设，其职能由宪兵兼任。让汉奸在审讯室里实施轮奸，他们说那是中国男人轮奸中国女人，和他们无关。

就如同狼狗撕咬还不算动刑一样，轮奸后再鞭打、上老虎凳、灌辣椒水、灌汽油、铁钩穿下巴、挂起来用烙铁烫、火烧脚板心、边烧边拔体毛……何止十八般酷刑。对女性上电刑还主要集中在胸部、手指、下身敏感部位，此种酷刑对女性摧残、折磨之惨状，无法述写，无怪乎长沙老人都不愿意说那位女游击队员在汉奸宪兵队里所受的酷刑、蹂躏。

抗战胜利后，军统在提审岳麓宪兵队的汉奸时，问到杀害女游击队员一事，有个读了几年书的汉奸讲了些情况：

“你叫什么名字？”宪兵问女游击队员。

女游击队员回答：

“姓游。”

“叫游什么？”

“游击队员。”

……

这个女游击队员至死都没说出她的真名，反正就说自己是游击队员，没接受什么锄奸任务，也没人指派她，她就是在船上临时决定要杀焦震，因为所有的老百姓都恨这个姓焦的，姓焦的坏事做尽。她说她唯一知道的，就是游击队队部在河西的山林里。她说：“这个你们早就知道，何必多问。”

女游击队员说她遗憾的是那一枪没能打中焦震。

至于女游击队员所受电刑的惨状，这个汉奸略略说了一点亲眼所见：将电线扎在她的敏感部位，用手摇发电机，以手摇控制电流大小。一通电，女游击队员便痛苦地抽搐，冷汗淋漓，呼吸急促，全身由抽搐变成剧烈地抖动，抖着抖着猛地一挣扎，被捆住的手脚令她无法动弹。

只有头部往上抬了一下，接着便一歪，像被扭断脖子的鸡仔……

焦震本是要用他活埋人的老办法，将女游击队员活埋，但日本宪兵队长下令枪毙。枪毙女游击队员时，让她换了一身干净衣服，令人看不出她所受的酷刑。女游击队员还洗了脸，梳理了头发。

这个汉奸说枪毙那天来了些日军士兵，为什么来的，不清楚，来了后就在宪兵队大门口坐着。当女游击队员换了衣服，洗了脸，梳理了头发，走出来时，抱着枪坐在地上的日军士兵都被她的那种气质、那种神情、那种无法言说的美惊呆，一个个呆呆地看着她走向被行刑的沙滩。就连日本兵的眼里，也似乎有着惋惜，惋惜这么一个美丽的女人就这么完了，没了。女游击队员的嘴角则带有一丝嘲笑，她扫视了一下坐在地上的日军士兵和两旁站立的宪兵，脸上浮现的是鄙夷不屑……

这个汉奸说，女游击队员不是一般的美，是摄人心魄的美，女游击队员嘴角带的那丝嘲笑，脸上浮现的那种鄙夷不屑，常浮现在他眼前，令他心惊。

这个汉奸早先是个激进分子，还在赵恒惕当省长的时候，他就参加过湖南工团联合会、湖南学生联合会、湖南省教育会、商会等团体发起的收回日本租借的旅大示威游行活动。他是童子军。工团联合会发起组织了“湖南外交后援会”，后援会主席为共产党人郭亮。他是郭亮的忠实“粉丝”。后援会一成立，郭亮即号召湖南全省实行对日经济绝交。当日本轮船“武陵丸”载运日货及华人乘客由汉口抵长沙码头时，郭亮即要后援会派出调查员在码头进行检查，轮船载运的日货一律不准上岸，华人乘客携带的日货一律没收。郭亮又动员数千农民在码头助威。他这个童子军参加了对日货的检查，被称为童子军检查员。在他的带动下，不少小学生加入。日轮“武陵丸”向停泊在湘江中的日本舰艇“伏见号”求援，“伏见号”下来二十多个水兵，用拖轮驶至日清码头，再赶到金家码头，日本水兵开枪驱散调查员、检查员、助威群众，当场打死木工王绍元和国民小学学生黄汉卿。这一事件被记载为日本兵在湖南的第一次公开屠杀。他虽然没挨枪弹，却也可以说经历了血的洗礼。事件发生后，赵恒惕派人慰吊，随即向日本领事提出了五项交涉条件：惩办当事军官；凶手按律抵罪；日政府向我道歉；抚恤死者与伤者；担保以后无前次事情发生，并限令肇事军舰克日出境，以平民愤。交涉尚未有结果，郭亮发动抬尸游行的队伍向赵恒惕提出警告，警告他不要当日本人的帮凶，否则要打倒湖南政府。这名汉奸当时走在呼喊打倒赵恒惕口号的前列。

这名汉奸在湖南也可算个名人，他的出名是带头冲击赵恒惕省议会，后被赵恒惕下令通缉。

汉奸宪兵队有人跟他扯“宿嗑”，说：“你那时还是童子军，就走在喊打倒赵恒惕队伍的前面，你到底有多大啊？”他说童子军年龄有大有小，大的十六七岁，其实十八岁的也有，小的十二三岁。“你属大还是属小？”他笑了笑，说：“属大。”“你走在前面不怕人家开枪？”他说就是童子军走在前面对方才不敢开枪，游行队伍是特意安排童子军走在前面。

跟他扯“宿嗑”的又问：“听说你冲省议会是第一个翻围栏进去的，你那个时候就有功夫啊！”他说：“那围栏不高，是做样子的，要什么功夫咯，只要有敢翻的胆量，一翻就过去。我翻过去后，打开铁门，外面的人一轰就冲进去了。”“铁门你怎么打开，没落锁？”“落什么锁啰，铁门也是做样子的，不是厚重的铁门，就是几根空心管子连成一体，小孩子可以从管子空间钻过去。我将铁板扣往上一扳，用手一推，铁门就开了。只有外面的人轰地冲进去那一下有味，差点连我都冲倒。是有点像开闸的洪水。”“没有站岗的？”“有个卵站岗的哩，就是一个守铁门的老头。铁门本来是打开的，里面在开会，老头一见来了很多人，赶紧将铁门关上。要不就是慌了忘记落锁，要不就是根本没有锁铁门的那种挂锁。”“如果有拿枪站岗的，你怕不怕？”“就算有拿枪站岗的也不怕，因为我知道，他们见着学生模样的不敢开枪。我们冲进去后，开会的议员吓得要死，会场的桌子椅子全被我们砸烂。有根木杆子上挂着旗帜，我嗖嗖几下爬上去，一把将旗帜扯下，一把火烧了。就是烧了旗帜，老赵才认定我是个头，下令通缉。”

“赵恒惕通缉你，你该害怕了吧，躲到哪里去了？”

他说：“我怕条卵呢！我哪里都没去，就在家里。通缉令也就是吓唬吓唬，吓唬别人莫学我的样。他如果真的把我抓起，又会有示威游行爆发。老赵其实是个软蛋，不久就被谭延闿赶走了。”

“赵恒惕被赶走了，你又出来到处冲吧。”

“没地方冲了。我一回家就被爷老子关起来了，关在一间小屋子里，说如果我再到外面胡搞，打断我的两条腿。我爷老子是杀猪的。被关在小屋子里等于坐牢，每天只送两餐吃的进来。屙屎屙尿都只能在屋里，里面放个小马桶。倒马桶又得归我去倒，爷老子拿根柞木棍子跟着。倒完马桶，又把我锁起。锁了我几个月呢！好不容易逃出‘牢房’，我不敢待在长沙，万一被爷老子逮着，真的会打断我两条腿。我跑到外面去了，先是到武汉，后又到上海，嘿，在上海我见到过老赵，他当然不认识我，可我认识他……”

卸任省长的赵恒惕在上海成了佛学居士，一直拒绝和日本人合作，回到湖南后，参加抗日。从阵营来说，他和赵恒惕依然对立。

跟他扯“宿嗑”的没问他是怎么进的宪兵队。不好问，一问，他肯定回答：“你还不是和我一条卵。”

这个当年的激进分子名叫黄义云，义薄云天的意思。这名字不是他那位杀猪卖肉的爷老子起的，是他爷老子请个私塾先生起的。有人曾问他：“你和被日本兵开枪打死的国民小学学生黄汉卿是不是亲戚？”他不置可否。

十一

女游击队员被枪毙后，焦震还想捉拿被他怀疑的那个人即榴聚慎。他不知道聚爷早已溜走，他仍然相信自己的判断：聚爷会从他这个码头进城或出城。

聚爷跑了后，章质紊找到林韵清，两人开了个“碰头会”。

“你知道吗，日本人请榴聚慎当商会主席，聚爷不当，跑了。”章质紊说。

“这有什么奇怪的。”林韵清说，“我去找过他，说老百姓盼着他出来重整商业……”

“你找过聚爷?！”章质紊心里不爽，原本说好的有什么路子要相互告知，开碰头会，可他见聚爷竟瞒着自己。但立即转而说：“你这话说得好，说老百姓盼着他出来。”

“说得好有什么用，他一开口便说，是日本人要你来当说客的吧。他妈妈的瘪，好心没得好报。”

“确实。好心没得好报。”

“不过，我还是佩服他。”林韵清说，“他要我去告诉日本人，说聚爷身子骨欠安，得静养。他们的差事聚爷懒得干。”

“这话只有聚爷敢讲。聚爷这话硬扎，硬扎。值得佩服。”章质紊竖起大拇指。

“全长沙城数一数二的大老板，敢跟日本人叫板，全不怕财产遭毁、家人亲友受到牵连，能不佩服？”

林韵清和章质紊佩服聚爷的话如果让聚爷听到，聚爷会暗地里闷笑。因为他当时讲的话是纯属蒙林韵清，好让林韵清到外面说他是如何如何地有骨气，对日本人都敢说“懒得干”。这不，蒙出效果来了，连章质紊都竖起大拇指了。但不怕财产遭毁是真的，他开溜时，“财产”二字连想都没想一下。不怕家人亲友受到牵连则又不实，他溜到桃江后，整天牵挂的就是家人亲友。故石冈派人到桃江找到他时，他第一件事就是请来人带信，托石冈保护他的家人亲友。

夸完聚爷硬扎，章质紊又说：

“聚爷是从河西跑走的，你晓得不？一个人单身而走，什么东西都没带。”

“从河西跑的？！”林韵清有点惊讶，“他到了河西后再跑，这里面可能就有名堂。”

林韵清还真不知道聚爷是从河西溜走的。

章质紊说：

“据我所知，聚爷在上海交识的那个日本朋友石冈来到长沙了，石冈现在可了不得，是日本驻华中区商务代表。他的日本老朋友来了，他怎么还跑呢？跟着石冈，什么样的生意不能做？没去就任那个商会主席也不用怕找麻烦啊！”

林韵清一听，石冈，日本驻华中区商务代表，聚爷的老朋友……一个想法立时浮上心头，只要攀上这个石冈，那个商会算什么，攀上石冈，做几笔大生意，这辈子可不就发了。而且是只做生意，也不会得罪河西。自己见过聚爷，就说是聚爷的朋友，是聚爷介绍去找石冈先生的。

林韵清心里想得高兴，嘴上却说：

“章老兄啊，幸亏我早说了吧，像聚爷那么打遍天下的人物都不愿干的差事，我们能去干？也幸亏你听从了我的话。我早就知道聚爷会跑。但确实不知道他是从河西跑的。他为什么从河西跑，我给你分析分析这里面的名堂啰。日本人要他在城里就任商会主席，他却到河西去，去河西干什么，肯定是去问河西临时政府，他这个主席能不能当，要征得河西的同意啦，他这是为自己留后路。肯定是河西不同意，他又怕回城不好交差，所以就从河西跑了！他那么大的一个老板说跑就跑，说溜就溜，这就叫大丈夫处事当机立断，顺势而为，能屈能伸。”

林韵清这么说时，章质紊在心里想：“你什么时候说了不能干那个差事，你比我更想干那个差事，你瞒着我找到榴聚慎，还劝他出山，不就是希望他当了商会主席你能捞个好位置。”但林韵清对聚爷为什么从河西跑的分析又让他觉得对路。

“林老弟分析得好，聚爷是为他自己留后路。可他的老朋友石冈来了，他还有什么必要跑？不去当日本人指定的主席就没得罪河西，日本人要找他的麻烦有石冈顶着。”

“这个，这个就搞不清了。”林韵清岔开话题，“章老兄，‘山打根’没派人来找你吧？”

“没有。这一向倒也平安无事。你呢？”

“跟你一样。”

“那就好，那就好。还是我俩商议的躲避计策好。”

其实两人心里都清楚，日本人早就把他俩忘到一边去了，聚爷不干商会主席，有的是人干，一个姓陈的干上了。成立商会，他俩连张邀请去捧场的帖子都没收到。

就因为连张帖子都没收到，章质紊心里酸溜溜的，所以来找林韵清，但只说聚爷跑了，聚爷宁肯逃跑都不去当那个商会主席，说明那个鸟主席是当不得的。林韵清心里也酸，尽管骂了句“×他妈妈瘪”。

这次“碰头会”，林韵清收获最大，他得到了日本驻华中区商务代表石冈已经在长沙的信息，他决定以聚爷朋友的身份去找石冈，就是这一去，他献出了自己那花骨朵般鲜嫩的女儿。石冈开始还不肯接受，说自己年纪太大……

聚爷从河西溜走后，日本人要成立的市商会主席一职，展开了竞争。聚爷如果不溜走，主席非他莫属，谁也不会去争去抢，服气。聚爷走了，可就谁也不服谁了，只有竞争。竞争的最后结果，原针织业同业公会理事长陈万丈胜出。

商会成立时，章质紊和林韵清之所以连张邀请去捧场的帖子都没收到，是因为商会根本就没有举行成立大会，任何形式的仪式都没举行。陈万丈报一个材料上去，日军给了一个批条，批准成立。陈万丈将原针织业公会旧址改作市商会办公处，在门前挂上一块牌子，就算是正式成立了。挂牌子时连挂鞭炮都没放。所以章质紊和林韵清不能怨日军也不能怨这个姓陈的会长。不过就算开成立大会发请帖，他俩也不可能被邀请，谁会去邀请一个小商贩、一个黄包车夫？即使不讲职业讲他俩的兼任职务，一个是坊长，长沙那么多坊长难道都请来？一个是人力车行工会主席，请个工会主席来干吗，添麻烦？他俩要想得到邀请，除非是日军还记得他俩是第一批打着白旗进城的“代表”，并有掩埋尸体、下乡喊逃难市民回城的功劳。或者是日军在审批陈万丈报上来的人员名单时，突然记起他俩，动一下笔，将他俩的名字加上去，不说加到副主席里面吧，搞个理事什么的不成问题，挂牌时就会在场。可日军硬是把他俩给忘了。

日本人治下的长沙市商会成立后，日本人要着手筹建市政府了。筹建市政府先得把基层组织建立起来，最基层的组织便是街坊。街坊得有个坊长。

在这个基层组织建立的问题上，日本人采用推举法，由街坊人推举出一个坊长来。

章质紊那个街坊要推举一个坊长，章质紊本应该是最佳人选，他原来当的就是这个街坊的坊长，不过是国民政府治下的坊长。但他早已经为日军效过劳，所以当过国民政府坊长的“历史问题”不是个问题，继续让他当坊长日军是放心的，但章质紊在这个问题上硬扎，他没当上商会主席，连跻身商会都没能，还能去屈身这个坊长？！他向聚爷学习，也脚底板抹油，只是油抹得不多，没溜多远，还在城里，可该街坊上是见不着他这个人了。

章质紊不见了，日军无所谓，他们把街上一些有铺面的找来，要他们推举一个坊长出来。

“两天之内，坊长的报上来，立即就位。”

连打着白旗率先进城的章质紊都不愿干的坊长，还有谁愿意干？街坊上的人以为章质紊是看清了形势，是在为他自己留后路。

“日本人的坊长不能当，当不得！”

“当了日本人的坊长以后说不清。”

可不搞个人出来当又不行，无法向日本人交差。

街坊上的人聚集到一起商量，想到了一个办法，找到了一个合适的人。

这个办法是，各家各户出点钱，请一个人当坊长。请谁呢？请岔街的“二五”。

“二五”不姓伍，是有点“神不隆通”爱发宝气（宝气：长沙方言，指神叨叨）的二百五。谁说他是个二百五他跟你急，喊他“二五”他乐意。

“二五”是个懒鬼，懒得出奇，一床被子从年头盖到年尾一次都不洗，有街坊妇人看不过去，说要帮他洗，他说：“你洗可以，洗了后要守着晒干，不守着晒干被人偷了去，你得赔。”妇人说：“你这样的被子哪个要啰？”他说：“没人要？贼都进屋偷了几次。”妇人说：“你反正没事你自己守着晒啦。”他说：“哪个讲我没事，我要喝酒，喝酒不是事？”妇人说：“你可以边喝酒边看着外面晒的被子啦！”“二五”说，那不行，一心不可两用。

亦有街坊人要他到外面帮工，别天天待在屋里喝酒，喝酒也得有酒钱啦，如果不愿到外面去帮工，就到他的店子里去，管三餐饭，还给工钱，工钱和外面的一样，不少分文。“二五”说：“你要我到你店子里去，我不害你，我是捞到几个酒钱就要歇息的，酒钱没了再说。”说完，打一个酒气熏熏的哈欠，猛地吼道：

“看前面黑洞洞，定是那贼巢穴，待俺赶上前去，杀他个干干净净。”

右手立成劈刀，往下一砍，把来劝说的街坊吓一跳。

“二五”最喜欢大戏《挑滑车》，说高宠是天下第一英雄，他最崇拜。用现在的话说，他是高宠的“铁杆粉丝”。

街坊人说“二五”是被酒蒙得“神不隆通”成了二百五。他是个单身汉，单身汉有歌谣，“人到二十五，衣裳无人补，出门一把锁，进门一炉火”。“二五”三十五了还没娶堂客（堂客：长沙方言，指媳妇），连乡里女人都不愿进他的屋。他没有屋，住在岔街。所谓岔街，是指正街的拐弯处，喊拐弯不好听，喊岔街显得气派。拐弯处较宽，“二五”在弯边边上搭了个棚子。街坊人不嫌他占了街道，那时也没有城管。

“二五”是真正的人一个、卵一条，城市赤贫。

人一个、卵一条的适合当坊长，无牵无挂。

去请“二五”当坊长的人打了两斤酒，把“二五”从棚子里喊出来。

“恭喜‘二五’，贺喜‘二五’，我们全街坊人都推举你当坊长。”

“二五”不吭声，两眼只盯着他手上提的酒。

“酒是送给你的呢，祝贺你被推举为坊长。全票通过。”

“二五”接过酒才开口：

“你刚才说什么，要我当坊长？还全票通过？”

“是的呢，都说这个坊长只有你能当。”

“我晓得啰，肯定是有事求我啰。两瓶酒就要我当坊长啊，不当。”

来人忙说：“这两瓶酒只是贺礼，你当了坊长后，每个月有酒钱发。”

“二五”说每个月有酒钱发倒是可以当，但事情多了还是不当，不能耽误他喝酒。

“二五”又问坊长主要干些什么。

来人也不知道日本人治下的坊长主要干些什么，随口说：

“坊长有些什么事干呢，无非就是每天晚上到街上转几圈，吆喝吆喝防火防盗什么的。”

“二五”这才说：

“行，这个事耽误不了我多少工夫。月底领钱的地方别要我跑远了啦，跑远了我难得跑，我就到你那里去拿。”

来人说：“行，你就找我，到我这里来拿。”

“二五”当坊长的事就这么定了下来。

定下来后，街坊略通文墨的写了一个报告，大意是街坊一致同意推举“二五”为坊长。还附有一张表格，被推举人：“二五；年龄：三十五岁；婚姻：未婚；住址：岔街一号……”

写报告的人忘了写“二五”的真名，也可能是不知道他的真名，也可能是喊“二五”喊惯了，随手就写了“二五”。

报告一送去，日本人就批了，“二五”就正式当上了坊长。

坊长“二五”就每天晚上敲一面锣，喊：

“各家各户，小心火烛，防火防盗，防没良心的打劫。”

最后那个“防”是别人替坊长“二五”加上去的，前面那两个“防”“二五”知道。“二五”觉得多喊一个“防”还是好些。

转几圈，喊几遍，懒走也懒得喊了，回到棚子里喝酒。喝得二五八后倒头便睡，一觉睡到第二天下午，晚上再敲锣，再喊。月底就去领酒钱。

坊长“二五”不但过上了不愁没酒钱的日子，而且因为所干的工作就是敲锣喊“……防火防盗，防没良心的打劫”，使得他在几年后划成分、查历史的运动中，被定为政治可靠，是依靠对象。成分没得说，是只有个棚子栖身的赤贫，填到表上：城市贫民。享受贫农的政治待遇。历史呢，如果真当过坊长，坊长相当于保长，日伪保长，不杀也得管制。可工作组一查证，哪是什么坊长，是打更的更夫。

基层组织建立了，日本人准备成立市政府，继而是省政府。

他们属意的省长最佳人选是何键或赵恒惕，两人都是湖南人，都当过湖南省省长。何键曾是北伐名将，吴佩孚是他的手下败将，取汉阳，克武昌，被蒋介石称为“北伐首功”，有言：“武汉会师为北伐成功之关键”，“而汉阳一役实为会师之关键”。赵恒惕治湘时，组织制定过《湖南省宪法》，开近代中国制宪先河，为中国第一部正式通过的省宪。后来他成了一个佛学居士，日军占领上海后，曾动员他出山任职，但赵恒惕和吴佩孚一样，严词拒绝。两年后回到湖南，参与抗日，当选湖南临时参议会议长。

日本人属意何键有一个重要因素，何键在“七七”事变前一年，即民国二十五年（一九三六年）三月十七日，曾向日本驻汉口总领事密告过国民党中央派陈立夫前往苏联“暗中策划中苏合作”的外交机密，说陈立夫是装病在家，“足不出户”，其实已秘密赴苏，提醒日本注意。他自己则说他之所以告密是担忧苏联把“魔手”进一步伸向远东。何键素以反共著称，杨开慧就是被他杀害的。但“七七”事变之后，他与中共又走得很近，他还曾为《新华日报》发刊题词。所以时势复杂，人也复杂，一切都很复杂。

其时，尽管何键在重庆，赵恒惕曾严词拒绝，日本人仍属意这两人，只是认为时机尚未成熟。

既然时机尚未成熟，那就再等一等，暂时把省长人选放一边，先成立长沙市政府。

市长让谁来当最合适呢？

——人称“卓公”的卓雪乾。

卓公的名气大，有影响力。

日本人要卓雪乾来当市长，放出风去，日军就是要和卓公这样的名人贤士合作。一则给卓雪乾造成似乎已成定局的压力，二则断定会有他的亲朋来请缨，自告奋勇去劝说。“中国人的，他们认为能从中得到好处。”

果不其然，就来了自愿去当说客的。

自愿去当说客的人中，章质紊是一个。但他没向日本人请缨，而是自个儿悄悄地去请卓公。

章质紊没有先到日本人那里去，因为他知道如果先去见日本人，说他愿意去劝说卓公，得到的只能是“山打根”给他的“待遇”：鄙夷不屑。你去?！你算什么玩意!

“日本人狂妄，瞧不起人。可若不是搭帮老子率先进城，几千具尸体能在那么短的时间里拖到城外掩埋干净？躲在郊区的难民，能那么快就回城？卸磨杀驴，老子×你妈妈瘪！”

章质紊本也不想再去揽日本人的事，得不到多少好处反冒风险，连聚爷那样的人物都溜之大吉。可和林韵清开完“碰头会”后，他心里又觉得不平衡。

这个不平衡是因为林韵清。

他和林韵清已经以“兄”“弟”相称，说好的有什么路子两人共享，可林韵清竟瞒着他找到榴聚慎，劝聚爷出山，如果聚爷去当了商会主席，他就能捞个好位置。还幸亏聚爷硬不肯就任，溜了，他才竹篮打水一场空。这个林老弟也靠不住!

林老弟有路子不告诉他章老兄，他章老兄也得搞个好路子不告诉林老弟，才算两清。这不，他得到了日本人要卓雪乾去当市长的消息，他决定不和林韵清开“碰头会”，也来个单独行动。

章质紊虽然决定单独行动去劝说卓公，却仍然迟疑。其一，卓公避居在河西，自己可是怕去河西的。但想了想，这么久了，河西根本就没对他怎么地，连个警告都没有，可见河西对他曾打白旗什么的并不介意，大概也就是认为他举白旗为自保而已，街上的商铺不也有伸出白旗的么？再说他这是去会卓公。其一遂被排除。其二，自己此去有用么？这点他有自知之明：卓公，岂是我等能说动。但一想到林韵清，他觉得非去不可：“你林韵清林老弟根本不认识聚爷都敢去，我章老兄和卓公还有过一面之交，我怎么不敢去？你请聚爷没成功不觉得丢了面子，我请卓公如果没成功更不会丢面子，可万一成功了呢……你走聚爷那条路子还只是个商会，卓公这可是市长！卓公当了市长，能不让我进市政府……”

章质紊想到万一能进市政府，弄个有油水的科长、股长干干，嘿，那叫一个爽！自己当过最大的官还就是个坊长，他已经知道自己原来那个坊长给了“二五”，街坊竟然推举“二五”当坊长，这让他觉得简直玷污了自己，岂不是把他和“神不隆通”的二百五相提并论了。

“他‘二五’是什么人，老子是什么人，老子敢率先从洞井铺回城，敢第一个去见日本司令……”

可一想到那个日本司令，他妈妈的瘪，“山打根”！他又觉得自从见了那个“山打根”，运气反而不怎么好，被命令去掩埋尸体，尽管最后弄到了一些掩埋费，可那些尸体，那些个惨相，一想起就要呕吐。

章质紊一顿乱想后，强迫自己静下心来，得好好想出些见了卓公的说词。要怎么对他说呢？怎么才能打动他呢？

卓公是个有学问的儒雅之人，对于有学问的人，得用哀兵之计。

章质紊想到的哀兵之计，是要以哀动之，他要学大戏台上申包胥哭秦庭，到卓雪乾面前泣求，说卓公你如果不出来当市长，让坏人当了，遭罪的是老百姓，是长沙市民啊！卓公你不能看着老百姓，看着长沙市民再遭罪啊……

章质紊觉得此计可行，而且此一去，肯定会给自己带来好运气。

章质紊见着了卓雪乾。卓雪乾这位有学问的儒雅之人没有像聚爷对林韵清那样，要他转告日本人，说身子骨欠安，得静养，这个差事懒得干之类的话，而是劈头盖脸将他骂了个狗血淋头，而后将他轰了出去。

章质袤被轰出去后，还有点摸不着头脑，这个卓公怎么全无有学问之人的儒雅之举呢？

章质袤之所以被卓公这位有学问的儒雅之人劈头盖脸骂了个狗血淋头并轰出去，是触了霉头。在他来见卓公之前，已经来了数拨说客，有卓公的老同学、老朋友，还有亲戚、同宗后辈，劝他去当市长的理由各有一套，不尽相同。卓公始是以礼相待，奉白开水一杯，然后坐下，儒雅地听来人说，既不插嘴，也不打断，待来人无话可说了，即起身送客，送客时说一句“此等话以后不要再对我说”。继而来的人虽仍能在卓公对面坐下，但已无白开水可喝，说不上几句，便被打断。卓公说，“你等本也应晓大义，为何欲陷我于不义”。又继而来的人可就不但无白开水可喝，连坐的凳子也没了……

卓公这位有学问的儒雅之人越来越不耐烦，这就来了章质袤。

章质袤一进来就往卓公面前一跪，做哭泣状，请卓公可怜长沙百姓一定得去当长沙市长，这就把儒雅之人惹火了。有学问的儒雅之人也需要发泄，就正好发泄在章质袤身上。

卓公对这些说客不耐烦了，完全可以闭门谢客，任何人都不见，可他为什么又见呢？

他是没办法，闭门也没用，他不见说客但说客能见到他。

卓公此时所在不是他的公馆，是租住的房子，可谓寄人篱下。这房东也希望他去当市长，只要他当了市长，日后有事可去找他，一开口，“市长大人你那时在我家住过的啊，我是你的老房东啦”！在亲戚朋友、认识的不认识的人面前也牛，卓市长、卓公，落难时就住在自己家。晓得不？

对于房东来说，他还可以因说客的到来得些零花钱。他这院子有前门、后门、侧门、直通外面也直达厅堂的厨房门，卓公也对他说过要闭门谢客，他也谨遵吩咐，将前门关闭，甚至后门也关闭。自个儿却在外面候着，见有穿长衫子的来，知道定是说客，努努嘴，示意走侧门，侧门是虚掩着的。当然，得先给他表示一点意思。

卓公曾责问他，为何闭门谢客仍有“客”进来？他说：“所有的门都关闭了，但厨房那道门无法关闭啊，得做饭吃，厨房里的人得出外到水井打水，到水井边洗菜，还要洗各种要洗的东西，除非把水井搬进来。水井搬进来也不行，总得有个进出的地方，我这乡野地方不像先生在城里的公馆，也没有城里方便，到城里买一次东西回来吃多麻烦。我这里，唉，先生你知道，全靠到田里地头收一点回来，没有个进出的口子怎么办呢？来的又都是先生你的亲戚朋友，不敢拦也拦不住，他们看着有个进出的口子一钻就进来了，唉！”

房东反显得冤屈。

倒是章质綮帮了卓雪乾的忙，他被轰出来后，见人就说卓公是真正的那个什么贫贱不能移、富贵不能淫、威武不能屈，市长在他眼里如同草芥，任何人也休想说动他，不要再去自讨没趣了。这么一说、一传，还真就没人去找卓公了。有人问章质綮是不是见过卓公，是不是在卓公那里讨了个没趣。他说见过啊，但卓公对他还算客气，请他喝了茶。

在去当说客的人中，不乏日本人找到的卓公的亲友，均被拒绝。日本人也就放弃了要卓雪乾当市长的打算，转而另觅他人。

倒是章质綮又为日本人想了想，日本人也不容易，属意聚爷当商会主席，聚爷跑了；属意卓公当市长，卓公断然拒绝。只有基层坊长如“二五”之类，没费什么心。

日本人转而另觅市长人选，看中了我那外戚。

十二

我那外戚是平江三眼桥人。

平江有将军县之称，从这个县走出的中共将军们绝大多数是参加彭德怀平江起义，跟着彭德怀杀出来的。据说当时参加平江起义的平江人有十多万人，占全县人口的三分之一，这十多万人跟着彭德怀一路冲杀，杀进江西，杀上井冈山后，究竟还有多少，再后来参加长征的究竟还有多少，都没有统计数字，长征后到达陕北的肯定就没有多少了。经过长征的当然都是老红军，到一九五五年授衔时，平江就成了将军县，有将军五十多名。如果再加上国民党的将军，那就有上百人。

长沙保卫战期间，位于长沙之东、汨罗江上游的平江县，是日军围攻长沙的必经之地。

关于平江为什么是日军围攻长沙的必经之地，有两种说法。一说是军事，平江连江西、接湖北，是兵家必争之战略要地，又是长沙外围的东面屏障，故日军必走平江。一说是人文，三分之一的平江人都参加平江起义走了，参加起义的只能是青壮年汉子，剩下的都是老弱病残妇女了，平江起义是一九二七年，第一次围攻长沙是一九三九年，才隔了十二年，新生出的才十二岁，都是娃娃。连林韵清都知道日军打中国早就对中国了解透彻，打湖南对湖南了解，打长沙对长沙了解，故而，日军对平江当然也了解，了解平江只有些老弱病残妇女儿童，所以放心大胆派一路人马进军。

这一天，三眼桥的几位乡民急匆匆走进一座庄园，慌乱地大喊：

“得先生，得先生，不得了啦！日本兵朝我们这里来啦！”

“得先生，得先生，日本兵是一路烧杀过来的，我们这里也要遭殃了。”

“得先生，得先生，你老人家给想个法子吧！”

被喊作得先生的就是我那位外戚，姓谭名得。

谭得先生早年留学日本，加入同盟会，参加过辛亥革命，后又参加北伐，在国民革命军中任过要职，还当过湖南管金融财政等重要部门的官。他是民国元老、湖南地方名宿。

此时，他正退息在老家三眼桥所置的庄园。

谭得回到老家，不让乡邻喊他原来的职务，连谭老也不让人喊，说他才五十多岁，虽然没管什么事了，但还不老嘛。“喊先生，喊先生就行。喊先生亲切。”乡邻便喊他得先生，果然亲切。

得先生听得老乡们慌乱地喊，迎出来。

“莫慌，莫慌。各位，是日本人来了吗？”

日本人朝他家乡而来，早在他的意料之中。

自武汉沦陷，他就断定日军必取长沙，什么时候攻打，只是个时间问题。而日军要取长沙，必借路平江。就算不打长沙，平江也免不了兵燹之灾。江西、湖北都被日军占领，与这两省接壤的平江能成“世外桃源”？

既然如此，得先生为什么又回到平江老家栖居于田庄呢？原因只有一个：他不怕日本人。

“得先生，是日本兵来了啊！”

“得先生，你老人家要是也想不出法子，就赶快逃吧！”

“得先生，你老人家平时对我们好，日本兵来了，我们不能不来告诉你啊，我们陪着你老人家逃吧。”

得先生的平江乡邻讲义气，危难时刻不忘他。

“日本人离这里还有多远？”得先生问。

“哎呀，就快到了啊！”

“再不走就来不赢了啊！”

得先生却说：

“好吧，那我就去迎候吧。”

得先生这话令乡邻惊了一跳。日本兵来了，你还去迎候?！你不知道日本兵杀人放火?

“得先生，我那个嫁出去的女儿和她家娘逃到我这里来了，她那个村子已经全被烧了啊！你老人家去不得，去不得！”

得先生如同没听见，撩步就往外走，走时撂下一句话：

“你们就留在这里。用不着逃。”

撂下这句话，得先生快步出了庄园大门，那步伐，那速度，哪里像个五十多岁的老人。

“留在这里，用不着逃?”乡邻都怀疑听错了。

“他先是说去迎候，现又要我们留在这里不用逃，他老人家是不是听得日本兵来，被吓懵了呵！”

“不行，得先生吓懵了，不能让他一个人懵里懵懂地去送死。我们得赶上他，拉着他往山里逃。”

“对，对，这庄子就别管它了，东西也别管了，被烧、被抢由它去。只要救得一条命。”

“留得青山在，不怕没柴烧。”

……

讲义气的乡邻们就这么说着，决定去追得先生，无论如何也要拉着他往山里跑。话是这么说，终究还是怕，怕一出门就遇上日本兵，皆小心翼翼，随时做好撒脚丫子往山里跑的准备。若日本兵已经来了，也顾不得那位得先生了，别把自个儿再搭进去。

看见得先生了，他竟呆呆地站在岔路中间。可能真的懵了。

“得先生！”

乡邻们朝得先生跑去，刚跑到他身后，真正的呆了。

日本兵！

这支日军也没用什么尖兵在前面探路，就那么排着两列纵队前行。一路上没遇到什么阻挡，大摇大摆。

几位乡邻去追得先生时，走的是直路，所以没看见日本兵，到了岔路口，才猛地看见，原来想着若日本兵来了，赶紧跑，到得真的见了日本兵，腿又不听使唤，挪不动了。

这当儿日军队伍前面的士兵已朝得先生举起了枪。

日本兵举起枪，得先生大喊了一句。

得先生这一喊，举枪的日本兵就将枪口朝下了。

得先生喊的这一句，乡邻们都没听懂。平江话于外地人是十分难听懂的，可乡邻竟然也没听懂他的这句“平江话”。

得先生喊的是：“你们是哪个部队的？”

得先生这话令日本兵不能不惊讶，惊讶得不能不把枪口朝下。

得先生说的是流利的日本东京话。

在这荒僻的山野，竟有他们日本人？这个日本人身后，还有几个乡民，难道是特高科的人？他那架势、那气派，又必定不是一般人员。

得先生朝日军走去，一边走一边仍然用乡邻听不懂的“平江话”喊：

“你们的部队长是谁？我要见你们的部队长。”

部队长迎上来，和得先生以日本礼节相见。得先生对部队长不知说了几句什么，部队长立即“哈衣哈衣”，随即命令部队：此地不得骚扰！

日军部队长下完“此地不得骚扰”的命令后，还向得先生鞠躬。鞠躬道别后率领队伍从乡邻身边而过，径直而行，路边的村子连进都不进去。

乡邻们比开始猛地碰见日本兵还要呆愣，这是怎么了，这是真的吗？旋清醒过来，神了！得先生怕莫是个神灵，仅与日军讲了几句话，就保全了他们的性命，保全了他们的家园。

三眼桥一带安然无恙。

这事儿立即在当地传开，传到后来变成“得先生一语退日军”。“退日军”不实，日军没退，而是继续往前，但当地未遭杀人放火抢劫是实。

我这外戚谭得先生究竟对那个日军部队长说了什么呢？他没说别的，只介绍了自己的一点简历而已。他是日本士官学校陆军科第一期毕业生，与先后任日本中国派遣军华北方面军最高司令长官、中国派遣军总司令的冈村宁次是同学、朋友。

光凭毕业于日本士官学校陆军科第一期这一点，这个日军部队长就要尊称他老前辈。用平江人摆老资格的话说，老子在士官学校毕业时，小子哎，你的鸡鸡还在地上裹灰。

如此老资格的得先生，能不被日本人定为长沙市长的人选？而日本人之前说要卓公出任市长，且放出风去，不无“明修栈道，暗度陈仓”之意。要卓公出任市长为明，暗地里去请得先生。否则，不会故意泄露消息。去请得先生是在严格保密的情况下进行的。

日军这一情报为国民革命军第九战区司令长官薛岳获知。

薛岳正因为第四次长沙保卫战失利而遭国人诘难。

前三次长沙保卫战尤其是第三次长沙保卫战，薛岳打得是那么出色，国人称之为“常胜将军”，日军也称他为“虎将”“长沙之虎”。可第四次长沙保卫战，这位“常胜将军”“虎将”又为什么输了，而且输得那么快？

轻敌乃第一原因。

第三次长沙保卫战取得大捷后的两年内，日军再没有向第九战区发动大规模进攻，第九战区部队尤其是长沙一线守军有所懈怠。第九战区司令部尽管已判断出日军有第四次进犯长沙的企图，通知所属各部队做好战斗准备，但认为不过又是前三次会战的重演，未予格外重视。薛岳本人曾云“日寇三败之余，不敢问津长沙”。

二是情报不灵。

日军经过充分准备，集结了二十万兵力，其中有关东军精锐，但第九战区司令部根本就不知道有关东军南下，未想到会遇如此强敌。

三是兵力部署失误。

第三次长沙保卫战取得大捷一个关键点在第十军预十师葛先才部毅然弃守为攻，将日军逼退数里，为岳麓山上的炮兵赢得空间，坐镇岳麓山指挥所的薛岳亲自下令炮兵猛轰，使日军遭受重大损失，为援军到来争取了时间。此次进攻的日军吸取了遭到岳麓山炮兵轰击的教训，攻城的日军分出部分兵力配合西线日军迂回到岳麓山后面，向岳麓山发起猛攻，而守卫长沙城的第四军炮兵阵地设在岳麓山前面，发挥不了作用。岳麓山很快被日军占领，设在岳麓山的第四军军长张德能的指挥部也没了，城内守军被迫突围，突围时又无统一指挥……

长沙城于六月十五日被围，十八日即沦陷。

长沙失守后，张德能被蒋介石下令枪毙。作为战区最高长官的薛岳自然难辞其咎。

遭国人诘难的薛岳想挽回一点因败绩而造成的影响，正想派一个得力人员打入长沙日伪高层。在得知日军要谭得出山当市长的情报后，认为谭得也是他的合适人选。

于日军来说，得先生留学日本，毕业于日本士官学校，而且是陆军科第一期，和冈村宁次是同学、朋友。于中国军队来说，得先生是民国元老、辛亥功臣、北伐战将、湖南地方名宿。还有一点，鲜为人知，民国二十八年（一九三九年）在平江发生过一桩事件，共产党称之为“平江惨案”，我这外戚营救过新四军留守处的主要负责人，所以他又是共产党的朋友。反正在那年代，多和几方面有关联不会吃亏。

同样还有一点，鲜为人知，何键向日本驻汉口总领事馆密告陈立夫秘密赴苏的外交机密，是我这位外戚得先生具体所为，他当时是何键的顾问。所以日本人看上他为长沙市长人选，不单单是因为他毕业于日本士官学校、和冈村宁次是同学、朋友，也不是外人所说他是湖南亲日派之首那么简单。

当薛岳也认为我这外戚是他的合适人选后，小小的三眼桥，顿时成为一个秘密焦点，得先生的庄园，接待了数批不速之客。

是夜，一个身影闪进了庄园。

得先生的庄园没有警卫也没有仆役，就只有他和家人；庄园也就是一个普通的院子而已。院子里若住的是农家，这个院子叫农家小院，因为住的是名人就被喊作庄园了。之所以是“一个身影闪进了庄园”，一则是夜里，只能看到一个身影；二则庄园没有紧闭的铁门，用不着敲门也用不着越门或翻墙。来人选择在夜里来，是不想被他人看见。须知乡邻的嘴巴多是“活电报”。

得先生坐在堂屋神龛前的八仙桌旁，似乎早就知道会有人来，他在等着。

“来了啊！”

“叨扰叨扰。”

“坐吧。”

来人便在八仙桌另一侧坐下。

“时间不早了，有什么事请讲吧。”

“想请先生谈谈对时局的看法。”

“息影之人，能有何看法，即使有所看法，也于时局无补。”

“既然先生不肯赐教，那我就开门见山了，还望先生见谅。”

“我知道你要说什么，但还是得由你讲。”

来人便说：

“日本人已经来找过你了吧。”

“没错。”得先生答。

“我此次前来，是受薛岳将军所派，薛将军要请先生出山。”

“喔，是薛岳将军的特使。薛将军乃常胜将军，常胜将军还要请我出山，是要请我去给他当幕僚吧。他该早点来请我啊，早点请我去，替他筹划筹划如何守长沙，兴许还能多守个两天，不至于三天沦陷。”

这话将特使呛了一下。心想：“薛将军也落了个‘墙倒众人推’，打了那么多漂亮的胜仗，没见你谭老先生去贺一句，败了一仗，连你这山野之人都奚落。”可没办法，奉令而来是要他出山，不能为薛将军抱屈和他打口水仗，只能装作没听出言外之意。

“是请先生去日寇组建的长沙市政府当市长。日寇派人来请过先生，薛将军也特派我来请先生。”

得先生的回答是：

“日本人请我，不去！你们薛长官来请我，照样不去！”

“为何？”

“息影林下，自在逍遥，还去蹚什么浑水。”

“真的不去?！”

“不去！”

“那好，请你看一样东西。”

特使拿出一页函纸，递给得先生。

——薛岳的亲笔手令。

得先生看了薛岳的手令，沉吟了一会儿，说：

“看来不去是不行的喽！薛长官下了命令啊。”

“薛将军是请先生。为救国计，先生理应出山。”

得先生站了起来，背着双手，在堂屋里转了几圈。

“你说为救国计，我应该去？”

“是的，先生应该去。”

转圈的得先生猛然立住，狠狠地盯住特使：

“什么为救国计！你们这是害人计！想陷我于叛国之境！再对你说一遍，我已经老了，所以不去！不去！”

得先生刚说完这句，侧房里走出他的儿子。

儿子应声而道：

“你不去我去！”

敢对得先生这样的老子如此说话的儿子，肯定不是个平庸之辈，他和他父亲可说是校友，亦毕业于日本士官学校，父亲是陆军科，他是骑兵科；父亲是陆军科第一期，他是骑兵科第十七期。如果只说军职，父亲在国民革命军北伐时担任过第八军的军法处处长，他则当过何键的骑兵团团长。

儿子长得一表人才。

特使一见得先生的儿子，暗暗称奇，人言虎父无犬子，谭得这个虎父虽然快成老狐狸了，儿子却又是出山虎。此人若代父而去，定能胜任。

儿子走出来那么一喊，得先生显得有点无可奈何，薛岳的手令在此，自己能以年纪大了来推脱，儿子自告奋勇愿去，难道还能阻拦？

得先生却对儿子说：

“你知道什么？胡乱应答。”

特使忙说：

“他不是胡乱应答，他是为了救国。”

得先生说：

“派人去当伪政府官员就能救国？”

儿子说：

“去当伪政府官员是假，做内应才是真嘛。自古以来就有这种战术。”

得先生拿这个儿子无法了，只得说：

“你真的要去？”

儿子说：

“你不去那就只能我去了。”

得先生说：

“你有没有想过后果？”

儿子答：

“奉令而去，有何后果，只要不被日本人识破就行。”

“你，你真是不堪教也！”得先生指着儿子的脸。

“爷老子呃，平常我都听你的，这次你就别拦我了啰！”

儿子执意要去，得先生仍说：

“你难道非去不可吗？”

“非去不可！”儿子回答得铁硬。

“唉——”得先生叹口气，“你如果非去不可，我得与你约法两章。”

“只约法两章啊，三章也行，说吧。”

“第一，你去后，不准提到我是你父亲。第二，你去后的一切行动，须听我秘密指挥，不可自行其是。”

“谨遵谨遵。爷老子，你这是同意了吧。”

得先生又和特使一番协商后，同意儿子代他而去。

得先生一同意，特使忙对先生致谢。转而对先生儿子说：

“兄弟你去就任，我就可以回去向薛将军复命了。凭兄弟的资历学识，应付日本人不成问题。”

说完，又问得先生：

“先生我有一事不明，先生见我到来，怎么不问我的姓名，何人所派？倘若是日本人再来一个回马枪，假说是薛岳将军派来的人，先生岂不入彀？”

得先生没回答，儿子替他说了。

儿子说：“就算你是日本人派来的，在你拿出薛长官的手令之前，父亲说的话，有哪一句不妥？”

“明白了，明白了。”特使说，“敬佩，敬佩，先生的话滴水不漏。未见薛岳将军手令，先生是不动声色啊！”

“你明白了，我可还有一点不明白。”得先生说，“就这么着完事了？你可以回去复命了？说是我同意了，要我这个儿子去就任伪市长？不给个什么凭据，日后能说得清？”

特使忙说：

“薛将军的手令即是凭据。”

得先生说：

“光凭薛长官的手令？老头子难道没发什么话？”

“老头子”指的是蒋介石。得先生知道，薛岳不可能未向老头子请示就发手令，自长沙失守后，老头子对薛岳的信任骤减，薛岳绝不敢擅自行事。而他之所以最终同意儿子出任伪市长，断定薛岳的手令是老头子授意，自己也不能不按老头子的意思办。

“差点忘了，忘了。幸得先生提醒，若忘了转达，这个罪可吃不消。”特使慌慌地说。

“快讲！”

特使说，老头子已通知军统，赐令公子代号为“天圆”。

“还是老头子厉害啊，早就料到必定是子代父出。”得先生叹道。

“老头子亲自为我赐名！”谭天圆则兴奋不已。

谭得先生要儿子替任，日方认可，行，和他父亲一样，大日本士官学校毕业生……再“面试”一下吧，嗬，倜傥之士，气质不凡；提几个问题，对答如流。哟西哟西，就这个谭天圆了！

有薛岳手令、老头子亲自赐号的谭天圆自民国三十三年（一九四四年）十一月一日正式上任，只当了九个月市长，日寇投降，长沙光复，他进了监狱。

薛岳的手令、老头子所赐的代号都没保住他。日伪长沙市长谭天圆被定为湖南第一大汉奸。

老头子的话也靠不住啊！

在谭天圆正式上任的四个月前，守衡阳的第十军军长方先觉接到蒋介石打来的电话，希望第十军能固守衡阳两个星期，并给方先觉“二字密码”，谓“你若战至力不从心时，将密码二字发出，我四十八小时解你衡阳之围”。结果只有一万七千多人的第十军孤军奋战，死守了四十七天，“二字密码”几乎天天发出，未有一兵一卒进城支援，最后弹尽粮绝。城内仅剩下七千余伤兵，日军以阵亡四万八千人、伤亡超过七万人、师团长等高级将领数十人被击毙的代价攻破衡阳。为保全伤兵性命，本准备自杀的方先觉（自杀电报已发出）与已破城日军达成协议，日军不杀伤兵，守军放下武器（放下的武器已全是“烧火棍”了）。第十军之英勇顽强令日军都敬佩赞叹不已。衡阳城破的第二天，毛泽东亲笔撰文说“守衡阳的战士们是英勇的”。这么一支英勇的部队却遭遇了极不公平待遇，舆论汹汹，国人愤怒，说方先觉为什么不自杀，说什么为了救只能躺在地上呻吟的数千伤兵，明摆着就是投降，以至于惊天地泣鬼神的衡阳保卫战、与兵力十倍于己的日寇战至弹尽粮绝的第十军，反而成了耻辱之军。

老头子那些靠不住的话，有时也是力不从心。“二字密码”发出，最高统帅部的确在调动援军，且日日催促援军速解衡阳之围，但援军皆为保存实力，观而不进，或进抵城外又开溜了。这些名为衡阳保卫战的外围部队倒真是溜之大吉，既保存了实力，又没有遭到舆论和国人的愤怒指责。

谭天圆在被列为汉奸接受审讯时，他也曾“抬出”手令、代号为自己辩护，但无用处，亦是舆论汹汹。“日伪长沙市长不是最大汉奸还有谁是汉奸？”不过判刑后不到半年，他竟然能脱逃而不知所终，个中缘由，就只能任人去猜想了。

十三

由谭天圆拟定，分设民政科、财政科、建设科、教育科、司法科及秘书室、合作指导室等五科二室并附有各科室主任人选的市政府组织架构报告一送上去，日军就批准了。报告还附有“定于一九四四年十一月一日在中山路设立长沙市政府……”的邀请函及邀请参加市政府成立大会的人员名单，亦同时获批，“照准”。

谭天圆选定十一月一日开成立大会，是选了日子的，选的这天是个黄道吉日，可他的组织结构里没有气象局，也就没有天气预报，黄道吉日只说适宜干什么，没说什么天气。结果黄道吉日碰上的是狂风大作，电闪雷鸣，大雨倾盆，经久不息。

按时令，阳历十一月一日农历尚在十月初，正是湖南的黄金季节，一般不会有雨，即使骤起狂风，突降大雨，也是过眼风雨，不会很久。可谭天圆就任这一天，硬是风不息雨不止。

会场原本设在露天场地，好吸引市民来观看，为避风雨临时就近找了个破旧会堂，头天晚上悬挂的横幅被风雨一打，只剩红布未见字了，插的各色彩旗、张贴的标语被刮得七零八落……

长沙市民说奇了怪了，这个季节这个日子从没见过这样刮风下雨的，这是老天都不认这个政府，只怕搞得几天就冇咯！与会者心里也觉不吉利，这个，这个怕莫是预兆。

与会者除必参加的如日方头儿、“组阁”的各科室主任、工作人员等人外，便是应邀参加的全市名流。名流中，榴聚慎原本要代表商会致辞的，可他跑了，这一项就取消。按理说章质紊和林韵清也应该请来参加，毕竟是第一批打着白旗进城，而且掩埋了尸体，为清理城区做了实事的，况且也就是来参加个成立大会。这成立大会既无纪念品发又不管饭，会散了还得自个儿去找地方“咪西”，多几个人捧场不更好吗，可邀请名单上硬没有他俩。他俩也就没来参加这个成立大会。没来参加这个成立大会后来成了他俩吹牛逼的资本，章质紊说：“老子连那个伪政府成立大会都没去！”林韵清说：“伪政府成立大会请老子参加，对不起，老子说没空，坚决不去！”

尽管电闪雷鸣，大雨滂沱，成立大会还是按时开始，司仪宣布鸣炮奏乐。准备好的鞭炮却因被雨淋湿，响不起来，敲锣打鼓吹号的还算灵泛，赶忙使劲敲使劲打使劲吹。躲在对面屋檐下看热闹的没听见鞭炮响，以为日本人不兴放鞭炮。只嘀咕，“连挂鞭子都没放，还成立个什么卵把戏”。

谭天圆讲话本中气十足，声音洪亮，不需麦克风（也没有麦克风），可他的就职演说尽管把嗓门提高到最大限度，坐在前排的人还是听不清。为甚？雷声轰轰，雨声哗哗，风声呼呼。好在他发表演说不用秘书写稿子，不是照着稿子念，不用将稿子念完，他即兴发挥，可长可短，讲完些自己认为该讲的便算了。

日方头儿讲话的不是“山打根”，来了个戴眼镜的桥本，这个桥本不知是不会讲中文呢还是故意不讲中文，总之讲的是日语。讲日语没带翻译也不要人翻译，站到台上就开讲，咕噜咕噜讲了一番，除了谭天圆等几个会日语的能听懂，坐在下面的无人懂。

接下来是授印接印。戴眼镜的桥本将长沙市政府大印授予谭天圆，谭天圆接过大印，用日语对桥本说了几句什么，桥本鼓掌，下面有少数人跟着鼓掌，大多数没鼓掌，没鼓掌的大致是名流，不怕追究责任——没听懂，听不懂，不知道谭市长说的话该不该鼓掌。

……

关于成立大会这天天公突然变脸，狂风大作，电闪雷鸣，大雨倾盆，横幅无字，彩旗标语零落泥地，鞭炮不响，谭天圆的就职演说下面听不清，桥本代表日方讲的话下面听不懂等等，绝非因是伪政权成立故意贬之、丑化，而是有长沙老人亲历，他们记得清清楚楚。实事。

成立大会虽然预兆不好，只怕搞得几天就没咯，但我这个外戚谭天圆倒是有当市长的能力。

成立大会结束，风停雨止后，他那个长沙市伪政府的安民布告、劝业布告、保护商贸的布告等便贴满大街小巷。他所组建的五科二室人员全部到位，行政工作开始运转，且工作效率不可谓不高。很快，城内秩序得到恢复，开始展现生气，回城、来城的人日益增多。

城市要有生气，首先得恢复供电。长沙老人说："嘿，黑暗了数月的街头，那天晚上，有些街道突然亮起了照明电灯，原以为是电灯公司恢复供电了，其实是一些商人老板用汽车马达发电，还有的用柴油机发电，安定一些了，得做生意，晚上的生意如果没有照明，谁敢来？"这一"发明"带动了不少商家，纷纷仿之。原来热闹的街道又重新热闹起来。

最热闹的是赌场、戏院、酒店饭馆。

赌场发展之快、之多，创长沙市前所未有的纪录，司门口原中国银行变成了公共赌场，八角亭原来最繁盛的介昌绸庄变成了公共赌场，就连藩后街原地方法院也变成了公共赌场……利用断墙残壁将进出之道改得弯弯曲曲于隐秘处所设的地下赌场更是不计其数。赌场老板又有湖南帮、湖北帮之分，各占据"要地"。

紧随赌场发展的本应是妓院，或发展于赌场之前，"嫖赌嫖赌"，然妓院不多，未形成气候，间或有之，紧随其后的是戏院，乐声戏院、新长沙戏院、新民乐戏院……全是新开的。

长沙的吃本就有名，略一恢复，几乎天天有放鞭炮庆贺重新开业的酒店饭馆，长沙老人至今还记得潇湘酒店、三和饭店、西濠、奇珍阁等，说是那时最高档的酒席馆。中低档的饭菜馆则每街多则十数家，少则两三家，火宫殿每天吃客爆棚，粉面馆随处可见。

赌场发展得快，发展得多，自然是因为来赌的多；戏院新开张的多，是看戏的多；酒店饭馆开得多，靠的是吃的人多。

这些赌客、戏客、吃客，城内人不多，主要是外面来长沙城的。来城的之所以多，就在于放开了贸易。谭天圆自己不会做生意，不懂生意窍门，也确实没有发到什么财，但他知道这玩意只要一放开，自然有人进城来，只要有人进城来，城里的经济就会活跃起来。

谭天圆所实行的劝业、保护商贸政策，使得每天光装载粮食、农副产品进城的独轮车就有数千上万辆，洞庭湖各县装载粮食、鱼虾的船只停泊湘江各码头的亦多，这些商船主要是来换盐换布匹及香烟等紧俏物资。这些紧俏物资多由日本人控制，其时日方发行的货币叫储币，为保证储币价值稳定，日方定期定量地抛出食盐、卷烟及布匹等物资，只准以储币交易，而长沙四郊及邻近各县不少地方，仍使用法币，因之形成了兑换互差的比值。这就又产生了一种职业，兑换赚差价。专门有人于不打眼处，见有人路过就走出来问："要储币不？兑储币不？"几十年后改革开放的长沙袁家岭桥下，便尽是这样的人，不过问的是："有美元不？兑美元不？"

城内一些市民参赌，赌注不大，想去碰碰运气，补回些因逃难造成的损失；推独轮车的卖掉货物得了几个钱，进去赌一把试试手气；商人进去，输了说是破财消灾，聊以自慰。从赌场出来的，只要身上还有几个钱，必进戏院、下馆子，起码也得去火宫殿吃几块臭豆腐、一碗猪血汤。这年月，还不享受一下，说不定哪天就没了！就连肩挑手提一些菜蔬进城卖的，也要去吃碗粉，吃碗面，长沙的粉面可是有名得很。南门口炸糖油粑粑的又兴盛起来，但老顾客还是想吃林韵清炸的，相互见面爱说那个糖粑哥怎么还不来开张啰。蔡锷南路卖百粒丸的生意尽管好起来，但还是有些纳闷，原来每天必来的章百粒怎么不见来？

小孩子也感觉到了一些变化，鬼子竟然给他们糖吃。

"小孩，你的过来，糖的给。"

摊开手掌，红红绿绿的纸包糖，有些还是透明纸包着的。

纸包糖的诱惑力实在太大，但小孩都不敢接。家里大人教了的，鬼子给的东西千万不能吃，鬼子会在里面下毒药。

“小孩，糖的好吃！大大的好吃。”

鬼子边说边剥开一粒，放到鼻子下嗅，作出好吃得不得了的样，反把小孩们吓得撒腿就跑。

有胆大的跑一下，立住，往回看，鬼子见他回头，将糖往嘴里一扔，吧咂吧咂，又摊开手掌，亮出彩色纸包糖。

“小孩，这个的全给你。”

这胆大的孩子走拢去，抓起一把糖就跑，给糖的鬼子哈哈大笑，觉得有趣，小孩的有趣。

这孩子吃了糖，甜津津，好吃，没中毒，别的孩子也就敢吃鬼子给的糖了。鬼子则似乎喜欢给小孩子糖吃，就连在南门口站岗的鬼子也一手执枪，一手抓糖，对过路的小孩说，你的过来，糖的给。小孩有了糖吃，也不怎么怕鬼子了，鬼子便教小孩日语，咪西咪西，哟西哟西，瓦大哭西，莫西莫西……

鬼子给小孩糖吃，逗细把戏（细把戏：长沙方言，指小孩子）取乐，还逗进城的乡人。有乡人挑了一担淮山进城卖，站岗的鬼子已经知道那又长又圆有毛、形同棍子的玩意是煮熟能吃的一种菜，却故意拦下，说：“你的这个是武器！武器的不能进城。”乡人忙说这是淮山、淮山，是做菜吃的。鬼子说：“做菜吃的？那你吃给我看看。”乡人只好将一根淮山折断，露出黏乎乎拉丝的白芯，咬一口。鬼子说：“你这根不是武器，那些统统的是武器。”逼得乡人只好将淮山全折断。鬼子则哈哈大笑：“你的进去，进去，进去卖菜的可以。”乡人挑起折断的淮山正准备走，鬼子喊道：“你就这么走，道谢的不懂？”乡人只好又放下担子，弯腰打拱道谢：“多谢皇军，多谢皇军放行。”

十四

谭天圆行政有方，日本人认为他这个市长当得不错，大大地表扬。可谭天圆突然说不干了，要辞职。

谭天圆之所以要辞职，是他要拘捕一个“苦力头”，日军却不同意。

谭天圆大小也是个市长，且是一个被日本人认为不错的市长，要抓一个“苦力头”，日军怎么不让他抓呢？这“苦力头”不是干苦力的头儿，而是日军派去管苦力的头儿，属日军方面的人。

谭天圆要拘捕的这个“苦力头”名叫肖德贵，长沙人称之为“消得快”，消失得越快越好。

“消得快”是湖北人，随同日军攻陷长沙后，当了日军搬运物资的“苦力头”。这位管苦力的“苦力头”可不光是从苦力身上榨取油水，他同时是前面提到的“赌场老板又有湖南帮、湖北帮之分”的湖北帮帮主，司门口原中国银行所在地就是为他所占，成了他的一个赌场。他的赌场开业后，黄兴路、蔡锷路在几天之内便立起数十家烟馆，这些烟馆的鸦片烟土全由他出售，可见数量之大，来路之广，后台之硬。他吃喝于酒楼饭馆，连“签单”都不签，那时叫赊账，赊账得记下个名字、数目，可谁敢记他的名字，记他吃喝了多少、该付多少钞票，不想活了？他是真能让你活不了，把你立马抓进宪兵队！他到店铺“购物”，不但不付钱，反而按店铺大小，由他自定月规，限期缴纳。如未顺从他的意思，照样别想活，立马抓进宪兵队！

谭天圆要拘捕肖德贵是因为市民告状。告状的不是一人，而是一拨又一拨。一拨又一拨的市民来到伪市政府，要求为民除害，除掉“消得快”。不除掉“消得快”，他们活不了。

要抓肖德贵，牵涉到宪兵队，他是日军的人。

有部属对谭天圆说："市民告肖德贵应该到日本人那里去告，告到我们这里来，明摆着是给我们出难题。"谭天圆说："市民就是不敢到日本人那里去告才告到我们这里来的。"部属说："谭市长，那可是个马蜂窝，乱捅不得，还得三思。"

谭天圆说："什么三思二思，我去找日本人说，非把肖德贵抓起来不可。明摆着就是个市井恶霸嘛。"

谭天圆其实早就"思"好了，在第一拨告状的到来后，他就秘密请示了仍在平江三眼桥的父亲。遥控指挥的得先生回复十六字：顺势而为，可得民心；不动则已，动则剪除。

谭天圆上任后所做的事，凡重要一点的，都要向得先生请示，都是得先生遥控指挥。他推行的市政措施，政令其实不能出长沙城墙，城墙外是国民党游击活动区。谭天圆虽和重庆方面、薛岳第九战区以及游击区都有默契，但他的部属却不知道，当然也不能让部属知道，如果连部属都知道，他就没命了。部属执行他的政令不敢出城，如同章质紊、林韵清不敢去河西一样，去则怕被锄掉。他的繁忙公务主要是执行得先生的指示，为游击区解决钱和盐等问题，并递送情报。由游击区的人秘密进城接洽。

谭天圆递送的情报，主要是"老东打闹"。

"老东打闹"就是日寇下乡。"老东"下乡一般为百余人，这百余全副武装的"老东"可就不是抗战神剧里的不堪一击，就算是打埋伏，没有数倍甚或十数倍于他的兵力是不行的。谭天圆传递出这个情报，就是为使游击队避免正面冲突，告诉你，某天"老东"要来"打闹"，你"悠"着点吧，能避开就避开。"老东"到乡下扬威耀武一番，只要没受到打击，认为平安无事，便会"班师回朝"。

谭天圆接到他父亲得先生的十六字指示后，立即去见桥本。桥本就是谭天圆就职那天代表日方讲话的日酋。

谭天圆一见到桥本就用日语说必须立即拘捕肖德贵，否则市政就没法继续推行了。

按理说，肖德贵一个“苦力头”，桥本应该不知道他，可桥本不但知道，而且熟悉。因为肖德贵开赌场卖鸦片烟土的硬后台很可能就是桥本。

桥本问：“为什么要抓肖德贵，他怎么得罪你这个大市长了？”

谭天圆说肖德贵没得罪他，肖是一个典型的市井恶霸。不惩处这个市井恶霸，市民天天来告状，政府没法办公了，社会秩序市场秩序无法维持。接着历数肖德贵的种种劣行。

桥本耐着性子听他讲完后，说：

“他怎么能这么乱来，我派人去训诫训诫，不准他再这么胡搞了，市长消消气。”

谭天圆装作不知道肖德贵是桥本的人，只是一口一个“市井恶霸”。

“桥本先生，我已经说了，肖德贵没有得罪我，所以用不着什么消气不消气。一个市井恶霸如果不惩处，光靠训诫训诫他就能改？训诫能让市井恶霸收敛，那就不需要政府的法令了。”

桥本说：

“谭先生，你的不明白，这个人对我们还是有用的。”

谭天圆说：

“桥本先生，我就不明白，一个市井恶霸对皇军有什么用，皇军难道能容忍一个市井恶霸？市井恶霸在任何人手里都是不能容忍的。”

桥本不耐烦地说：

“行了行了，谭先生，你说的我都知道了，市民天天告状，你的政府就无法办公？市场秩序就无法维持？你就没有办法了？”

谭天圆说：

“不将肖德贵抓起来，惩一儆百，我什么办法也没有。”

桥本说：

“你没有办法，我替你想办法。你先回去吧。”

谭天圆说：

“肖德贵真的不能抓？”

桥本说：

“这事以后再讲，该怎么办，我通知你。”

谭天圆说：

“你今天不同意抓一个市井恶霸，这个市长我就不当了。你另请高明吧。你应该知道我的性格，我这个士官学校骑兵科毕业生，骑兵团团长说不当就不当了。还在乎这个连一个市井恶霸都不能抓的市长！”

“你当骑兵团团长是在谁手里当的？不是我们大日本帝国吧。”桥本这话似乎要点谭天圆的穴位。

谭天圆说：

“在何键将军手下。怎么着？当时你们同意我当市长时怎么不考虑这个问题。不过现在考虑也来得及，用不着考虑，我不干了。行吧。”

谭天圆说完，甩手就走。桥本却不能不喊住他了。

“谭先生，真要走啊？”

“什么真要走，是真不干了。放心，我不会回到何键将军那里去的，想回也回不去了。”

“谭先生，谭市长，你还说一个小小的肖德贵不会让你生气，你看看，已经把你气成这样了。你再把市民告状的事仔细说一说。”

桥本知道谭天圆是以去市长之职要挟，但不能不让步，不能因小失大，这个士官学校骑兵科毕业生，此时要挟不成，是真的会甩手不干的。他不干了，自己也不好向上面交代。

桥本作出认真听取谭天圆关于肖德贵一案的架势，谭天圆则只讲肖德贵欺行霸市、扰乱市场秩序等恶行，对肖德贵动不动就抓人进宪兵队折磨致死的事，只字不提，显得他要抓的人和日方毫无关系，只是地道的一个市井恶霸。

又经过一番“讨价还价”，桥本准许谭天圆将肖德贵拘询。

“谭市长，我这可是给你大大的面子。”

“领情领情。我还是按你的意思办，拘询训诫，你就看我怎么训诫他吧，保证他再不会扰乱市场秩序。”

“对，对，狠狠地训诫，让他以后干事得先向市长请示。”桥本听出谭天圆的话有点不对劲，特意加了句让他拘询的目的。他断定谭天圆不敢把肖德贵真的怎么样。

谭天圆得了“拘询”二字，立即派人去抓肖德贵。

肖德贵是在酒楼被抓的。抓的时候他大喊：“谁敢抓我，谁敢抓我?！老子喊宪兵队的人来。”抓他的人说：“我们是奉谭市长的命令，你要喊宪兵队等见了谭市长再去喊。”肖德贵说：“谭天圆算个什么东西，敢抓老子！”又对酒楼老板说：“你替我去宪兵队说一声，这个月的月规我给你免了。”酒楼老板说：“‘消得快’啊‘消得快’，平常只见你抓人，这回你怎么被人抓呢？行喽，宪兵队我还是帮你去说一声啰。”急急往楼下走，走到楼下，说“呸！老天开眼，明天就把你毙了！”

这位酒楼老板的话还真说中了。

肖德贵被抓起来后，秘书室主任对谭天圆说：

“谭市长，人是抓来了，怎么处理？”

“怎么处理，立即处置！”谭天圆说完，默念他父亲得先生十六字指示的后八字：“不动则已，动则剪除。”

秘书室主任说：

“桥本说的是拘留询问，处置的话，他会不会找麻烦啊！”

谭天圆说：

“找麻烦？不赶快处置会有麻烦，立即处置不会有麻烦。毙了他，死人一个，桥本其奈我何！”

谭天圆要秘书室主任亲自动笔，把肖德贵的罪行写得越详细越好。

第二天，一张偌大的罪状贴出，详详细细列了肖德贵一百余条罪行。肖德贵被绑缚南门口，一声枪响，“消得快”消失了。

“消得快”消失，市民拍手称快，说谭市长为长沙除了一害。

不到七个月，长沙光复，谭天圆奉河西之命，代河西先行接收日方所有物资，确保投降日酋生命安全，为进城的游击队发放经费，维护城内社会秩序。在自认为当了个把月真正的市长后，他被抓了起来，市民又拍手称快，说这个伪市长，早就该抓了。

十五

林韵清准备去找石冈。

林韵清在和章质紊开“碰头会”时，得到了聚爷的朋友——日本驻华中区商务代表石冈已经在长沙的信息，林韵清认为自己到过聚爷那里，也就是聚爷的朋友，以聚爷朋友的身份去找石冈，石冈肯定接见。

石冈权力大，紧俏物资多，只要从他那里分得一些紧俏商品业务，那就发财了啊！

他一想到聚爷能有石冈这样的朋友，就愈发觉得聚爷了不得。聚爷是怎么结识石冈这样的朋友？得打听打听，跟着聚爷学几招。

林韵清这一打听，才知道聚爷在上海时曾做出过一件惊动上海，使慕名上门拜访者不断的事。

那一年，上海各大报纸突然登出一件特大绑架案：上海商会副主席、明月歌舞团教务委员、湘商开上海商埠第一人榴聚慎先生被乡匪绑架，绑匪索大洋三万！

紧接着，各报又跟踪报道，连续刊登聚爷被绑架的详细经过，什么人去报的案，什么人来求报界声援，哪些人为聚爷到处呼吁，继而绑匪加倍勒索赎款，聚爷如何坦然面对，如何与绑匪辩论，致使绑匪幡然悔悟……一直跟踪报道到聚爷安全脱险，返回上海。他返回上海还是由绑匪护送。

一时间，聚爷成了上海的一个热门英雄人物，慕名上门拜访者不断。

时在上海的日商石冈，就是从报纸上得知聚爷而慕名登门，拜访这位被绑票而不惊，于匪穴而不惧，竟能以大义说服绑匪的商界豪侠。聚爷见石冈登门，以贵宾相待，遂成好友。

关于聚爷被绑架、报纸为他扬名的事，另有一说，说是他自导自演的骗局。说他与上海乡匪暗自勾通，请乡匪对他来了个假绑票，一面请绑匪加倍勒索赎款，一面派其亲信报案，登报，到处呼吁。不过说他事后还是酬送了绑匪及为其设局的报界和青帮诸人，实实在在花去了大洋三万。

林韵清相信后者，但确实佩服，佩服聚爷能想出那么一个好主意，佩服聚爷设局还兑现诺言，大洋三万！那时候的三万大洋，啧啧，了得！自己若是有三万大洋……

林韵清更佩服聚爷好眼力，石冈在那时还只是个一般的日商，聚爷就看中了他，待为贵宾，后来可不就从石冈那里得到了极大的好处。仅以他主营的纸业而言，石冈就将所积压的大批纸张，以最低价给他销售，并且可以延期付款。石冈对他的信任，又带动了他的金融，连日商都那么相信他，湘沪各商业银行及各钱庄，便与之争做汇兑及借贷交易。数年后，石冈成了日本驻华中区商务代表，还派人去找溜到桃江的聚爷，请他回来。

林韵清想，聚爷能想得出那么别开生面的办法，自己也得想个不同一般的办法，让石冈成为自己的朋友。

想个什么不同于一般的办法呢？聚爷那个别开生面的办法有钱撑着，请绑匪，找报馆，酬劳费便是三万大洋！将石冈待为贵宾，吃、喝、玩耍的开销……自己有什么钱？有个卵钱！请石冈到潇湘酒店或三和饭店吃餐饭，再进次赌场、戏院，逛一次高级窑子，光招待费就会将好不容易得来的那几个掩埋费花光。

掩埋费不能动，那是冒着掉脑袋的风险、从死人身上得来的。

不花钱，又怎么能攀上石冈？

林韵清想来想去，想到了自己的女儿。

女儿未及二八，正是水灵灵的一朵刚开苞的花。

这个想法刚一浮上心头，他便按压下去，女儿还是个妙龄少女，那个石冈已年近六旬。

他刚一按下这个想法，可又浮了上来，石冈虽已年近六旬，可看上去也就四十来岁，四十来岁，不就是大那么二十多岁嘛，女子许给大二十多岁的男人，多的是！更主要的是，攀上石冈，自己想发财的梦不就实现了么？

发财，发财，他妈妈的瘪，老子从炸糖油粑粑开始，想的就是发财。老子不炸糖油粑粑去拉黄包车，为的也是发财，老子拉黄包车拉成了人力车行的工会主席，照样发不了财。老子冒着生命危险打着白旗率先进城，就是希望在日本人手里发财，可也没发财。如今碰上了这么一个能让老子发财的人，老子能轻易放过？只是，只是，要舍个女儿出去……

再想想，再想想，可有别的法子？

别的法子无非还是花钱请客送礼，请石冈这样的客是请不起的，送礼又能送上什么大礼？石冈能看得上老子送的礼？也像聚爷那样，搞一件轰动长沙城的事，让石冈慕名上门……咄，别说老子没有聚爷那样的本事，就算有，人家也登不了我这个家门，老子没有像样的家门。老子只有一个姿色可人的女儿。

又想到了女儿……

唉，先和女儿商量商量吧。

一想到要和女儿商量，他又激愤起来：“×你妈妈瘪，你是老子生的，老子想发财也是为了你好，还有什么商量不商量的，要你去就得去，不去也得去！老子在别人面前不能由自己说了算，在女儿面前还能不由自己说了算？养女儿干吗，女儿长大本就是给别人的，还能不为父亲尽点力？更何况，到了石冈那里，还能亏了你的吃和穿？金银首饰都戴不赢哩！比在家里强百倍哩！再说，又不是要你嫁给他，嫁给他他也不敢要，他还能没有夫人？只是要你去做个外宠，服侍服侍他，秘密地，外人也不会知道，以后照样好嫁人。”

林韵清这么一想，豪情陡涨，男子汉大丈夫，该断就断，不能婆婆妈妈的犹豫不决。

豪情一来，他猛地吼道：

“看前面黑洞洞，定是那贼巢穴，待俺赶上前去，杀他个干干净净。”

他吼的这几句，和被“推举”当坊长的“二五”吼的一模一样，只是“二五”吼这几句时，总是打一个酒气熏熏的哈欠后再吼，而且右手立成劈刀，往下狠狠一砍，他没喝酒，吼后也没“劈刀”。

豪情陡涨，吼出《挑滑车》高宠台词的林韵清一见到女儿，却是双腿一跪，把个还未满十六岁的女儿吓一跳，以为父亲喝醉了酒，这个父亲平常不怎么喝酒的呀！

“爷（yǎ），你绊哒脑壳吧。”

女儿虽然被他那一跪吓一跳，却说他是“绊哒脑壳”。“绊哒脑壳”也是长沙人的口头禅，嘲讽对方脑子糊涂、不清白了发傻气，是摔一跤把脑壳摔坏了。

女儿怎么能对父亲说“绊哒脑壳”？皆因她从小被娇惯、任性，说话没大没小，随口而出。

林韵清在得到掩埋费（日军到底给了多少掩埋费，谁也不清楚，估计不会太大方，况且要和章质紊等好几个人分）之前，还只能算个穷人。有一说，穷人的孩子早当家。样板戏里的李铁梅十七岁不但“提篮小卖拾煤渣，担水劈柴也靠她，里里外外一把手”，而且能高举红灯。但又有一说，穷人养娇女。林韵清是其中之一。

林韵清之所以娇惯这个女儿，是女儿自小就漂亮过人，他还能将女儿抱在怀里时，就摸着女儿那漂亮的小脸蛋说：“老子这个女儿，以后不知会好了哪个剁脑壳的。”

“剁脑壳的”是指有艳福的男人，没想到应在了石冈身上。

林韵清知道对任性惯了的女儿不能霸蛮，霸蛮只会适得其反，得以情动人、感动她、打动她。

怎么才能感动她、打动她呢？林韵清在陡涨豪情吼大戏《挑滑车》时，突然又想到大戏台子上有男人给女人下跪的戏，有一出戏叫《汾河湾》，封了王的薛平贵还给在寒窑里苦守的王宝钏下跪。虽说那是丈夫给老婆下跪，但就是那么一跪，薛平贵射死他和王宝钏亲生儿子薛丁山那么个人命案子也得到了王宝钏的宽恕。自己给女儿下跪，只是要她去和人家同住一段时间，女儿能不答应？

林韵清回答女儿的话说：

“爷老子冇绊哒脑壳呢，爷老子是有事求你。”

女儿说：

“你会有事求我?！你有什么事要求我？”

女儿也没要他快起来，没像大戏台上的说你快起来，快起来，你这样会折煞奴家。

林韵清说：

“爷老子从没求过你吧。”

女儿想了想，说：

“好像也求过吧，求我别哭。”

林韵清说：

“那不是求你，是哄你，哄着你别哭。这次爷老子是真的有事求你，只求你这一次，你一定要答应。你不答应，爷老子就不起来。”

林韵清想着女儿该立马请他起来，要他起来再说，可女儿的回答是：

“那你快讲咯，讲完好起来。”

林韵清见女儿全不懂“套路”，要讲完那事也不是一两句话，要靠这个宝贝女儿请他起来、扶他起来，不知会到什么时候，实在难得跪，跪得膝盖疼，便站了起来，说：

“女儿啊，你这就是答应了啦，我起来了啦！”

女儿说：

“你还没讲就说我答应了，还是绊哒脑壳。”

林韵清哭笑不得，简直有点怀疑这个宝贝女儿是不是真的绊哒脑壳，礼仪上的孝顺一点都不会。看来跟她绕弯弯是不行了，便说：“女儿啊，我帮你找到一个有钱又有势的人家，只要你先到他那里去住一住，包你想吃什么有什么，想穿什么有什么，想戴什么有什么，金银首饰任你选。”接着说这户人家如何如何有钱，如何如何有权。

女儿问：

“是城里人吧？”

女儿和大多数城里人一样，喊城外的人为乡里人，城里人对乡里人有种优越感，即便是逃难到乡里，即便才从乡里回到城里。

林韵清答：

“当然是城里人。他住的房子那叫豪宅，你见都没见过。”

女儿唔一声，又问：

“他叫什么名字？”

林韵清就说了他的名字。

女儿一听这个名字，倒灵泛：

“他是个日本鬼子吧？日本鬼子家里我不去！吓死人。”

林韵清说：

“什么日本鬼子，是个大老板。和长沙大老板一样，只做生意，不干别的。这个大老板比长沙的大老板和善，没有半点架子，你住到他家里，没别的事，就是帮他看看家。”

“他没有老婆啊？还要我帮他看家。”

“做生意的大老板，哪个会带老婆走。”

“不是要我帮他做饭吧，做饭我不去。”

“哎呀，那么大的老板谁还在家里做饭，都是吃馆子，山珍海味吃不赢。吃馆子还不用去，馆子里的伙计送上门，送上门还不用付现钞，月底一并结账。结账也是只要他签个字。”

女儿听得这么一说，动了心，想吃什么有什么，想穿什么有什么，想戴什么有什么……天天吃馆子，山珍海味吃不赢……还不要做事，连饭都不要做，只是住到那里帮他看看家……

女儿便说：

“有咯样的好事你开始还要对我下跪干什么，爷老子你有病吧？”

这“有病”又和“绊哒脑壳”的意思差不多。

林韵清说：

“爷老子会有什么病咯，只要女儿你过得好，就算有病也立马好了。”

女儿说：

“那就先去看看啰。如果没有你讲的那么好，我就回来。”

林韵清说：

“行，行，保证你去了就不想回来。”

林韵清的女儿小名溜溜，溜溜从刚会走路开始，就有对付父母的一个绝招。只要不如她的意，没满足她的要求，她就往地上一溜，向天躺到地上，一动不动，只滑溜着两只小眼睛，等着有人来拉她。拉她起来的前提当然是得满足她的要求，没满足的话，刚站起来，又是一溜，向天躺倒。不管冬天夏天、天冷天热，反正就是那么一溜一躺，弄得父母又好笑又好气，就是没办法。

“宝贝，快起来，快起来，地上凉，地上脏……”

“好，好，宝贝要吃打糖，就去买，就去买。”

“打糖”即牛皮糖。卖牛皮糖的挑着担子，敲一面小钹，钹声一响，小孩子们就知道是卖牛皮糖的来了，围拢去。卖牛皮糖的放下担子，掀开盖布，露出黄灿灿的牛皮糖，左手执一錾子，右手执一小铁锤，以小铁锤敲击錾子，錾下一小块牛皮糖。铁锤打錾子才能錾下牛皮糖，所以称为“打糖”，为其时乃至几十年后的小孩最爱。还有童谣：

杨六郎，卖打糖

卖得屋里精打光……

一边舔着黏手的打糖，一边唱。守边关的杨六郎怎么又卖打糖，他怎么和卖打糖的扯到了一起？卖打糖是能赚小钱的生意，怎么又卖得屋里精打光？唱的是什么意思？不知道。反正小孩子都爱这么唱。

好容易将躺在地上的宝贝女儿拉起来，给她买了打糖。吃完打糖，不知什么事没如她的意，她又往地上一溜，又向天躺到地上。

“好，好，你溜、溜，尽你去溜。”

终于不耐烦，但还得去拉。

喊“溜、溜”喊得多了，连成“溜溜”，倒也觉得好听，便干脆喊她溜溜。

“溜溜，溜溜，你再溜，溜到地上给我们看看。”有逗她的人喊。

你逗她溜，她才不溜呢！她滑溜着两只小眼睛，猛地朝你一横。

溜溜不到七岁，母亲一病呜呼，亏了林韵清，又当娘又当爷。他也想再娶一个，可又怕溜溜受后妈虐待，后妈虐待前头儿女的事，街坊人讲得多。“宁跟讨米的娘，不跟当官的爷。”当官的爷会娶后老婆啊！林韵清虽然没当官，可要再娶一个不难，给他做媒的也不少，为了女儿，他硬是撑着没再娶，实在要泻火了，花几个钱去堂板铺（妓院）。

女儿没白养，派上用场了。

林韵清看着花骨朵般又嫩又漂亮、全不懂事的女儿，吁了一口长气，觉得自己的这个计策保准成功。自古英雄难过美人关，送了女儿去，和石冈就是亲家了，亲家还能不帮自己？他又想到了大戏台上的《连环计》——王允献貂蝉，貂蝉也是王允的女，不过是义女而已，但王允献貂蝉是要除掉董卓，他献溜溜可是全心为了石冈。

“×他妈妈瘪，好了石冈那个老东西。”

他猛地骂了一句，便带着女儿去见石冈。

石冈住在坡子街协盛药店内，外面是药店，里面是他的官邸。

溜溜来坡子街玩过，知道是个有好多商铺的热闹地方，但一见爷老子领着她来到个药店门口，不高兴了，说住到药店里面，就如同住到医院一样，没病也会有病，天天闻到的是药物。

“爷老子啊，这就是你说的好地方啊?！你讲的那个鬼子是个开药店的吧？”

林韵清忙一把捂住她的嘴：

“莫乱讲，莫乱讲，是太君、太君。被太君听见了不得了。”

溜溜说：

“不得了就不得了呗，我正好不想进药店。讨卵嫌！”

这“讨卵嫌”又是长沙人的一句口头禅，意思明显。这句口头禅堂客们说得多，溜溜也学会了。

“你进去看看再说咯，里面是官邸。太君的官邸。”

“官邸是什么呀？”

“是大房子、豪宅，当大官的才有住。”

“他一个卖药的还是大官啊?！”

“他不是卖药的，他是管卖药的。”

“卖药的就是卖药的，当官的就是当官的。以为我不晓得？”

“他不光管卖药，所有的商铺都归他管。”

“那他应该住在衙门里，怎么住在个药铺里？他喜欢闻药味啊？要不就是天天得吃药，住在药铺里方便。”

“哎呀呀，跟你讲不清。告诉你啰，你老爸以后也得在他手下做生意。”

“你也跟他去卖药啊?！以后回来一身药味，难闻死了。”

林韵清霸蛮地将女儿拉进药店，从药店后门一进去，溜溜赞叹了。

“嗬呀，咯么大的院子啊！”

溜溜接着又问：

“哎，这么大的院子就他一个人住啊，他一个人住在这里面不怕啊？你不是要我帮他看这么大的一个院子吧？”

全不晓事的溜溜并没有帮石冈看“这么大的一个院子”，而是很快住进了他爷老子为石冈找的一处僻静之屋。

当时林韵清带溜溜见了石冈，其实就是让石冈看了看“货色”。林韵清和石冈也没说别的什么，林韵清只是指着溜溜对石冈说，这是我的小女。石冈回答说：“哦，哦，是你的千金。”然后两人寒暄了几句后，林韵清便要溜溜先回去，说他还要和石冈先生谈谈生意。

石冈要林韵清送女儿出去，要他带着女儿走侧门。

从侧门走出官邸，溜溜说：

“那个日本老倌子还蛮懂味，晓得我不喜欢闻药味，要你带我走这个门。”

林韵清说：

“看见了吧，人蛮好的吧。”

溜溜说：

“他怎么都不问我愿意帮他看院子不？对，你说的是官邸，这么大的什么官邸要我看守，我还不一定愿意呢！”

林韵清说：

“别的你莫管，我保证你今后吃得好、穿得好，想要什么有什么就行。”

溜溜说：

“你的保证做得数啊，鬼数！要那个老倌子保证才做得数。”

溜溜走后，林韵清和石冈进行了一番密谈。

“石冈先生，你看我那位小女姿色如何？”

“好，好！姿色可人。”

“石冈先生既然觉得我的小女姿色可人，我想将她献给先生做个外宠，先生可肯收留？”

林韵清认为石冈肯定会一口答应，鲜嫩的青草送进老牛口里，老牛还能不嚼？

林韵清没想到的是，石冈竟一口回绝。

“不行不行，这个的不行。”

“何解？”林韵清有点急，说起了长沙土话。

石冈连长沙土话也能听懂，回答说：

“不要问为什么，不行就是不行。”

石冈的话梆硬，似乎没有商量余地。

“难道溜溜还不如你的意？”林韵清急得连先生也忘记喊了，急得将女儿的小名带了出来。

“溜溜，什么溜溜？”

“溜溜就是我的小女，你看见了的。”

石冈大笑起来：

“你的女儿名叫溜溜？！这个名字有趣、有趣。”

林韵清说：

“是小女的小名。”

石冈说：

“小名？有何出处？”

林韵清就将女儿自小爱往地上一溜，向天躺到地上以“要挟”父母的事说了一遍。

“天真、可爱。”石冈愈发笑得厉害。

石冈一说溜溜天真可爱，林韵清又来了神，说：

“石冈先生，我把天真、可爱的溜溜送给你……”

林韵清还没说完，石冈发怒了。

“荒唐！我说你的女儿天真可爱，是指她小时候爱往地上溜，你却说什么送给我，我能做这样荒唐的事吗？你不要再说了，再说我请你立即出去。”

“好、好，我不说。”

“这件事不要说了，但别的事还是可以说一说的。来来来，你有别的事可以慢慢说，我听你说。”

石冈此话一出，林韵清猛地发现自己被他戴了笼子：“什么不行不行，什么荒唐，什么不要再说了，什么请你立即出去……这老东西是假装正经，见了那么嫩的黄花女能不动心？他妈妈的瘪，只怪自己太性急。行，行，老子现在来个徐庶进曹营——一言不发，老子要等你开口来求。”

林韵清这一招管用，石冈见他不吭声，说：

“你没有别的事说，那就陪我喝杯酒吧。”

喝酒就喝酒，林韵清反正不开口。

石冈亲手给林韵清斟满一杯清酒。

“你知道我们大日本帝国的清酒是怎么酿造出来的吗？”

林韵清只是摇摇头。

“我们大日本帝国的清酒和你们中国的米酒一样，是拿米来酿造的，可你们中国酿造出来的只能是简单的米酒，你们酿造米酒的过程很简单，我们酿造的过程既繁复又精致，所以才能造出口感细致、举世无双的清酒来。林先生，你先品一品。品品味道到底怎么样。”

石冈端起自己面前的杯子，轻轻抿了一口。

林韵清端起杯子，狠狠地喝了一大口。

“怎么样？林先生。”

林韵清点头，表示酒确实不错。但到底好在哪里，说不出，也不说。只觉得比自己老家乡民家的米酒味道还要淡。他知道乡民家的米酒之所以劲大、呛人，是在米酒坛子里放一把干红辣椒。

石冈说：

“我们大日本制作清酒的原料很单纯，做法很繁复，口感既柔滑又香醇。你不会品酒，只会喝酒，喝酒和品酒，大大的不同。要制作出好清酒，得有好米好水和最优质的酵母发酵，你知道吗？”

林韵清心里嘀咕：“酿米酒不都得好米好水好酒药子吗？酿甜酒也得是好糯米好水好酒药子，还用得着你说。酒药子就是酒药子，用来发酵的，什么酵母，以为我不懂。”他仍然不吭声，端起酒杯，又是狠狠的一大口。

酒杯见了底。他想自己去倒酒，但还是忍住。

“你只管喝，只管喝。”石冈将清酒往他面前挪了挪。

林韵清想：“你要我喝，我就喝，老子光喝酒不吭声，先尽你说，倒看你怎么转弯子。老子今天就赌一把，你要是不说到溜溜，老子认输。”

石冈看着林韵清自个儿将酒杯倒满，继续说他的清酒。

“你知道这瓶清酒是哪里产的吗？是我的家乡。”

说到家乡，石冈停住话，身子往东边欠了欠。

“我的家乡北海道，拥有最优良的水质和最适合酿酒的优良环境，冬日白雪皑皑，夏日凉爽无比，使得酿造清酒的过程缓慢，这缓慢的过程更能让酒慢慢地酝酿出香气和鲜味。用行话来说，就是北海道的清酒是经过长时间的自然发酵而熟成。所以酒质清爽、柔和，回味无穷。”

石冈说完，又轻轻地抿一口清酒，眼睛微闭，发出“呵——”的长吁，仿佛回到他的家乡，在北海道与亲朋品酒。

石冈说清酒应该已经说完了，坐在他对面的林韵清此时应该被他看作亲朋，亲朋应该接续清酒的品味，可这个“品酒”的“亲朋”还是一声不吭。

一声不吭的林韵清心里没闲，心里在说：“你妈妈的瘪，一瓶比自己老家米酒还淡的什么清酒，被你说得如同琼浆玉液，还清爽柔和回味无穷，还这个环境那个过程，其实酒就是酒。”

他看着微闭双眼的石冈，索性自己也将眼睛闭上。

静默。突然的静默。两人似乎在比谁能熬住静默。

熬不住静默的是石冈，他猛地瞪大眼袋下垂如布袋、眼泡浮肿的眼睛，逼视着林韵清：

“林先生，林老板，你怎么一言不发？在喝酒之前，你的话不是很多吗？一喝酒你反而成了哑巴，你开始说什么来着？”

石冈这一问，林韵清窃喜不已：“老子赌赢了，这个老东西忍不住了，装正儿八经装不出了。”他知道此时再不吭声不行了，再不吭声这个日本老东西真的会“请”他走。

林韵清赶紧睁开双眼，说：

“开始我说的是溜溜。”

“溜溜，对，你开始说的是溜溜，你的女儿。”

“哈衣，哈衣，是说我的女儿。”林韵清用上了日语。

石冈说：

“溜溜是你的亲生女吗？”

林韵清答：

“当然是我的亲生女，我的亲生女还有假，如果不是亲生女，我岂不成了人口贩子。”

石冈哈哈大笑，林韵清也跟着笑。

“是你的亲生女就好。”石冈笑毕，说，“你的亲生女溜溜确实不错，不错，可爱，让人怜爱。”

“所以我才想让她得到你的怜爱啊！”

石冈说：

“我知道你是一番好意，可是，溜溜同意吗？我们不能强人所难啊！”

林韵清说：

“当然同意，她当然同意。我已经和她说好了的。”

“她同意也不行啊，我这么老了，你的溜溜太年轻，太年轻。”石冈却又来一句。

“不老不老，石冈先生你怎么说自己老了呢，你正当年。”

“我这官邸也不方便居住女眷啊！被人说出去影响不好，大大的不好。”

“石冈先生，这个问题好解决，我去给你另外找处房子，找个僻静的住所，谁也不知道，你就来个金屋藏娇……”

“来来来，喝酒，喝酒。”石冈又说喝酒。

这回是真的喝酒了。

林韵清连喝几杯，但没忘了叮嘱石冈，说：“女儿不懂事，你得先哄着她。”

“放心，你的放心，我的知道，我的不会亏待她，会让你那个溜溜满意的。大大的满意。”石冈如同喝醉，话语含含混混，带出了不少“的”。

喝足了石冈家乡北海道的清酒，林韵清告辞，走出官邸，他又在心里嘀咕：“老东西不嫌繁琐，转了这么大一个圈，何必呢，想吃嫩草就吃嫩草，谁不想吃嫩草？”

他心里嘀咕着，脚却迈得飞快，立马去找僻静住所。

林韵清在得福巷找到一处房子，把一切安排妥当后，不知从哪里得了一本《金刚经》，他诵读起《金刚经》来：

若以色见我，以音声求我，是人行邪道，不能见如来。

须菩提，若有人言，如来若来若去，若坐若卧，是人不解我所说义。何以故，如来者，无所从来，亦无所去，故名如来。

诵读完《金刚经》，林韵清将亲生女儿溜溜哄进了得福巷。

溜溜说：

“哎，你怎么把我带到这个地方来啊，上次我们去看的不是药铺后面的什么大官邸吗？”

林韵清说：

“你不是嫌官邸院子太大，你难得看守吗？我跟石冈先生一说，他就改要你来看守这套房子。这套房子也是他的，称作外宅。虽然不大，但精致。”

溜溜说：

“房子小了，那个老倌子给我的工钱也就少了啦！”

林韵清说：

“不会少，不会少，跟看守那个官邸大院子的一样，尽你吃，尽你穿，金银首饰随你选。几个工钱算什么，你得了金银首饰随便当掉一件，起码够你一年的工钱。”

溜溜说：

“那是两回事，吃归吃，穿归穿，他送的礼物归礼物，工钱还是不能少的呢！这点我还是清楚。”

林韵清说：

“行，行，他给你的工钱如果少了，我补给你。”

溜溜说：

“你补给我啊，你有什么鬼钱，我还不晓得？反正见面还是得跟那个日本老倌子先讲清工钱。”

林韵清说：

“好，好，还是先跟他讲清工钱。”

林韵清带着女儿走进挑选好的房子，石冈已坐在里面。

石冈一见这父女俩进来，便说：

“嗬，溜溜来了，溜溜你爸夸你既聪明又能干……”

“溜溜……你怎么知道我的小名？”溜溜觉得奇怪。

“是你爸告诉我的啰。你爸是我的好朋友嘛。好朋友还能不讲讲家里的事，你爸说你从小就聪明能干。”

长沙人喊“爸”作“爷”，溜溜乍一听还不习惯：“爷就是爷，什么爸，爷老子夸我既聪明又能干，那是好要你多给我几个工钱。”

溜溜说：

“老倌子你是姓石吧，石老倌子我跟你说……”

林韵清忙打断：

“溜溜，得讲礼性，什么老倌子，喊石……”

林韵清一时也没想清该喊什么，喊伯伯不行，喊爹爹（diādiā，即爷爷）更不行，女儿怎么能是伯伯爹爹的那个……喊叔叔也不行，石冈比自己大得多。喊大哥可以，但喊大哥的话，石冈又成了自己的崽。

溜溜说：

“他姓石，是个老倌子，我不喊石老倌子喊什么？石老倌子啊，你要我帮你看守房子，一个月给我多少工钱？话先得讲清楚，工钱太少了我不守呢！”

石冈听她喊“石老倌子”倒觉得有趣，她喊石老倌子那样儿，小嘴撅，身子往前挺，凸起一对小奶子。听她说到工钱，忍不住哈哈大笑。

“石老倌子你笑什么？”溜溜弄不明白自己讲工钱有什么好笑。

石冈拿出一包衣物，往溜溜面前一放：

“这些衣服，你先试穿试穿，看看合身不合身，不合身的话，我喊人给你换，统统换。”

石冈打开一个首饰盒，里面是一条黄灿灿的金项链。

石冈掏出厚厚一坨票子，递给溜溜：

“这是你的零花钱，你想买点什么自己去买。”

溜溜一下懵了，爷老子讲的都是真的?！给这日本老头看守房子，想要什么有什么。

石冈又说：

“只要你替我守好房子，工钱另外算，你说多少就是多少。”

溜溜还没从“懵”里走出来，石冈扔下一句“你先试衣服，一件一件地试”。走了。

林韵清不知石冈为什么突然要走，想去问个明白，便说“溜溜你试衣服，我在这里不方便”，也走了。

独自留在屋里的溜溜看着从未见过的各色衣服，从未见过的像拴狗链子一样粗的金项链，从未见过的那么多钱，一时不知该怎么办。

先把钱藏起来！她似乎觉得如果不把钱藏起，等下石老倌子转来会反悔，会把钱重新要回去。

这么多的钱，这么粗的金项链，这么多的衣服，全给自己，她又突然觉得，这个石老倌子不是真的绊哒脑壳吧。

她想了想，觉得石老倌子不像绊哒脑壳的样，一点也不糊涂，非常清醒，是个清白老倌子，除非中了什么邪法。是不是自己爷老子对他施了法呢？可从没见过自己的爷老子有什么邪法啊！

“管他的呢，要我试衣服就先试衣服呢！”

溜溜关上大门，走进卧室，正要脱掉旧衣试新衣，又把卧室门关上。她怕石老倌子突然转来，正好看见她脱衣服。

溜溜一件一件地试，每试一件，对着卧室里的一面落地镜前后左右反复照，越照越觉得镜子里的人已不是原来的她。原来的她哪里有这么漂亮，漂亮得连她自己都有点害羞。

时间在她反复照镜子中到了傍晚。

溜溜感到肚子饿了。现在她不愁家里有没有米，不用叮嘱爷老子记得买米回来，她连做饭都不用做，拿一张钞票，吃馆子去。

她刚走出卧室，传来敲大门声。

溜溜以为是石老倌子来了。石老倌子会不会是来要钱呢？把他给的钱要回去。她有点紧张。

“小姐，小姐！请开门。”

不是石老倌子。

“小姐，小姐，你点的饭菜。”

溜溜觉得奇怪，自己并没有点什么饭菜啊！肯定是敲错了门。

溜溜打开大门，出现在面前的，是一个举着托盘的饭馆伙计。

“你搞错了吧，我没订什么饭菜。”

“小姐，这里是得福巷十八号吧。”

“十八号？还有门牌啊，你自己看咯。”

“没错，是十八号。小姐，是为你送的晚膳。”

饭馆伙计走进去，将托盘里盛着各种食物、各种菜的碗碟一碗一碗、一碟一碟端出来，摆放在桌子上。

“小姐，你请慢用。明天我送早餐来时再收这些碗碟。”

溜溜看着摆在桌上的米饭、小吃、荤菜、素菜、热汤，不免惊讶，问：

“谁帮我订的啊？”

伙计说：

“这个我也不知道。小姐你只管吃，管他那么多呢。”

伙计这话让溜溜有点不高兴，说：

“我只管吃？这要多少钱？你付钱你就拿去吃！”

伙计说：

“要我吃我可付不起钱。小姐你吃不要钱，已经有人付过钱了。不光是付这一餐，一个礼拜的都付了。”

伙计说完就走，出门时又撂下一句：

“小姐，好好享受你的福气。”

溜溜听着这话总觉得有点不是滋味，可小姐的称呼还是让她高兴，一桌的好饭菜更让她高兴。她琢磨着是不是石老倌子替她订的饭菜，又琢磨着是不是爷老子替她订的，最后认为爷老子不可能，爷老子没有那么多钱，一订就是六七天啊，如果是爷老子订的，那也是石老倌子的钱。

“先吃了再说呢，石老倌子反正有钱，不吃白不吃呢！”

溜溜从没吃过的好饭菜将她的肚子撑得不能再吃了后，天，黑下来了。

天一黑，撑饱了的溜溜突然感到有点害怕，自己一下就成了金贵的小姐，一下就有了那么多衣服、那么多钱、那么粗的黄金项链，吃饭还不要钱，还送上门来，这一切来得太快、太突兀。她立即警惕起来，虽说她有点二百五，可那方面的事情也已经晓得。

“不对头，那个日本石老倌子肯定是想打我的主意，不然哪有这样的好事？可转而一想，我是爷老子介绍给石老倌子的，爷老子介绍我给石老倌子守屋，爷老子不会害我啊！

“这晚上，石老倌子会不会来？

“他如果来了，我该怎么办？

“回家去，不在这里过夜！可不在这里过夜就是没给他守屋，守屋主要就是夜里守啊，白天守不守倒无所谓。没给他守屋就没有工钱，哎呀，工钱倒不要紧，这么多的衣服、钱，还有黄金项链，都得还给他。”

溜溜舍不得。

溜溜想来想去，又想着石老倌子也许不是那样的人，也许他就是钱太多了，多得无法花，所以一出手就格外大方。

……

这天晚上，溜溜在卧室旁边的侧房里睡下，将房门关紧，还搬条长凳顶住。她提心吊胆，在竖起耳朵听着外面动静、时刻提防着石老倌子进来的忐忑中，不敢合眼，直到天放亮才迷迷糊糊睡着。刚睡着不久，响起了敲大门的声音，却不是石老倌子，是送早餐来的饭馆伙计。

溜溜提心吊胆的这个晚上，被她喊作石老倌子的石冈在官邸打着呼噜睡得沉。石冈给她订了一个礼拜的饭菜，计划是在一个礼拜内搞定。第一个晚上他要让目标“壑睡”，如在沟壑上睡觉一样吓怕不已。

石冈在当天走了后，林韵清紧跟出去，问他为什么急着走，说自己已经安排好了，晚上就成事。

石冈说：“你怎么安排成事？”林韵清说安排酒宴，他将溜溜灌醉。

“不行不行，”石冈说，“我从不做这种强行之事，我要的是她心甘情愿。”

“可是，溜溜的性子有点倔呢。”林韵清说，“她小时候除了爱往地上一溜，往地上一躺，还爱往墙上撞，脑袋撞墙呢，撞得砰响。大了后有时也爱发这种‘宝气’。”

“好，性子倔好，我喜欢。”石冈说，“你的工作已经到位，不要再管闲事了，我保证你的溜溜不会撞墙。至于往地上溜，往地上躺嘛，如果她真能再溜一次，再躺一次，那才……你们长沙人有句什么来着，韵味，对，那才韵味。”

“那你也不能太耽搁久了。”林韵清说。

“心急吃不得热豆腐。”石冈说，“又是你们中国的俗话。放心，一个礼拜后你来贺喜，再摆酒宴。这一个礼拜你不能见她，不准到她那里去。明白？”

于是，第一个晚上，是溜溜自己提心吊胆“壑睡”过去。

第二天下午，石冈出现在溜溜面前，除了给她带了很多水果，又给她一些首饰，不过首饰大多是假的。至于那条粗黄金项链是不是真的，说法不一，有说的确是真金，有说其实就是条铜链子，还有的说是镀金。

溜溜见石冈来了，还是喊“石老倌子”。

溜溜说：

“石老倌子，饭菜是不是你订的啊？”

石冈说：

“怎么，不合溜溜的口味啊？不合口味你就自己点，写个菜单。”

溜溜说：

“味道倒是好哩，我从没吃过的。”

石冈说：

“只要溜溜觉得味道好就行，我就放心了。”

溜溜说：

“你不要老是喊我的小名，小名只能由我爷老子喊一喊。”

石冈说：

“你喊我石老倌子，我就不能喊你溜溜？溜溜是你的小名，石老倌子是我的老名。”

这话把溜溜讲笑了，觉得这个石老倌子有点趣味，不像个日本人，像个长沙老倌子。

石冈和溜溜说了一会儿话便要走，又得了不少礼物的溜溜不能不讲几句客气话：“你就走啊，再坐一下啦，要好点走啦。”

石冈说：“石老倌子忙不赢呢，哪里有时间在你这里久坐。我明天下午再来看看，检查检查你的工作。你得把卫生搞好，做到一尘不染，晚上要把门关好，任何人敲门都不要开，这是为了你自身的安全。晓得不？”

“这个石老倌子还会讲‘晓得不’？”溜溜自言自语，“他的长沙

‘话把’是不是爷老子教给他的？”

想着要她晚上把门关好，任何人敲门都不要开的话，溜溜对石老倌子的戒备少了一大半，特别是“为了你自身安全”那句，使她甚至还想到自己是，是……她记起街坊人讲别人小肚鸡肠的一句话，“以小人之心度君子之腹”。

头天晚上没睡好，这个晚上她睡了个好觉。用石冈的“计划语言”说，是让她“酣睡”。

第三天、第四天石冈都是下午准时来，坐一坐，问一问，检查检查便走了，只是“坐一坐”的时间慢慢延长，但最多也就是延长到天一黑便走。“问一问”则是诸如问溜溜守房子守得习惯不、愿意继续守下去不、如果不想守了就给她换个工作。问得最多的当然还是她的爱好：喜欢看戏不，喜欢逛街不，喜欢去哪些地方，喜欢吃什么零食……说让她守屋这个工作实行的是星期工作制，每星期休息一天，星期日休息，到了星期日就让人带她出去玩，并告诉她一句日语，日语喊星期日叫日曜日，要她记住“日曜日”。如果“日曜日”没让她休息，没有人带她出去玩，她可以抗议，抗议他这个石老倌子没按工作制度办理。“检查检查”是看看客厅、卧室、侧屋、没开火的厨房，看看大门插栓、各个房间的插栓是否完好，清洁卫生怎样。总之就是既表示特别的关心，又对溜溜的“工作”严格要求。当然，溜溜每次得到的都是表扬、鼓励。

溜溜觉得这个石老倌子实在是个好人，自己怎么一下碰上了这么好的人，硬是命里注定。她认为不能再喊他石老倌子了，喊石老倌子太没礼性，显得自己太没有教养。自己得懂事也已经懂事了，自己得学会尊重人家，可是喊什么呢，她想到爷老子喊日本人“太君”。

第五天下午，石冈一进来，溜溜就说：

“太君，你来了，请坐。”

石冈一听，笑了起来：

“喃，溜溜这么有礼貌了，长进，长进。溜溜实在长进得太快了，为了你的长进，涨工钱，涨工钱。”

溜溜说：

“太君，工钱不用涨，我也不提工钱的事了，太君说多少就是多少。”

石冈说：

“要涨要涨，不涨不行。但溜溜不要喊太君，还是喊石老倌子好，我听着舒服。”

溜溜说：

“喊老倌子是我不懂事乱喊的，太君别见怪。”

石冈说：

“喊太君太生分，喊别的、别的。”

溜溜说那我就喊石爹爹、石爹。石冈摇头。

“喊石伯伯。”

石冈还是摇头。

“太君，那我就实在不知该喊什么才好了。”

石冈说：

“喊先生。”

溜溜忙灵泛地说：

“是，先生。你请坐。”

石冈先生这下午坐了很久，给溜溜说了很多故事，说的多是中国故事，主要是上海故事，还讲了个长沙里手的故事。长沙里手的故事溜溜听过，说一个长沙人自称某行当的内行，到处显摆，结果尽出洋相。溜溜听得咯咯地笑。早就听过的故事怎么还这么好笑呢，因为石冈先生不但学长沙话，不时来句“告诉你咯”“你晓得不”，竟然还晓得“长沙里手湘潭漂，湘乡嗯呃做牛叫”。甚至用鼻音发出了湘乡人的“嗯呃”，只是不晓得“嗯呃”到底是什么意思。他问溜溜，溜溜边笑边说，“嗯呃”就是“我”，湘乡话的“我”就是“嗯呃”。

“喔，‘嗯呃’是你。”石冈说。

“‘嗯呃’不是你，是‘我’。”溜溜说。

“对啊，没错，是你啊。”

溜溜笑得要弯腰，说：

“先生别‘逗把’，先生专门‘逗把’。”

“‘逗把’是什么意思？”

“‘逗把’就是‘逗把’。”溜溜想一气，说，“是开玩笑，拿人开玩笑。”

“那你就来逗我的把。”石冈立即说。

溜溜觉得这个石冈先生比她爷老子有趣得多。虽说原来喊他石老倌子，但其实看不出是个老倌子，看上去只有四十多岁，讲话更不像个老倌子，中气比她爷老子足得多，还会“逗把”，逗起把来像爷老子老家隔壁的那个大哥。

石冈又说了个日本少儿故事，说的是一只小仙鹤，受了伤，被一个姑娘收养。姑娘不但为小仙鹤治好伤，而且精心照护，小仙鹤越长越大，成了姑娘最好的朋友，和姑娘形影不离。有一天，天空忽然传来很多仙鹤的叫声，“咕哇”。姑娘抬头一看，只见一群仙鹤从天空飞过，原来是仙鹤们要回老家去了，小仙鹤也听到了群鹤的叫声，看到了它的同伴，同伴的叫声扰动了它的心思，它想回到同伴的队伍里去，可是它又舍不得离开姑娘。自这天开始，每天都有仙鹤群飞而过，小仙鹤变得心思不宁。姑娘看出了小仙鹤的心思，姑娘更舍不得小仙鹤离开啊！姑娘和小仙鹤都陷入了矛盾之中。随着日子的过去，天空飞过的仙鹤渐渐少了，姑娘知道，如果再不让小仙鹤离开自己，小仙鹤就赶不上回老家的队伍了。于是这一天，姑娘抱起小仙鹤，对它说：“小仙鹤啊小仙鹤，你该走了，你再不走就来不及了。”当终于又飞来一群仙鹤时，姑娘把手一松，小仙鹤向天空飞去，小仙鹤一起飞，姑娘紧闭双眼，眼泪从手指缝流了出来，可她的耳边又响起了“咕哇咕哇”。这声音是那么熟悉，她睁开眼，原来是飞走的小仙鹤又回来了，小仙鹤也不愿离开姑娘。这时，天空的仙鹤齐声“咕哇”“咕哇”，它们是在召唤小仙鹤：“小仙鹤啊小仙鹤，我们是最后一批回老家的了。你快跟上来吧，你再不跟上来，我们就只能走了，无法等你了。”姑娘知道仙鹤们的意思，她又一次抱起小仙鹤，说：“宝贝宝贝，你必须得走，必须得跟上队伍。”姑娘将手里的小仙鹤往上一抛，小仙鹤振翅高飞，仙鹤群传来欢快的叫声。

“小仙鹤真的走了吗？”溜溜问。

“真的走了。”石冈说，“但第二年的这个时候，有一只仙鹤来到姑娘的房子上方，‘咕哇’‘咕哇’地叫个不停，直到将姑娘叫出来，看见它，对它挥舞双手，它才飞走。以后每年的这个时候，都有一只仙鹤来鸣谢姑娘。”

“是那只小仙鹤吗？”

“当然是。不过已不是小仙鹤，而是大仙鹤，大得姑娘都认不出了。”

“那是仙鹤感恩。”溜溜说。

天色在这个美好的故事中早已完全黑了。

溜溜好不容易从故事情绪里走出来，才感觉肚子有点饿了，“噫，送饭的那个伙计怎么还没来”。

石冈说他去看看是怎么回事，他去替溜溜把饭菜端来。溜溜忙说：“要去也只能我去，怎么能让先生去。”石冈说：“这么晚了，你一个女孩子去我不放心。”溜溜听得心里好感动，这么大的官老板，要亲自去替自己端饭菜，还对自己天黑出门不放心，全长沙只怕都没有第二个。

石冈刚走出大门，送饭的来了。来的不是原来那个伙计，换了一个人。

这个送饭的新伙计一进来就说：

“外面戒严了，任何人不准在外面走动。”

溜溜说：

“任何人不准走动，你怎么走过来了？”

新伙计说：

“哎呀，我刚走过来就戒严，好险，好险。”

溜溜说：

“你是为送饭送得这么晚找借口，故意吓人吧。”

石冈说：

“溜溜你快吃饭，别管那么多，你吃饭要紧。我得立即赶回去，光顾着讲故事，把重要的事忘了。”

新伙计说：

“先生，已经戒严了，你的事再重要也回不去了，你就先把肚子填饱，睡到这里吧。我得赶紧走了。”

新伙计说完就走，刚走出去拐个弯就听见他喊：“哎，哎，你们怎么抓我，我就是个跑堂送饭的。”

新伙计说他得赶紧走时，溜溜本想说“既然戒严了你怎么又能走”，可还没来得及说出来，他就走了。这时听到他的喊声，便相信是真的戒严了。

真的戒严了，怎么办？

石冈说：“快把大门关上。”溜溜赶紧将大门关上。

溜溜将大门关上，有点紧张，不光是因为真的戒严了紧张，还有大门一关，先生就只能在这过夜了，这……这……

大门一关，溜溜一紧张，石冈却说他还是得赶紧走，必须走。

先生一说走，溜溜反而为他担心了。

“先生，走不得哩，那个人已经被抓了。”

石冈说：“走不得也得走，我怎么能在这里歇宿？”

“先生，外面危险，你就睡到这里算了，你睡卧室，我睡侧屋。我是一直睡在侧屋的。”

“不行，不行！我睡在这里，你不方便。”

“先生，那你吃完饭再走，吃完饭说不定就不戒严了。”

“溜溜你不懂，戒严是要到第二天天亮才解除的。迟走不如早走。你放心，我有证件，掏出证件就无事。”

石冈说完就掏证件，这一掏，发出了一声“啊唷”。

“证件忘了带。”

“那怎么办？”

“没带证件也得走！别担心，溜溜，只要没被抓，明天下午我来吃饭，一定陪你好好吃一顿。还给你讲故事，‘逗把’，你来逗我的把。”

石冈冒着“危险”走了。

石冈冒着“危险”一走，这天晚上，溜溜就从“蜜睡”“酣睡”“安睡”进入了石冈“计划语”的“担睡”，担心他这位“好先生”的安危而睡不着。

这就到了第六天。

第六天傍晚，溜溜一见石冈出现，连声喊：“先生、先生你来了，怎么这么晚才来，哎呀我担心死你了，以为你被抓走了……”

余下的过程用不着多述，送饭菜来的当然不是昨天那个新伙计，而是新新伙计，菜肴不但比原来的更丰富，而且添了日本料理，另配装潢漂亮不知名的酒。石冈不食言，一边吃一边继续给溜溜讲故事、“逗把”，逗得溜溜又笑又“生气”，还不能不喝酒。溜溜如在云里雾里，不知道怎么地就顺从地进了卧室，但醒过来后也没有往地上溜，没往地上躺，更没有以头去撞墙。

星期六晚上过了就是“日曜日”，石冈遵守诺言，放溜溜的假，来了专人陪溜溜逛街。正要出门，爷老子林韵清来了。

爷老子林韵清是来贺喜。

林韵清备办了礼物，还带了他老家乡民酿制的米酒，说要和石冈先生老家同样用米酿出的清酒比一比，哪种更过瘾。石冈说："好，好，但溜溜要逛街，得尊重她的爱好，不能干扰她星期日的活动。"林韵清忙说："不干扰，不干扰，溜溜你先去逛街，晚上爷老子再喝你的喜酒。"

溜溜往外走时，对爷老子"嗤"一声，"讨卵嫌"。

林韵清问石冈：

"女儿没使性子吧？"

石冈微笑：

"也就扭了那么几下。"

林韵清说：

"先生安排得好。"

石冈说：

"多谢林老板，我返老还童，年轻了。"

十六

章质紊最想当的那个商会主席被陈万丈当上后，才知道原先还是低估了商会主席的"含金量"。

章质紊找着林韵清，两人又开了一次碰头会，谓之"二次碰头"。

章质紊不知道的是，林韵清已经傍上了石冈，更不知道他是用亲生女儿这个"法宝"傍上的。林韵清已经从石冈那里套购了不少商品，从中赚了不少。他当然不会告诉章质紊，他仍装得和原来一样什么也没捞着。

章质紊说：

“林老弟啊，你晓得不，陈万丈当上主席，商会变成他的私有财产和个人交易所了。”

林韵清说：

“这个谁不晓得啊，全市工商业都只能听他的了，谁若不从，就有宪兵队的牢房伺候，他妈妈的瘪，他怎么有这么大的能耐，连宪兵队都听他的。”

章质紊说：

“他还从日本人手里获得了食盐和卷烟的专办权呢！”

林韵清说：

“食盐和卷烟的专办权他都能弄到手？这里面的油水……”

章质紊以行家的口气说：

“我告诉你咯，你晓得不，食盐是家家必需、人人必吃，每餐不可或缺之物，原本由日本人专售，对市民‘计口授盐’，就是计划供应，每人每日定量配给，是严格控制的，还有卷烟、布匹……”

林韵清打断他的话：

“这个还要你讲，谁能不吃盐，特别是干苦力的，老子当年拉黄包车时吃的菜，别人咸得咋舌子，老子吃得一大碗。”

章质紊说：

“你听我讲咯，陈万丈获得食盐专办权后，一是浮报固定人口数量，二是借其他名目的供应申购，浮报及借故外增的食盐，全部落入他的口袋，平价购进，高价卖出……”

林韵清又打断他的话：

“浮报、借故，从日本人那里弄来平价盐，再高价卖出，又不是什么新伎俩，短斤少两扣秤也不是什么新伎俩，你当年开油盐铺子不也是这样？你们这些商人不都是这样？”

章质衮说：

“林老弟今天讲话的口气蛮冲啊！我再告诉你咯，陈万丈竟然承包了日军以整批食盐向四乡斟换农副产品的生意，他以贱价收购农村产品，对食盐则抬高售价数十倍、上百倍。”

林韵清这下听得有点吃惊：

“整批食盐的生意他都能揽下？！对农村的盐价抬得那么高，日本人能容许？”

章质衮说：

“日本头头知道跟不知道一样，看见等于没看见。任凭他。”

林韵清问：

“如今管这些的日本头头是谁？”

他想，不会就是石冈吧。如果是石冈，自己也去揽这个买卖。

章质衮摇摇头，说不知道管这个的日本头头是谁，不少商人向市长谭天圆告陈万丈的状，谭天圆能枪毙肖德贵，对陈万丈却无可奈何，看来陈万丈后面那个日本头头势力太大。

章质衮接着说陈万丈“专办”卷烟的事。

卷烟和食盐一样，也是由日本人严格控制，按计划进行分配、批发。陈万丈则将这个买卖搞到手，承购承销或加工。

“旭光牌香烟，你抽过吗？”章质衮问林韵清。

林韵清答：“我又不抽烟，什么旭光牌晨光牌，听是听说过。”

“日本人的旭光牌香烟原是供军用的，专供日本兵抽。”章质衮说，“我们长沙的旭光牌香烟是日本人在武汉制成运过来的。”

“香烟还要从武汉运来？我们长沙没有？”林韵清说，“我反正不抽烟，赚我的钱赚不到。”

“你不抽有的是人抽啦！”章质衮说，“抽烟的想抽都抽不到呢。”

“怎么，不卖啊？”

“开始确实不卖，只有日本兵有抽。”章质紊说，“日本兵在街上拿着香烟对市民说‘大八哥，所交’，你总见过、听过吧？”

林韵清想了想，说：

“是见过、听过。老子对烟不感兴趣，没管那么多，也不知什么意思。”

章质紊说：

“‘大八哥’就是香烟，‘所交’就是兑物。”

“是拿烟和别人换东西嘛，怪不得还有点神神秘秘像卖烟土。”

“抽烟的难得搞到一包‘旭光’，拿去送礼搞关系珍贵得很！有人就凭几包‘旭光’还救了命呢，警察要抓他，他赶忙送上一包‘旭光’，警察一看那牌子，一把抓过去，对不起，少了。赶忙又送上几包，警察便挥挥手，‘你他妈的走吧，老子没看见你’。”

“香烟还有这么大的作用？”林韵清装作什么都不知道。

“不是所有的香烟，只有旭光牌的才管用。”章质紊说，“日本人见需求量大，决定有控制地放开，但从武汉运烟来供不应求，便定在长沙增加旭光牌香烟的生产。陈万丈又得到了这笔生意，原料、机具等由武汉运来，他负责生产。长沙一生产旭光牌香烟，尽管烟价定得很高，并且限购，常德、益阳、岳阳等地来采购的，却他妈的排起长队……”

林韵清插话：

“你怎么知道得这么详细？”

章质紊说：

“我没找到别的好路子，只好天天去打探消息。打探来消息我就告诉你，看能和你从这些消息里得到个好路子不？”

林韵清说：

“那你继续讲。”

“陈万丈见替日本人办烟厂仍是供不应求，便决定自己开烟厂。”

章质紊突然说，“哎，你怎么连陈万丈开烟厂的事都不知道？这段时间你在干什么？不是有什么好路子瞒着我吧。”

林韵清忙说：

“没有，我若有好路子了还能瞒着你老兄，我是没找着好路子有点心灰意冷了，成天游手好闲，什么也没做。老兄你接着讲，讲完后我俩好好商量商量，看能在陈万丈那里弄到些好处不？”

“我来找你也是这个想法。在陈万丈那里弄不到好处也要想法哽他一下，不能让他把便宜全占尽。商会的位置本应该是我们兄弟的。”

“对，对。从理上来讲本就应该是我们的。”

章质紊便接着讲：

“林老弟，坡子街原本有一家金蕾烟厂，你应该晓得吧？”

“晓得，我虽然不抽烟，但晓得那家烟厂。”

“金蕾烟厂老板在日本人进城之前，已逃难出走，至今未归，只留下一个吴技师和他老婆守厂。陈万丈乘机强占金蕾烟厂，改名为亚光烟厂。吴技师和他老婆不同意，陈万丈就要吴技师当厂长，要他老婆当技师。你晓得陈万丈这回怎么不将反对他占厂的吴技师抓起来送宪兵队吗？”

不待林韵清回答，章质紊便说：

“因为吴技师有技术！他老婆也有技术。陈万丈办烟厂不能没有懂技术的。把吴技师两口子都弄进厂子，吴技师和他老婆就不反对了。陈万丈又让他的亲信范老七任烟厂经理。亚光烟厂就仿照‘旭光’牌出品‘豆光’牌香烟，价格比‘旭光’低。”

“‘旭光’变‘豆光’，×他妈妈瘪，陈万丈想得出。”

“豆光牌一应市，不但大受长沙吸客欢迎，外地的烟商也纷纷前来采购。你知道香烟的利润有多大，财源滚滚啊！”

“‘豆光’占了‘旭光’的市场，日本人能答应？”

“占‘旭光’的市场是占不了的，‘旭光’还是‘旭光’。日本人精明得很，默许他生产‘豆光’，光那税收……头头则得到更大的好处。”

“陈万丈傍上的究竟是哪个日本头头？”

章质紊说：

“那个内幕无人知晓。林老弟啊，想傍日本头头我俩是傍不上了，你说，我俩能去陈万丈那里……”

章质紊还没说完，林韵清故意叹口气：

“唉，商会是个那么好的‘油水会’，聚爷不搞，卓雪乾不搞，让陈万丈捡了个大便宜。×他妈妈瘪。”

林韵清看了看章质紊，又说：

“章老兄啊，陈万丈没费什么力就搞到那个主席，我俩呢，只能怨运气不好。”

章质紊没吭声。

“章老兄，你怎么没话讲了？讲完了？”

“讲完了。”

“你真的想去傍陈万丈？”

“就是来和你商量嘛。”

“要去你去，我是认命了。”

章质紊和林韵清的“二次碰头会”无果而终。林韵清因为傍上了石冈，对章质紊说陈万丈的那些事已无兴趣，纯粹应付应付这位当时共同打白旗进城的“患难”朋友。章质紊见林韵清不热心，还以为他真的认命了。他决定自己再去碰一次运气，看在陈万丈那里能谋到个好差事不。换句话，就是投靠。

想到自己要去投靠陈万丈，章质紊心里骂：“×他妈妈瘪，商会主席本应该是老子的，本应该是陈万丈来投靠老子的，日本人、‘山打根’、王八蛋，过河拆桥不认人……”

章质紊这一去，引发了一件命案。

十七

长沙老人说，陈万丈占据金蕾烟厂开设亚光烟厂后，又将烟厂后面的冯家井小学据为己有。小学在日军攻占长沙前已迁徙，校舍教室未遭轰炸，全是现成的。陈万丈将现成的部分房舍改建为私邸，多余的则改建为简易的旅馆式房间，开设了一家旅社，但没挂招牌。

这家没挂招牌相当于黑店的旅社却使得商客纷至沓来，何故？起始是揽客，如同现在一些火车站偷偷揽客的一样，但只揽客商模样的人：

“住宿不？住宿不？到我们那里去咯。”

“你那是什么旅馆？在什么地方？”

“我们那是商会办的旅社。”

一听是商会办的，觉得放心。

“那就去看看咯。”

一去看，还不错，遂住下。这一住下，感觉不但放心，而且有诸多不同其他旅社之处，一是银钱货物能在这里寄存储放，旅社保证安全，而且没有日军、宪兵、警察来找麻烦；二是对客商来长购货卸货或当场交易，可以提供一切方便；三是能提供让客商满意的寻欢作乐之处。更有一点，可帮客人从事套购、抢购、代购等经营活动，这些，在外面都是属于非法的买卖。套购、抢购扰乱市场，代购怎么也属非法？因为代购的商品都是禁止运出长沙的商品。

于是客商传客商，说去长沙，只有住商会旅社最好。

陈万丈这家不挂招牌的旅社被外界喊成了商会旅社。一被喊成商会旅社，可就不需要揽客，而是客商主动寻来，不唯是临近长沙的平江、浏阳客人多，从津市、常德、益阳、汉寿等地来长沙的商人，从江西经平江、浏阳来的客人，都纷纷入住。

陈万丈初时很讲信誉，说提供方便就真的方便，说保证银钱货物寄存储放安全就真的安全，使得入住这个旅社的客商感激不已、交口称赞，确实是“宾至如归”“商人之家”。寄存在旅社的钱物便越来越多。这钱物一多，他的“很讲信誉”便要转入“曲线信誉”了。

这个“曲线信誉”是既要让人觉得他仍讲信誉，又不但要将寄存的钱物变成自己的，而且要将客商钱包里的钱都变成自己的。

想个什么好法子呢?

他的亲信、被派任亚光烟厂当经理的范老七对他说：

“陈爷，这有什么难办的呢，我喊些人，装成宪兵，深夜来次突然搜查，搜查河西潜入的‘抗日分子’，把那些钱物作为违禁品统统拿走就是，并且还要抓人，陈爷你就出面保他们，但要交赎金，他们钱包里的不就都得交出来。”

陈万丈没等他讲完就打断了：

“不行，搞蛮的不行，你以为他们都像你一样，经常绊哒脑壳吧，经商的一个个都精得很，还能看不出你这个套路，按你这个套路，搞了一次，难有第二次，没人敢来了。晓得不?有损声誉的事不能干，不长久的事不能搞。”

“是，陈爷，有损声誉的事不能干，不长久的事不能搞。”

陈万丈正在琢磨更好的套路，门房报告，说有个叫章质紊要进来拜访。

陈万丈和章质紊原来有过交往，知道章质紊是开油盐杂货店的，开油盐杂货店的来拜访商会主席，按理说正是挑水找对了码头，可陈万丈一听，烦人！开油盐杂货店的也找上门来。

章质紊来的这一趟，受到的“待遇”本也会和日军头头“山打根”对他的一样——瞧不起，甚至还不如，陈万丈不见。可陈万丈突然记起章质紊原来经常进出赌场。赌场，一下激发了他的灵感。

陈万丈想到了赌场。搞个假赌局！

无论何人，只要进了赌场，只要上了赌桌，只要先让他赢点钱，就全会绊哒脑壳。绊哒脑壳的人，还能看出什么套路，只会怪手气差，手气越差，越要把输掉的捞回来，越想捞回来输得越惨。这个套路谁都知道，可一个个都心甘情愿去套……

设个假赌局，这个套路好！

搞假赌局得有这方面的人才，这方面的人才到哪里去找呢？陈万丈可是从不赌博的，也不准他的家人、亲信去赌。

章质紊有可能是这方面的人才，他想，章质紊是第一个打着白旗进城的，这敢于冒着危险第一个进城的人，胆子不小，搞假赌局就得胆大！

“请他进来。”陈万丈决定接见。

“陈主席，恭喜恭喜，恭喜主席事业如日中天！”章质紊送上一份封着红纸条的礼品。

“章老板，客气客气，你今天怎么这样客气啰。”

一阵寒暄后，章质紊说他想到主席这里谋个差事，一定尽心尽力为主席效劳。陈万丈说：

“好啊，欢迎啊，章老板，好久没见，先听你讲讲白话（长沙方言，意为闲话），我这一向累得很，放松放松。”

陈万丈要章质紊讲他早先在赌场的事。

章质紊这个杂货店老板早先确实是个赌徒，卖油盐酱醋杂货赚来的几个钱，曾被他输得精光。

章质紊说：

“讲赌场的事有什么意思，我早就不赌了。”

陈万丈说：

“有意思，有意思。”

章质紊就讲他在赌场亲历过的事，赌博的这个花样那个花样，赌场的各种趣闻逸事，讲得蛮生动。陈万丈听得哈哈笑。

章质紊的白话虽然讲得蛮生动，但心里有事，陈万丈只要他讲白话而不说到底给不给他个差事，忍不住了，打住白话，问：

“陈主席，你说欢迎我在你这里干的事……”

陈万丈笑着说：

“章老板，莫性急，我这里正空着一个好位置，不知章老板愿不愿意干。”

章质紊忙说：

“愿意，什么位置啊？”

陈万丈说：

“我这里正要办一个赌场，就由你负责，你是行家。”

章质紊一听，恍然大悟：“难怪要我讲赌场的事，是先考考我哩，幸亏我还讲得头头是道。这赌场的玩意，你是外行，我是内行，油水多得很。”

章质紊连忙站起，弯腰打拱手。拱手打完后当然得说些奉承话、感谢器重的话，再来些自谦的话，最后表决心，这是自古至今为上级领导重用、提拔的人的惯用式，也是规则。章质紊说的奉承话无非是说自打陈主席主持商会后，这商会搞得是如何如何好，没有哪一届商会有你搞得这么好，等等。接着正要说感谢器重的话，陈万丈却要他别说了。

“行了，你稍微等一下。”

陈万丈走进另一间房，要人喊来范老七，对范老七悄悄说了一番话。

范老七走出来：

“嗬，章老板，发财，发财。”

章质紊还未来得及回范老七的“礼性”，范老七就要章质紊跟他走。

到了外面，章质紊赶紧问：

“七爷，你这是要带我去哪？”

范老七本名范齐，排行老七，人就喊他范老七。章质紊以前喊他老七，但此时得改喊七爷。他知道范老七是陈万丈的亲信，不升为爷不行。

范老七大咧咧地说：

“我们陈爷主席要我请你去酒楼，好好吃一餐。”

“谢七爷，怎么能让七爷破费？我请七爷。”

“要你请什么啰，少啰唆，你跟着我去吃就行。”

范老七这话哪里像是请客，倒像是章质紊要撮他一顿。章质紊知道，这个陈主席的亲信不能得罪，如果得罪这个七爷，他到陈万丈面前说几句，到手的好差事就泡汤了。

“七爷，当然得归我请你的客，我得为你贺喜，贺喜你当上亚光烟厂经理后所取得的业绩，七爷那业绩，谁不佩服？”

这话，七爷爱听。

“七爷，我必须得为你庆贺，庆贺你治厂有方，七爷你一上任，大亚光烟厂生意做得那个红火，那名声，长沙武汉，湖南湖北，谁不知道大亚光烟厂的经理，七爷你的能力，那是盖过全长沙，再无第二。”章质紊在亚光烟厂前面又加了个“大”。

范老七听得呵呵笑：

“那都是我们陈爷的功劳，陈爷指挥调度，我只是跑跑腿。”

这话听上去像是客套，其实是范老七的真心话，他对陈万丈那就是一个字：忠。正因为对陈万丈忠，他在陈万丈面前，那就是一死心塌地的奴才。也正因为在陈万丈面前是奴才，到了别人面前，他就想当爷。听章质紊不停地喊他七爷，夸他的能力业绩，一身骨头都轻飘了起来。

“行，章老板，那就归你请客。”

“谢七爷赏脸。七爷，你看去哪家酒楼？”

“随便。”

“怎么能随便呢？”

“那就‘潇湘’。”

范老七答应让章质紊请客时，章质紊心里轻松了，只要搞定这个范老七，一切就好办。可一听范老七说去潇湘酒楼，心里又紧了一下，“潇湘”是长沙最高档的酒楼，吃一餐，那银钱……

范老七看似粗放，甚至豪爽，其实精如鬼，他说陈爷要他请章质紊去酒楼好好吃一餐，其实陈万丈根本就没说这话，是他自己想好好吃一餐（虽说他是亚光烟厂经理，但在外面请吃也是报销不了的），他知道只要一说请客，来谋差事的章质紊肯定会抢着请。而令章质紊不得不花费大把银钱的潇湘酒楼，就在他的“随便”中定了。

章质紊尽管心疼去潇湘酒楼的花费，但不装大方不行。他没想到，当时也不可能知道的是，范老七比陈爷还做得出。他花了钱，请了客，让范老七喝得痛快吃得痛快，范老七却将他谋的那个差事给端了。

章质紊和范老七上了潇湘酒楼，要了一个隔间（相当于包厢，其时没有包厢）。

在隔间一坐下，范老七就如同自己请客一样，吆喝伙计，上一壶什么茶，来两瓶什么酒，点什么菜、什么点心，听什么曲，完了，问章质紊：“可以吧，你还要点什么？”

“可以，可以，七爷你点得好。”

“行，那就这些。”

开吃。

在碰杯声中，章质紊问范老七：

“七爷，你说陈主席要开设的赌场，会选在什么地方啊？这赌场可得选个好地方。”

章质紊想着这花的酒菜钱不能白花，得探听些信息。

范老七说：

“章老板，我看你人这么好，就告诉你实话吧，也好让你这个赌场主管有所准备，免得白费力气，白花工夫。我们陈爷其实是要设个假赌局。”

“假赌局？”

“对啊。赌场只是个幌子，假赌局才是真的。”

“陈主席真的要设假赌局？”

“这还有假，陈爷要你在他办公室等着时，他走进隔壁房间，命人将我喊来，亲口告诉我的。”

“嗬，是这么回事。”

“所以啊，陈爷要你管赌场是假，要你设假赌局是真，这下知道了吧。这可是秘密，绝不能对人说的。”

“哎呀七爷，幸亏你告诉我。七爷，你这么信任我，我就得跟你说几句实在话。”

“你说，我听着呢。”

章质紊说：

“这设假赌局之事，最要紧的是得有擅长使用假赌具的人，那里面的功夫，深得很。功夫不深的人，无论如何圆不了场。这种人在上海滩被称为‘赌神’。”

范老七说：

“所以嘛，你的当务之急是去找一个能圆场的来，找个‘赌神’来。没找到这种人，我们陈爷许诺你的主管也当不成。”

章质紊说：

“这样的人我倒是晓得一个。”

范老七就问这个人叫什么名字，章质紊说叫史三。

“人家喊我喊老七，你说的这个人叫史三，他不会是个假名字吧？”

“不会，他的大名就是史三。”

“‘十三’，怎么不叫‘十四’？”

“七爷‘逗把’，那要问他爷和娘。”

“来来来，喝酒。”

范老七喝口酒，用手背抹一下嘴角：

“我们陈爷跟我说了，他想要我来管这个事，可又放心不下‘亚光’，我一离开，‘亚光’的事谁管，谁能管得好？你知道‘亚光’一天生产多少箱‘豆光’牌香烟吗，说出来吓你一跳。”

章质紊忙说：

“那是，如果不是七爷管得好，大亚光烟厂怎么能扬名省内省外。七爷是离不开的。”

章质紊有点担心范老七来管赌局，他如果要管，自己就得靠边站。果然，范老七接过他的话，说：

“那也不一定离不开啦。我这个人，不是在你面前吹牛皮，别说一个亚光烟厂，就是两个亚光再加赌场，照样管得溜溜转。”

“七爷的能力，那是没得说。”章质紊只得奉承。

“不过，章老板你放心，我会帮你的。赌场还是会给你管的。”

“七爷对朋友，那是侠肝义胆！七爷，我敬你。”

“敬什么敬，”范老七假装有几分酒意，“等你主管的赌场开张，把假赌局搞定，我敬你。搞定之前，你什么也不是，那就不值得敬。”

范老七“一打一拉”，把章质紊套了进来。

章质紊说：

“七爷，管赌场不难，搞假赌局不易，会圆场的人……”

“什么圆场不圆场，什么‘赌神’，就是个会使假赌具又不露破绽的赌棍，哪里有什么神！卵神。”假装有醉意的范老七一口干掉一杯：“你去把他喊来，把那个什么‘十三’‘十四’喊来，我当面问问，如果是真的，我俩就带他去见陈爷，陈爷认为可以，他就归你管了，你就立马上任！去，快去。”

章质紊说：

“七爷，我走了谁陪你喝酒？”

范老七说：

“喝什么酒，我这是在喝酒吗？去去去，我正好听听小曲。”

章质紊说：

“七爷，你没喝醉吧？”

范老七说：

“我能醉？你以为我说酒话，我刚才说的是你把那个什么‘十三’‘十四’喊来，我当面问问，如果是真的，我俩就带他去见陈爷，陈爷认为可以，他就归你管了，你就立马上任。我这是酒话？我说话能不算数？你有笔没有，你拿支笔写下来。”

范老七这么似醉非醉地一说，章质紊觉得这是个机会，把史三喊来，立马去见陈万丈，自己的美差就到手。章质紊怕夜长梦多，万一范老七睡一觉醒来，说他要去管……

章质紊喊来史三后，范老七不食言，要史三喝了几杯，便一起去见陈万丈。

事情很顺利，陈万丈说章老板推荐的人，又经过范经理“考察”，他还有什么信不过。具体的安排由范经理、章经理和史三定。末了，陈万丈还特意叮嘱范老七，要他把这个事安排好后，守着烟厂，不要再管。

“你们去商量吧。”陈万丈把手一挥。

范老七、章质紊、史三开了个三人会议，会议很简单。章质紊被任命为赌场经理，说他一定尽职尽责；史三表示只要一开场，就看他的，没问题。范老七要他们在家里等通知，这里把房间一腾出来，就请章质紊和史三来布置，从布置那天开始，就是正式上班了。

章质紊回到家，心里那个高兴，总算谋到个好差事了，自打举着白旗进城以来，除了拖埋尸体捞了几个掩埋费，其他什么也没捞着。要说背时，就是从被“山打根”抛弃开始的。说抛弃不妥，只有女人被男人抛弃，章质紊一个大男人，比“山打根”的个子还高，怎么是被抛弃，他觉得是自己不愿见“山打根”了！“老子不愿见他后，找过这个，找过那个，全没找到个好差事，找卓雪乾那老家伙，还被他骂了一顿，他妈妈的……”

他没把那“瘪”字骂出来。

这一下好了，找着了陈万丈，到底是商会主席，不一样。虽说他被许多商人告状，告他将商会变成他的私有财产和个人交易所，告他套购食盐卷烟“大八哥”，告他强占金蕾烟厂、冯家井小学，告他随意将商人送进宪兵队拷打……尽管自己原来也在背地里说过他的不是，但他老兄对自己还是讲交情。

“老子运气来了！”

章质紊在家等通知的头两天，每餐要抿二两米酒，要小馆子送个辣椒炒肉来，在这之前，他是舍不得的（潇湘酒楼请范老七那一餐，他仍然有点心疼，但值）。可现今，他不愁没钱花喽，他是陈万丈的赌场经理了。

章质紊抿完米酒，吃完辣椒炒肉，躺到椅子上，跷着二郎腿，哼起了花鼓戏：

将身儿我巧把梳妆台上，
巧梳妆巧打扮前去游春，
头梳着青丝发乌云盖顶，
插一对美翠花两下相映，
上穿着红绫袄不长不短，
下系着水罗裙四角挖云。

章质紊哼的是《吴三宝游春》中赵翠花的唱段，女声。

章质紊“游春”游了两天，到得第三天上，他不“游”了，他想着今天该来通知，请他去上班了。他断定来请他的是范老七。第一，范老七是经理，自己也是经理，两人同级，至少应该是个同级别的来请。第二，范老七在潇湘酒楼吃过自己的好酒好菜。

然而这一天，范老七没来，谁也没来。

第四天，依然没人来。章质紊想，腾出几间房子来做赌场用得着这么久吗。办事效率太低太低。他想到自己和林韵清拖埋尸体，“山打根”限令三天时间，那么多的尸体，那么大的难度，三天就硬是基本完成。如果要范老七这些人去干，十天半月都不行。“唉，唉，办事太不得力，太不得力。”他又反过来想，也许是客房都住满了客人，客人已预交了房钱，不好强行要人家退房。

章质紊在判定旅社客人住房没到期因而腾不出房子的等待中度过了第五天。

第六天，他再也坐不住了，顾不得自己的“经理”身份，要去看看究竟是怎么回事。

他先去找范老七，他估摸着范老七在烟厂。他记得陈万丈说过的话，陈万丈要范老七“守着烟厂”。

章质紊走到亚光烟厂大门外，被守门的拦住。

“干什么的？”

章质紊说他要见范经理。

“你没长眼睛啊，没看见‘烟厂重地，闲人免入’。”

章质紊说他不是闲人，是范经理的朋友。

“你姓什么？”

“姓章，烦请你去通报一声，说章质紊要见他。”

“我们经理从来就没有一个姓章的朋友。你快走，少在这里啰唆！”

章质紊感觉到有点不妙，范老七要了他。

他决定直接去找陈万丈，他相信陈万丈不会耍他。

他走到商会，商会说陈主席在私邸。

他走到陈万丈私邸，门房说主席不在私邸会客，无论是谁，有事去商会。

章质紊这才明白，不光是范老七耍了他，陈万丈也耍了他，这两人是合伙耍他。

章质紊毕竟是第一个打着白旗、冒着被日本兵乱枪打死危险进城，且和日本头头“山打根”打过交道的人，他的胆子有时候是够大的。此时，他被耍后激怒的胆子就大了起来。

“陈万丈，我×你妈妈瘪，你给老子出来！

“陈万丈，别人怕你，老子不怕你！老子连日本头头都不怕，老子怕了你这个王八蛋？”

章质紊一闹，出来了一个人。

“你吵什么吵，嚷什么嚷，陈主席要我通知你，你连续旷工五天，已经被开除了。”

“什么？我连续旷工，被开除了?！”

“是啊，你的工作场所已经开场五天，你一天班都没来上，还能不开除？旷工一天就要被开除的呢！还是陈主席开恩，将你做辞退处理。这是给你的辞退费。你拿了辞退费立马走人，晓得不？”

“辞退费？”章质紊不接，又要嚷，这次他是要把陈万丈和范老七如何耍他的嚷出来。

他还没嚷出口，来人一句话镇住了他。

“姓章的，你要胆敢再胡言乱语一句，你就别想再回家！”

“辞退费”丢在地上。四个大汉，围在他身旁。

章质紊捡起扔在地上的“辞退费”，边走边嘟囔：“这点钱还不够老子在酒楼请的那餐酒菜钱。”走出很远的地方后，他见四周无人，便跳起来骂：

“陈万丈，我×你妈妈瘪！范老七，我×你妈妈瘪！”

骂够了，掏出“辞退费”，往地上一丢，加一脚，狠狠踩住：

“陈万丈啊范老七，你们连‘山打根’，连日本人都不如，‘山打根’还按数目给了我掩埋费。你们戴笼子让我找来史三，别的不说，就算是我推荐的，推荐费总该给吧，范老七你吃了我的酒菜钱总得还吧，就给这么一点点，说是辞退费，侮辱老子，老子什么时候被人辞退过？老子能被人辞退？老子干起事来哪一件不是尽心尽力？你妈妈的瘪，妈妈的瘪！”

章质紊踩着“辞退费”如同踩着陈万丈和范老七。

踩够了，移开脚，弯腰拿起“辞退费”，拍拍灰，回家去了。

章质紊自此有点像绊哒脑壳，老爱嘟囔“这点钱还不够酒菜钱”。听的人以为他是说他自己的那点本钱不够他买酒买菜的钱。听得多了，就认为他是真的有点不清白，近似于癫子。

章质紊心里其实清白，他是怕陈万丈下毒手、灭口，因为他知道陈万丈设假赌局。原来他只听说“谁若不从陈万丈，就有宪兵队的牢房伺候”，现在他完全相信了。他让自己变得“近癫”，好让陈万丈放心，一个像癫子样的人，就算说什么，别人也不会相信。他为什么又不“全癫”呢，因为“全癫”了就真的再也找不到门路了，谁会和个癫子打交道。他并没有死心，他还想着会来运气。再说，他就是想全癫也癫不了，因为他还是挺会自我宽解的。

他这次尽管被陈万丈和范老七耍了，特别是范老七，吃了他的好酒好菜，哄骗他喊来史三，有了史三便翻脸不认人。但他宽慰自己，假赌局还是搞不得的，他不但知晓在赌桌上出老千的后果，而且亲眼目睹过，那是抄起刀子就捅，真正的白刀子进红刀子出，更有因被出老千而输钱的赌徒杀对方一家人的。他当初和林韵清麻着胆子进城时，如果日本兵胡乱开枪，那也只是“嘎嘣”一声，就没了。这假赌局若被识破，挨刀子捅，被刀子剁的滋味……

“不要老子搞也好，老子不得挨刀子。”

章质紊同时在心里说：“你看啰，等着看啰，有人要挨刀子的啰，不是陈万丈就是范老七。”

这话，还真被他说中了。

十八

章质紊在家里等通知的第二天，范老七正在和史三谈合作。

合作的项目是假赌局。双方精诚合作，一定要把这个投资少、见效快、收益大的项目做好。做好后双方按比例分成。鉴于该项目的保密性，双方不签书面协议，口头达成为准，双方均保证按口头协议执行。说到做到，天地为鉴。

史三只提出了一个问题。史三说：

“我只能拿刀但还要有一个接血的。”

史三这话什么意思？杀猪的一听就明白。

范老七不是杀猪的，一下没明白：

“要个接血的干吗？”

史三说：

“我一刀下去把猪杀了，没有个接血的，猪血不全流走了？”

范老七顿悟：

“你是说还要个帮手啊，谁可当你的帮手？”

史三说他的拜把兄弟孙兴可当此任。

“孙兴?！靠得住吗？”

史三说：

“废话！靠不住我能点名要他？”

史三不像章质紊那样开口闭口喊七爷，他是有真本事的人，有真本事的人用不着去巴结人。你要用我，行，我替你完事，完事后将说好的钱拿来，拿了钱走人，干净利落。他说范老七讲“废话”这口气，也相当于给范老七一个“预告”，得按协议办事，否则是要承担后果的。可范老七根本就没往那方面去想，也不会往那方面想。他是有恃无恐，后面有陈爷，陈爷后面有宪兵队。

除了陈爷，谁敢说范老七讲的话是废话?！范老七却没发火。

“那就按你说的办，增加一个接血的。”范老七还来了点幽默。

两人谈妥后，范老七说要去报告陈爷一声。

若是换个人，肯定会连声说“那就麻烦七爷你了”。可有真本事的史三说的是：

“我知道你不报告他不行，你做不了主，快点回复我啦！”

有真本事的就是这么牛。

范老七向陈万丈报告后，陈万丈说按你们谈的办。范老七又把分成的比例说一遍：

“陈爷，主要是这个，你看……”

陈万丈说：

“我已经说了可以，还问什么，他再多要点都没问题。先把事办好。”

范老七会意。正要走，陈万丈却提到了章质紊。

“那个卖杂货的章老板呢？”

范老七说：

“现在要他还有什么用，有史三和孙兴就够了。我让姓章的在家里等着。”

陈万丈“唔”了一声。

“陈爷，你是担心他说出去吧，我派人……”

“暂时没必要。”陈万丈说，“你先派个人盯着，看看他的‘表现’。”

章质紊躲过一劫，倒还是搭帮陈万丈这句话。

陈万丈在商会旅社内的赌室开张，范老七派些人装作住宿客人串门。

“这里面新搞了一个好玩的地方，晓得不？”

“我昨天去玩了一把。”

“手气如何？”

“嘿嘿，还可以。”

“赢多少？”

“不多不多。也就是玩一玩。”

这玩一玩，大家就“应邀”去玩。史三和孙兴当然也在“应邀”之列。

布置得豪华的赌室里热闹啊！那种热闹场面不用多说，进过或看过赌博的都知道。只是这个赌室按正规的大赌场的规矩来，不许用现金入赌，而是要以筹码代之。

头几天，史三和孙兴观看、为他人助兴的时间多，自己参赌的次数少，出手也是输赢参半，各有胜负。商人赌客是赢得多、输得少。那兴趣就愈发大了，“下班”后相互之间还谈感受。

“还是这商会旅社好，提供的各种方便不说，上赌桌都来手气。”

“风水宝地，风水宝地。”

“赢那么一点，输那么一点都无所谓，就是一个让人开心。”

“陈主席硬是个好人，想得周到。”

“我的事本已办好，打算回去的，这有了开心的地方，晚回去几天也罢。”

这人说的“开心”，不光是指赌，还指嫖。商会旅社在开赌之前就提供有嫖的方便。

“你不按时回去，老婆能饶你？”

“老婆晓得什么，她只晓得我住在商会旅社，安全、放心。”

“安全、放心”，一阵哈哈。

这些商人开心的日子很快结束。数日后，史三大显神威，以假赌具连战连胜，商人们越赌越输、越输越赌、越赌越大，疯狂而又血腥的日子降临。

赌客们并未怀疑史三，因为史三并没赢什么钱，显示出来的是平手，未输而已。“杀猪”杀出的“血”为孙兴等接走。

赌输了的赌客要扳本，其状便进入疯狂，一把一把地甩票子，没现金买筹了，取出存放在旅社的钱，以货物抵钱，信念就是一个：不信老子的手气总是背，不信老子赢不回来！

结局：卵打精光。存款存货全成了陈万丈的了。

规律。

在无法违背的规律中，有客商买货物的钱是借来的，不是他自己的钱，得还！拿什么还？只有拿命还。默默地走到湘江边，眼睛一闭，一跳，了事。当然，也有客商溜到湘江边，不投水，而是偷偷地上船逃跑。逃跑者已经交不起商会旅社的住宿费、饭钱。

史三、孙兴大获全胜，正欲“追穷寇”，陈万丈下令“收兵”。

陈万丈不做赶尽杀绝的事，令二人住手，没死没跑的客商在赌桌上又慢慢“回暖”。“回暖”后又在“下班”后相互谈感受。

“嘿，这两天老子的手气回来了一些。”

“我说的啰，不可能老是输。”

“听说那个余老板想不开，寻了短见。”

“唉，何必呢，再坚持几天，说不定他的手气也能回来。”

遂为余老板叹息。叹息完后表示，继续“战斗”到底，不把本捞回来决不离开。

史三、孙兴联手的“大事”既成，得和陈万丈结账分红了。

旅社的伙计说陈主席去了商会，史三便要孙兴先回去，由他去向陈万丈要应分之利，孙兴就先走了。孙兴这一先走，得以多活了几个月。

史三从商会旅社出来，往商会走去，快到商会时，来了几个汉奸宪兵，一索子将史三捆了，押进宪兵队。

罪名：与河西“抗日分子”有来往。

“老实交代！”

史三大呼冤枉，说他从没去过河西，他这一向都在陈万丈的赌场。

“啪啪”，几个耳光。

“陈主席的商会我们常去，他哪里有什么赌场？他的赌场在哪里？”

“在商会旅社里面。”

“胡说！哪里有商会旅社？商会旅社的牌子挂在哪里？”

“没挂牌子，但是个旅社，里面住了好多商客，是在旅社里面设了个赌室，参赌的都是商客，陈万丈请我搞假……”

还没说完，劈头盖脸一顿皮鞭。

“你开始说是赌场，又变成了赌室，根本没有旅社，你说里面住了好多商客，商客还参赌，赌你妈的瘪！一派胡言，还想污蔑陈主席，陈主席认识你吗？你是什么东西，还想攀上陈主席，还陈主席请你。快说，和你接头的是谁？不说，上老虎凳！”

史三完全明白了。他只能破口大骂，骂陈万丈的娘。

后来有人说，史三也算得上一条好汉，不管用什么酷刑，他反正只是骂陈万丈的娘，一直骂到死。

一个人影溜进孙兴的房子，一进去就把门关上。

“干什么，要做贼啊！”

孙兴知道进来的是他的一个小兄弟。

“孙哥，你知道吗，史三被抓进宪兵队了。”来人小声而又紧张地说。

“被抓进宪兵队?！谁抓的？”孙兴吃一惊。

“汉奸宪兵抓的！”

“在什么地方？”

“有人看见说离商会不远。”

孙兴立即想到陈万丈，史三是去商会找陈万丈要钱，钱没到手就被抓，不是陈万丈干的会是谁？抓了史三，他把钱独自吞掉。

“孙哥，你要不要躲一躲？”

“躲？汉奸宪兵难道还会来抓我？”

“那就不一定啦，孙哥，我看你还是躲一躲。”

孙兴想，他没有直接和陈万丈打过交道，也没有直接和范老七打过交道，他是应史三之邀去“接血”，陈万丈和范老七难道连他也不放过？

“老子接到的‘血’是筹码，筹码全交到陈万丈手里，我和史三两手空空什么也没得到，陈万丈得尽钱财还夺人性命。”

“孙哥，不怕一万就怕万一，你还是先躲一躲。”小兄弟催道，“到我家去，没人知道。”

孙兴躲到小兄弟家后，小兄弟每天偷偷地去他家打探，却也没有异样。在这些天里，孙兴越想越恨，越想越怒，史三进了宪兵队别想活着出来，他不为史三报仇枉为人，但他知道自己对付不了陈万丈，决意杀掉范老七。他认定范老七是和陈万丈同谋。

“老子杀掉范老七祭史三！”

孙兴要小兄弟去打探范老七，不光是范老七的行踪，还要打探出范老七对什么额外的生意最感兴趣。

小兄弟说：

“范老七当了亚光烟厂的经理，他最感兴趣的肯定就是香烟生意，这个还要打探什么？”

孙兴说：

“范老七不会对烟生意最感兴趣，他当烟厂经理，烟厂赚的钱都是陈万丈的，他只能拿到工钱。他绝对不敢打香烟的主意，不敢在他陈爷头上动土，他对陈万丈那么死心，是陈万丈有势力，他会利用陈万丈的势力，私下里搞他自己的另外一条发财门路。”

小兄弟觉得孙兴说得有理。

“孙哥，我保证打探得仔仔细细。”

小兄弟打探数天后，告诉孙兴，范老七对从江西宜春运来的什么颜料最感兴趣。

“孙哥，那什么颜料对他有什么用？”

“江西宜春……颜料……”孙兴琢磨了一会儿，说：

“那是染布用的颜料，宜春出的有名。范老七难道私下里办有染坊？”

孙兴问：

“你探听到的颜料的事，还有没有什么别的消息？”

小兄弟想了想，说：

“有人讲范老七半路打劫。”

孙兴一听，说：

“这就对了。范老七不可能办染坊，他办染坊陈万丈能不知道？能让他搞？早就被陈万丈一口吞了。这个‘半路打劫’不是真的去抢，而是哄骗，将宜春有名的颜料哄骗到手，卖给染坊，获取高利。”

小兄弟又说：

“范老七的行踪什么的，不固定，反正夜里很少出门。”

孙兴说：

“那些都没关系了，我已经有了主意。你辛苦，给。”

孙兴摸出一些钱。

小兄弟接过钱：

“孙哥，找范老七算账的事要我帮忙不？”

孙兴说：

“你已经帮大忙了。余下的事，是我替史三兄办的事，你别掺和。”

孙兴在街头逛来逛去，想遇上范老七，却一连数日白逛。

这天已近黄昏，孙兴觉得又是白逛，正准备回去，倏地把双眼睛睁得老大：范老七！

范老七从正南街匆匆而来。

孙兴忙迎上前去，笑容满面。

“范七哥，范七哥！”

范老七停住脚步，有点吃惊。

“你，孙兴！”

“范七哥，来了一笔好生意，宜春来的，到边上谈。”

孙兴将范老七拉到街边。

范老七突然遇见孙兴，本也有点防范，但就是听不得“宜春、好生意”这几个字，而一到街边，孙兴又很神秘地说：

“范七哥，宜春客人运来了大批黑锭粉，我亲眼看过五瓶样品，那质量，没得说！不过这一次，你一定要让我打湿了手，我才愿意牵这根线。”

“打湿手”的意思是要真正得到好处。

范老七听他说要真正得到好处，放心了，他是为好处而来，谁不想得好处呢？

范老七便说：

“上次那事是陈万丈搞的，我不知情。这次是我个人与你来合作，不会让陈万丈知道，不会让他插手，决不会亏待你，只管放心。”

范老七这回没喊陈万丈为陈爷。

“那我就放心了。我知道范七哥在陈万丈手下也是不得已，范七哥是讲信用的。”

“不瞒你说，陈万丈只要我为他卖命，好处分到我没有，就说上次那赌场的事吧，我一分钱都没得到，全被他独吞。所以我才自己想法子揽点生意，还真不能让他知道，他一知道，完了，变他的了。”

“范七哥，那些就别说了。”

“不说了，说起来也没味。陈万丈的水太深，谁蹚他的水谁会被淹死。这趟买卖，我俩就联手搞定。”

“一言为定。”

范老七问宜春客人住在哪里？孙兴说住在南门外白马庙。

“走，去白马庙。”

去白马庙要经过天心阁，去天心阁要经过大古道巷、鸡公坡、县正街、和乐街，这些地名如今都没了，只有天心阁仍有名，但当时的天心阁人迹罕至，沦陷时期，谁还有心去爬天心阁？孙兴选择了天心阁为下手之地。

走到天心阁下面，孙兴突然从衣服内抽出一把匕首，抵着范老七：

“姓范的，你妈妈的癟，今天终于落到老子手上了，走！”

孙兴逼着范老七往天心阁上面走。

四下无人，荒凉寂静，太阳落山，阴影铺陈，只有草虫嘀鸣，范老七欲叫无用，只得听从孙兴的匕首指挥，一步一步往天心阁上面走。

紧跟在后面的孙兴不时以紧握匕首的拳捶打范老七的脑壳，寒光在范老七脸部左右闪动，刀刃随时会割破范老七的喉咙。范老七心惊胆战，孙兴不停地骂，骂范老七和陈万丈太歹毒，是狗婆娘养的，全无人性；骂范老七替陈万丈出谋划策，害死史三，说他今天就是要为史三报仇！

孙兴将范老七逼到天心阁城墙最高处，不待孙兴发话，范老七就双腿“噗”地一跪，脑壳不住地往地上叩：

“孙爷，孙大爷，我的爷，我的爹爹，你饶了我吧，史三不是我指使的，全是陈万丈一个人搞的。”

“假赌局接到的‘血’，你从陈万丈那里分到多少？”孙兴喝问。

“没有分给我，我没得到一点，起先我就说了，都是陈万丈独吞了。”

“当初你拉史三合作，是不是知道陈万丈不会兑现，事成后杀人独吞？”

“这，这个……”

“快说！”孙兴的匕首顶着他的脑壳。

范老七忙把脑壳伏到地面：

“知……知道倒是知道一些，知道他不会兑现，陈万丈是个那样的人，事成后要宪兵队抓人我确实不知道，他抓人怎么会让我晓得？他又不止抓过一个两个，想抓就抓。”

“你知道他不会兑现为什么还要对史三保证有那么多分成？你不做保证，史三会进你们的笼子吗？史三会拉我进来吗？史三会被害死吗？”

“最先不是我拉的史三，史三是章老板引荐来的。”

“哪个章老板？叫什么名字？”

“章质紊章老板，又被喊作章百粒，最爱吃百粒丸，原来是开油盐杂货铺的，在赌场上混过。”

“章质紊，章百粒，他现在哪里？”

“陈万丈开始要章质紊当赌场经理，章质紊就喊来了史三，史三来后，陈万丈把章质紊一脚踢开，威胁要宪兵队抓他，章质紊受到刺激，有点疯疯癫癫了，现在不知在哪里。孙爷，你就饶了我吧。”

范老七把章质紊的事全推到陈万丈身上，以此证明害史三是陈万丈一人所为。他说陈万丈把章质紊一脚踢开，这“一脚”却救了自己的命。

孙兴本是要用匕首结果他的，听得那个“一脚”，改了主意。

“起来！”

范老七以为要饶他了，忙站起。

“站到垛子上去！”

孙兴讲的垛子正式名称为城堞。

“上去！”

范老七战战兢兢刚爬上去站立，孙兴吼道：

“老子不杀你了，老子也给你一脚！”

孙兴猛地一脚，将范老七踢了下去。

“你妈妈的瘪！”他搬起大石块，朝范老七跌下去的地方砸下，一连砸下好几块，砸一块，骂一句。

不想砸了，拍拍手，往下走去。

孙兴如果就这么走了，范老七必死无疑。其时范老七虽然还未跌死，也未被砸死，但在这相当于荒野的天心阁下，天色已黑，无人到来，难以动弹的他拖不到第二天。即使第二天没死，白天照样没人来，不死才有鬼。

孙兴正是担心他此刻还没死，要走拢去看个究竟，只这走拢去一看，犯了一个致命错误。

孙兴沿着天心阁的阶梯转到城墙脚下，见倒卧在血泊之中的范老七还在呻吟。

“你还没死啊！”

孙兴搬起一块大石，举到头顶，正要朝还没死的范老七砸，范老七爬到他脚边，抱住他的脚：

“孙爷，求你留我一条命，我家里还有七十岁的老母，有堂客、儿女，一家子都靠我啊。孙爷你打死我等于打死一条狗，可我的老母、堂客、儿女就无人供养了啊！”

这话，让孙兴有点手软，举着的大石没有砸下。

“孙爷，我有罪，都是我的错，只要你留下我这条命，我保证明天早上由我私人拿钱，将上次孙爷应该分得的钱，如数送上。”

“将上次应分的钱如数送上”这话，使得孙兴将举着的大石放了下来。

“孙爷，今天这事你做得好，我是罪有应得，非这样教训我不可，这样教训才能让我长记性，我只有感恩，绝不会计较。”

孙兴对范老七的话犹存怀疑，可“应分之钱”的诱惑力又实在太大，便要范老七发誓：

“对天发誓！”

范老七拼命爬起，跪在地上：

“老天在上，我范齐发誓，如在明天早晨不将孙爷应分之钱如数送到孙爷手上，如果对孙爷今天之事计较半分，出门不被‘老东’的枪炮子打死就被老蒋的枪炮子打死！不被枪炮子打死就被炸弹炸死、被刺刀刺死，就遭雷打火烧，死无葬身之地！”

范老七发完誓，又对着孙兴不停地磕头。

孙兴相信了他的誓言。

孙兴将范老七扶起，一步一步地挪着走，走向他自己的死亡之路。

孙兴将范老七扶到城南路马路上，马路上既无行人，也不见车辆，他将范老七放到路边，跑出去好远，才喊来一辆黄包车。

孙兴掏出车钱，要车夫将范老七送到坡子街亚光烟厂。车夫点头，但看着满身是血的伤者，不愿去扶。

车夫对孙兴说：

“我收了你的车钱，负责送到烟厂，扶这个人上车我就不得扶啦，一身的血，血沾到我身上，碰上巡逻的‘老东’我讲不清，碰到宪兵更背时。车上还要垫点东西才行，不然血沾到车上，照样讲不清，照样背时。”

孙兴见没什么东西可垫，便脱下自己的一件衣服，垫到车上，然后将范老七扶上车。

“范老七，你要守信用啦，你发过誓的啦，明天早上要将讲好的送来啦，免得我再找你啦。”

范老七说：

“孙爷，你放心，我保证过的，保证明早准时送来。”

“那就走吧。”孙兴对黄包车夫说。

黄包车朝南门口而去。

孙兴望着黄包车的后影，竟发怔，呆呆地站立了许久。他也许在想放范老七回去是不是做了一件蠢事，当了一回蠢宝；也许在想范老七明天早晨就会派人送钱去他家里；也许什么都没想。只是有一点可以肯定，他绝没有去想这是在要他自己的命！

黄包车将范老七拉到亚光烟厂，烟厂的人一见经理浑身是血，大惊，忙问这是怎么回事。范老七不答，只令人速请陈万丈来。

“快，快请陈爷来！”

“经理，你，你这伤……”

“不要多问，老子一时死不了。”

那人便不再敢问，打起飞脚去请陈万丈。

陈万丈很快赶来，范老七已躺在床上，陈万丈要围着的人出去，关上房门。

房门一关，范老七对着陈爷哭诉开了，哭诉孙兴如何对他下毒手，不过将孙兴逼问他的话全改成骂陈万丈，说孙兴要先杀鸡给猴看。至于他自己是怎么逃生的，他说被孙兴踢下城墙后，孙兴以为他死了，就独自走了。孙兴走后，他滚到马路边，正好有辆黄包车过来……

“孙兴现在何处？”陈万丈问。

“肯定在他家里。”

“他不会逃走？”

“他以为我死了，没人看见，应该正在家里放心睡觉。”

陈万丈从房内出来，对候在外面的人喊了一句：“老吴，你去请个医生来。”自己便匆匆离去。

陈万丈匆匆离开亚光烟厂后仅几个小时，翌日零时，一辆警车开到孙兴所住的巷子外，跳下数名荷枪实弹的宪兵，冲到孙兴家门前，破门而入，将正在熟睡的孙兴铐上手铐，押上警车。孙兴老母、堂客惊喊，但警车已呼啸而去。

孙兴被押进日本宪兵队，连审问这个程序都省了，直接上刑，上刑后连“你说不说”这句也省了，取下这件刑具用那件刑具，换下一件用另一件。全是尚未使用过的新式刑具，新式刑具还未全部使完，孙兴已不省人事。

孙兴在尚有些许清醒意识时，嘴里只恨恨地迸出：“范老七，范老七……”

又几个小时后，清晨，一辆汽车将已奄奄一息的孙兴拉到南门口，拖下来，“砰砰”几声枪响，毙了。

孙兴被枪毙的时候，正是范老七向天发誓一定准时将孙兴应分得的赌钱送来的时辰。

随后，南门口张贴了布告，看了布告的市民，才知道孙兴是因杀人罪被判枪毙。孙兴的老母、堂客闻讯，当即晕倒在地，被邻居救醒后，只是哭诉：“就算犯了杀人罪，判刑也不会判得这么快啊；就算判了死刑，上刑场也不会这么快啊。半夜抓走，清早人就没了……”

十九

市长谭天圆这回脑壳疼，他拿这陈万丈无法。

尽管商人不断地前来告状，所告的罪行比他毙了的那个肖德贵还要可恶，但对于陈万丈，他却动不了丝毫。

孙兴被宪兵队枪毙后，孙兴的小兄弟也邀了些人告状。这位小兄弟断定孙兴是被陈万丈勾结宪兵队处死的，他们当然不敢告宪兵队，只能直接告陈万丈，而且告的是陈万丈将史三抓进宪兵队拷打致死。孙兴之死还不太好告，因为孙兴将范老七踢下天心阁在前。

谭天圆去找桥本，说陈万丈如此肆无忌惮地胡搞，全市商人饱受欺凌，不但无法正常经营，连人身保障都没有，已激起民愤；说陈万丈套购、抢购、代购，垄断经营，抬高物价，严重扰乱了市场秩序；说陈万丈可令宪兵随意抓人，那是将宪兵队作为他挟私报复的工具了……

桥本对谭天圆所提第一个问题的回答，令谭天圆哭笑不得。大意是：

谁叫那些商人当初不选榴聚慎、他们口口声声尊称的聚爷来当主席呢？谁叫那些商人不选被称为卓公的卓雪乾来当主席呢？我们当初看中的可是他们的聚爷、卓公。这说明我们当初的选择是没错的。然而，有什么办法呢，他们的聚爷溜了、卓公不干，商人们没能留住，没能请出他们的聚爷、卓公，就只能由陈万丈来干了。陈万丈先生上任，也是商人们同意的嘛，也是他们经过充分酝酿、投票选举出来的嘛，如果不同意，为什么没向我们表达？我们没有收到一份不同意的意见书嘛。现在他们对陈万丈先生不满意了，便说饱受欺凌，那是他们咎由自取嘛！

“现在想撤掉陈先生那是不可能的了，要换人也至少得等到换届。”

对于第二个问题的回答是：“陈万丈先生当上主席后，市场很繁荣啊！如果说他套购、抢购、代购，垄断经营，抬高物价，严重扰乱了市场秩序，那么市场何来繁荣？”这些话令谭天圆的公子脾气差点就要爆发：“没有我这个市长所采取的一系列有效措施，长沙市场能繁荣?！”他用平江话骂了一句粗口，这平江话别说日本人，长沙人都听不懂。谭天圆骂完后，桥本问：“谭市长你说什么？”谭天圆仍用平江话：“我说你刚才讲的话等于你妈的×话。”桥本说：“谭市长，你这句日本话不准确，很不准确，没人能知道你的意思。”

“陈先生的所有活动，没有损害我们大日本帝国和军人的利益。”桥本说，“陈先生干得还是不错的。你得去和陈先生好好沟通沟通，不能光听一些商人的片面之词。”

谭天圆说：

“我是得和这个陈万丈好好‘沟通沟通’，可他将宪兵队作为挟私报复的工具，令宪兵随意抓人，这是谁给他的权力？无论哪个国家，无论什么时候，只要是有法治的地方，能容许一个商会头头如此目无法纪，如此无视政府，如此横行霸道吗？桥本先生，你给解释解释。”

谭天圆说完，又补一句：“这个问题不解决，有恃无恐的陈万丈，能将我这个市长也抓进去。”

如果桥本回答“你是我们的市长，谁敢抓你”之类的话，谭天圆的公子脾气还不会爆发，可桥本的回答是：

“这个问题，你得去问宪兵队队长。”

“这么说连老子的人身安全都得不到保障了，不处理陈万丈，老子他妈的……”谭天圆这次骂的话不是平江话。

桥本没等他说完：

“怎么，又要以辞职来要挟吗？上次你以辞职要挟，让你找肖德贵训诫，你来了个中国人的‘先斩后奏’。这次，你觉得你的老法子还有用吗？你应该知道，正在准备设立的湖南省政府，省主席候选人中有你的名字，还有另外一个人的名字。另外一个人是谁，你大概知道。当然也不排除从南京调人来，你好好考虑考虑吧。”

这话把谭天圆哽住了，他还真不知道省政府那码子事。桥本在这个时候说出来，明显是要用此让他别多管陈万丈的事。

桥本说完就走，刚走两步又停住，问：

“你刚才不是骂我吧？”

“骂的是陈万丈。”

“之前说的那些我听不懂的话，究竟什么意思？”

“我说我老家的平江话，你能听懂吗？”

“哦，哦，平江话，我去找个懂平江话的翻译翻译。”

“我们平江话能翻译得出?！你去找平江不肖生还差不多。”

“不肖生是谁？”

“告诉你啰，平江不肖生是早期留学日本的学生，比我还早，他成了作家，写有《留东外史》。你找到他，他能将平江话翻译成日本话。”

“你的难道不能翻译？”

“我的当然能翻译啦，你听着，意思是说你怎么老夸陈万丈，是不是得了他的好处。”

“没有，没有，大大的没有，谭市长开玩笑。”桥本相信谭天圆说的那句话是这个意思了，走了。

谭天圆对他背影又喊了那句平江话。

桥本听不懂那句话，使得谭天圆算是取得心理上的一点胜利。他断定桥本是收了陈万丈的贿赂，而且不是小数目，很可能是在生意上合伙。但断定是断定，无直接证据，也不敢去查。如果真去查、搜集证据，下场和被抓进宪兵队的商人、史三等差不多。况且，他自己给河西递送过“老东打闹”的情报，这要是被桥本知道，被陈万丈知道……

“老子虽不敢去查，点穿你受陈万丈的贿赂也算是敲山震虎，得对老子客气一点。”

至于桥本说的准备成立省政府、自己被列为省主席候选人之一，去不去竞选，以及日本人也有可能从南京调人来当省主席的事，都得向爷老子谭得报告，得听爷老子的指示。

谭天圆给他父亲谭得写了一封信，他给父亲的信称呼也是“得先生”，以示是工作关系。在信中，他列举了陈万丈的罪行，谈了找桥本的结果，诉说了自己的无可奈何，讲了要成立省政府的事、怎么样处理陈万丈、竞选参不参加、要不要争取当省主席，等等。写完后，谭天圆派心腹老礼把信送往平江三眼桥。

老礼是平江三眼桥人，和得先生是本家，名叫谭礼，人都喊他老礼。得先生觉得他做事老成，派他跟在谭天圆身边。

得先生对信中内容的回复只有四个字：静观其变。而且是要老礼带回来的口信，一个字都没写。

谭天圆问：

“就这四字？”

老礼答：

“得先生就说了这四个字。”

“再没有别的话？”

“没有。”

“静观其变”，这是什么意思？谭天圆想：“难道说的是局势？局势即将发生改变？可日本军队攻势正凶，连战连捷，重庆方面节节败退，似无还手之力。而且，已由冈村宁次就任中国派遣军总司令，冈村宁次是爷老子的同学，莫非爷老子知道他这位老同学的底细，断定他这位老同学将败于中国战场？可冈村宁次是有名的‘中国通’战将啊！”

“应该是让我在成立伪省政府这件事上‘静观其变’吧，先看不动，竞选不竞选、从不从南京调人，随他去，以后再说。”

谭天圆又将这“静观其变”放到处理陈万丈身上，不动声色地观察陈万丈，不去惹桥本，倒看陈万丈会怎么样。

谭天圆在“倒看陈万丈会怎么样”的后面没想到“下场”二字。他无论如何也没想到，得先生这个“静观其变”的“变”，首先发生在陈万丈的下场上。

史三死在宪兵队后的第三个月，孙兴被枪毙后不到半个月，谭天圆找桥本后不到一个礼拜，陈万丈也在他的私邸里死了。

陈万丈不是被仇家请刺客所杀，也不是被河西锄奸队、游击队所杀，而是被美国飞机扔的炸弹炸死。不光是炸死他一人，他一家十多人全部被炸死，他强占改建成的私邸、未挂牌的“商会旅社”，当然包括旅社里的赌室，全被炸毁。他通过各种手段所获得的财产，同时化为灰烬。而四邻几乎毫发无损。

长沙老人说，长沙沦陷期内，只听说有美国飞机空袭，白天也看到过美国飞机，但夜里来得很少，而且之前美国飞机从未在长沙城内投过一枚炸弹，所以市民根本就没有“躲警报”的习惯。日伪政权也没有见飞机一来就拉警报什么的，更没有挖防空洞。可是这天夜里偏偏有美机空袭，当时警报未响，灯光未熄，居民未避，美机飞临市内上空，投下几颗炸弹后飞走了，那些炸弹全都炸在陈万丈的住地。而直到抗战胜利，长沙城内再未发生过空袭事件。

美国飞机扔下的炸弹独独炸死陈万丈一家，长沙市民说是飞机长了眼睛。

“美国飞机怎么晓得那里是陈万丈的住地？”

“是啊，又是在夜里。”

“可能是河西给美国飞机发了电报，告诉美国位置，一定要炸死这个汉奸王八蛋！”说这话的声音放得低。

“按理说，飞机在夜里要炸那个地方，那个地方应该有人发信号，可没人发信号啊。”

更多的则说是报应，是陈万丈作恶多端的报应。“不相信报应不行呢，他四周的邻居怎么没炸死一个？”

一些商人和居民听说陈万丈被炸死，燃放鞭炮，但各自找了个放鞭炮的借口，或说办什么喜事，或说开什么张，也有的直接说是送瘟神归西。

孙兴的小兄弟一听说陈万丈被飞机炸死，立即烧香焚纸钱告诉孙兴和史三，陈万丈被炸死了，炸得血肉横飞，他全家都被炸死烧焦了。

章质紊一听到陈万丈被炸死的消息，不再嘟囔“这点钱还不够酒菜钱”，而是大声地、生怕人家没听见一样地到处喊：“这回我就不得去埋尸啦，‘山打根’来请我我都不得去！”

章质紊说不去埋尸，陈万丈及其家人或炸裂、或烧焦的尸体还真的就无人去掩埋。对此，日本人和汉奸宪兵不闻不问，桥本也无任何表示，都仿佛与他们无关。陈万丈平时的好友全都不见踪影，就连范老七也不知哪里去了，亚光烟厂竟然都没有一个人来。

孙兴的小兄弟则带着几个朋友到处嚷：“大家去看陈万丈一家啰，去看啰，死了无人埋。”

陈万丈和家人残缺不全的十多具尸体，最后还是由冯家井街坊的坊长出面。坊长挨家挨户去请，请每家出一个人来帮忙，说人死了，不埋还是不行的，不埋的话，怕发瘟疫。碍于坊长的面子，来了几个帮忙的，但都不情愿，说：“要平常跟在他前后左右的人来啦，要范老七来啦，怎么？那些人都被炸死了？范老七也死到哪里去了?！”

范老七倒是没死到哪里去，而是不知逃到哪里去了。陈万丈一被炸死，他慌了神，他想起自己跪在孙兴面前对天发的毒誓。“这才过了多久，真的就从空中掉下了炸弹，这炸弹原本是不是对着我来的呢？错炸到陈万丈了。”他旋想：“我发誓时说的是范齐发誓，范齐本是我的名字，可人都喊我范老七，炸弹可能也就只炸范齐没炸我范老七了。”又一想：“炸范齐怎么炸到陈万丈那里去了呢？对了，只有陈万丈喊我范齐，我又老是和他在一起。”

“好险好险！发誓还真是发不得的啊！怪不得白话里讲过、戏台上也唱过，发了的誓是要兑现的，老天有双眼睛在盯着。”

范老七的眼前，出现了孙兴被拷打得半死的样子。枪毙孙兴时范老七坐辆黄包车，要人拉着去了现场，陈万丈也去了，如今陈万丈死了，孙兴的弟兄们、原来得罪过的那些人肯定会来找自己算账。

赶快跑吧！三十六计，走为上计。

范老七匆匆将陈万丈所开的亚光烟厂关闭，携带烟厂所余现金及陈万丈放在烟厂的一些财物，偷偷地雇了两辆大车，在夜里带着堂客和儿女，逃也。他逃时，老母亲已经熟睡，他连老母都没喊，丢下不管了。他老母第二天早上醒来，一看家里的东西全没了，以为是进了盗贼，踮着一双小脚，颤巍巍要去报警。走出门，有夜里看见范老七坐着大车出走的邻居喊：“你崽和媳妇都走了，你怎么没走啊？”老母才知道家里的东西不是被贼偷走，而是被崽拿走了。但老母还相信他的崽会回来接她，遂待在家里等。等啊等啊，一天过去又一天，一月过去又一月，崽连个信都没捎来。街坊人说范老七的老母是等崽不来活活气死的。范老七被孙兴从天心阁踢下去，孙兴怕他没死，又要用石块砸死他时，他就是说家里还有七十岁的老母要靠他供养，才使得孙兴软了心。

范老七逃时虽然连老母都没喊，但他在上车后，没忘了对着被炸成废墟的陈万丈住地说："陈爷，对不起，不能给你下葬了。"

说完，又咕哝一句："就算是给你下葬，也找不到什么了。"

他这句"找不到什么了"，不知是说陈万丈的钱财，还是陈万丈的躯体。

二十

陈万丈被炸死的消息传到谭天圆那里，谭天圆先是一怔，接着哈哈大笑。一怔是觉得太意外了，谁也不敢惹、惹不起，连自己这个市长都动不了的陈万丈，怎么突然被飞机炸死了，而且独独就他家挨天上掉下来的炸弹。商人骂他要遭老天惩罚，还真的遭"天"惩罚了。大笑是想到桥本："桥本啊桥本，你的大财源断了啊！如果上次你让我教训教训陈万丈，交警局关他十天半个月，人不在家，可不就躲过飞机炸弹了。你是陈万丈的后台，陈万丈是你的经济支柱，这下支柱断了，你会不会伤心啊！"

当过骑兵团团长的谭天圆，爱骑马、养狗、打猎，对于具体的生意窍门实在不懂也不感兴趣，故而他当市长近一年，没发到什么财。后来军统调查他这个汉奸时，发现他和别的大汉奸不同的是，没有什么大财产，用不着事先查封，不用防止他转移藏匿。国民政府审判庭对其财产的判决是：所有财产，除酌留家属必需生活费外，没收。这引得我那很少发火的外戚得先生发了大火，说他儿子那什么“所有财产”，大多是从他手里要去的，他那个儿子只会花钱，不会进钱，是个败家子！得先生的火到底是对审判庭而发，还是对他儿子而发？从他发火的话来看，似乎是对儿子，但实际应该是对国民政府。因为他儿子被宣判不久，国共两党就开战了，他是暗地里站在共产党一边的。

谭天圆不怎么懂生意窍门，以为桥本就是靠从陈万丈那里收受贿赂敛财，他要打个电话给桥本，说陈万丈之死让人格外伤感，可想帮他报仇也报不上，被飞机扔下的炸弹炸中，有什么办法呢？美国飞机可恶，得给日军空军提个醒，一定要把这架美国飞机干掉，为陈万丈报仇，可谁也没见到这架飞机是什么样。夜里都在睡觉，没人跑到外面去盯着天上，就算有人盯着也是白盯，飞机扔下炸弹就跑了，无法看清飞机编号。再说了，扔炸弹的飞机不都差不多嘛，炸死陈万丈的不可能有个特别样式。谭天圆认为桥本一定为陈万丈的死痛心，他还不知道桥本得知陈万丈被炸死后无动于衷，连埋尸都没派人去。

谭天圆正要去抓电话机，又改变主意，要人去请桥本来，当面嘲讽他，以报上次被他奚落之“情”。一想起桥本说“怎么，又要以辞职来要挟吗”，谭天圆心里就火。

不要以为在日本人手下的伪政权官员或和日本人共事的人都像影视剧里那样一见着日本人就低头哈腰，真的像做崽。谭天圆这个官员就不是，溜到桃江又回到长沙和石冈共事的聚爷也不是，聚爷和石冈的事后面有叙，石冈还真顺着聚爷的意思来。谭天圆一是日本士官学校骑兵科毕业生，和日本士官打交道打得多，日本人也就那么回事，他的很多同学就在中国战场任指挥官，而桥本还不是武官；二是年轻气盛，除了敬畏他爷老子得先生，谁都不服。

谭天圆要老礼去喊桥本来。

老礼因为是得先生派到谭天圆身边的，又是本家，所以谭天圆和他说话随便。

谭天圆说：

“老礼，你去把那个桥本喊来，当然，你见了他得说请。说老子请他。”

老礼说：

“这个我晓得，我也不得说是‘老子’请他。”

谭天圆笑了笑，说：

“你讲‘老子’请他也没关系，但你得讲平江话，他听得卵懂。”

老礼说：

“在你市长就职的典礼上，他不是因为没带翻译，连句中国话都不会说，咕噜咕噜讲日本话，害得下面听不懂，冷场。我讲平江话，他也听不懂啦。”

谭天圆说：

“他那是摆谱，故意说日文不说中文。你见了他，先用平江话骂他一通啰，然后翻译成平江官话，把骂他的话说成夸他啰。”

老礼就笑，说：

“市长，要我去喊他总得说有个什么事由啦。”

谭天圆说：

“你随便捏个要紧的事由，只要他来就行。上次我去见他，说不处理陈万丈不行，他说老子又要用辞职来要挟他。我说不能让陈万丈叫宪兵队随意抓人，他要我去找宪兵队队长。你听听，眼里还有我这个市长吗？这次我要好好训一训他，人处置不了陈万丈，天处置。”

老礼赶忙说：

“市长，你忘了得先生的话，‘静观其变’。”

谭天圆说：

“我喊他来就是要看他怎么变嘛。”

老礼说：

“这个不行，得先生除了要我转达你‘静观其变’，还对我说，你们那个市长年轻气盛，你要时刻用这四个字提醒他。我得按得先生的话办。”

谭天圆见老礼搬出他爷老子，便转口：

“好好好，你转达的父训谨遵。他来了我不训他，行吗？我只和他说陈万丈死了，那商会怎么办？和他商量。”

老礼去请桥本没请来。

谭天圆见老礼一个人进来，便问：

“怎么？桥本不来?！和他商量商会的事也不来？”

老礼说：

“太君忙，太君很忙。”

谭天圆立即火了：

“老子亲自去！”

老礼忙说：

“他不在了呢！”

“不在了?！你不会是说他像陈万丈一样突然被炸死了吧？”

老礼和谭天圆两人说的都是家乡平江话，两人交谈时用平江话，一是亲切，二是旁人难以听懂，不知道他俩说的什么，这样还具有一定的保密性，不怕旁人听去，听了也白听。老礼这句“他不在了呢！”本意是“他不在呢”，但平江话在“呢”前面要带个如同“了”的鼻音，听上去就成“他不在了呢”。“他不在了”就有死了的意思。谭天圆便顺势故意来那么一句。

“死没死不知道，反正不在长沙了。”

“不在长沙？去哪里了？”

老礼说他通过打听得知，桥本催粮去了。

"'老东打闹'，我怎么不知道。"

前面说过，谭天圆的"公务"中有一项是执行得先生的指示，向河西递送日本兵出动去四乡"打闹"的情报，"打闹"主要就是"收获"粮食、农副产品。

老礼说：

"不是'打闹'，说桥本是到滨湖去催粮。"

谭天圆问：

"这个消息是否可靠？"

老礼说应该可靠吧，谭天圆要他这几天多去打听打听。

老礼说他去找从滨湖过来的客商打听那一带的动静，再对照得来的消息就清楚了。

谭天圆想，去滨湖催粮，桥本亲自出马，那就不是一般数目的粮食，而是要供应大部队。看来日军在调集大部队，有大的动作。

谭天圆的这个判断没错，日军正准备发动以摧毁芷江机场为目标的所谓"芷江攻略战"（中方称为"雪峰山会战""湘西会战"）。"芷江攻略战"由刚升任中国派遣军总司令官的冈村宁次，也就是得先生的同学亲自部署，合围芷江总指挥则为日军第二十军团司令官坂西一郎。

其实，日军在这一年企图打通大陆作战的愿望并未真正实现，湘桂和粤汉两条铁路不断受到中国军队的袭击与破坏，未能通车。相反，日军的战线越拉越长，兵力已严重不足，且其所占领地之军事要点、运输线，不断遭到中美空军的轰炸。以湖南而言，自长沙沦陷后，从七月下旬到九月，日军在新市、汨罗、岳阳的兵站、基地均遭轰炸，湘江临洞庭湖江面的一千多艘日军运输船只及大型铁甲舰被炸毁，数千名日军被炸死；衡阳的六处供应站遭轰炸；衡山、祁江等地的日军军车、货车二百多辆被炸毁；主要公路桥梁、铁路桥梁皆遭轰炸……其时，日军已占领浙赣铁路所有机场，又已占领衡阳机场，那么，这些来轰炸的中美空军到底是从哪里起飞的呢？当获悉是从湘西芷江机场起飞的情报后，日军大本营决定孤注一掷，发动“芷江攻略战”，务必要合围芷江，夷平中美空军基地。

冈村宁次调集了八万多兵力。八万多兵得要吃饭，兵马未动，粮草先行，能不命令各方面加紧筹粮、催粮？

洞庭滨湖一带，正是产粮区，且有水路运输，桥本不去滨湖去哪里？

水路运输，又正是已掌握了制空权的中美空军轰炸重点之一。所以桥本此行，八字先生可以准确地为他算出：难逃一劫。

其时别说是桥本，就连冈村宁次从北平去汉口，都不敢坐飞机直飞汉口，害怕遭中美空军拦截。他先乘火车到南京，再由南京乘坐小型侦察机，于清晨沿长江上空飞抵汉口。他之所以选择清晨起飞，是因为清晨遭遇中美空军的几率较小。他从汉口去广州的头天夜里，武昌和汉口的中央弹药库遭到中美飞机的空袭，第六方面军在武汉的弹药总储备量被炸损百分之二十，汽油损失百分之十五。他的专机不敢从汉口直飞广州，竟绕道台湾，再从台湾飞往广州。他从广州飞衡阳，刚到达衡阳机场，一下飞机，又遇上空袭。前来迎接的第十一军司令官横山勇立即将他拉入防空壕内。

中美空军只炸日军占领的军事要点、运输线，不炸市区，陈万丈在长沙市区被炸死当属意外，长沙老人说就是扔了那一次炸弹。而桥本此行可就在轰炸的重点范围内。

没过多久，老礼说的“他不在了呢”变成现实，桥本被中美飞机炸死，老百姓都说是被飞虎队炸死的。

桥本如果坐桨划篙撑之船前往滨湖，或者坐桨划篙撑之船从滨湖返回长沙，不会遭到轰炸，可他坐的是日军大型铁甲舰。

桥本坐大型铁甲舰可能是觉得最安全，铁甲舰上有火炮。孰知飞虎队一见到铁甲舰就如打了兴奋剂，“发现敌舰，发现敌舰。”“明白，明白。OK！”盯住铁甲舰一顿猛炸，完了，铁甲舰被炸没了。

桥本除了坐桨划篙撑之船外别无生路，但他能坐这样的船吗？他负有任务，军令如山，得赶时间。只是他到底是在去滨湖的水面上被炸死还是从滨湖返回长沙的路上被炸死的，不知道。反正就是被炸死了。

老礼以为自己是最先知道这个消息的，忙去告诉谭天圆，不知是激动还是跑得太急，话说得结巴。

“市，市长，他死，死了，这回是，是真，真的不在了。”

“说慢点，谁死了？这年头死人还是新鲜事？”

“桥，桥本，桥本被炸死了！”

谭天圆说：

“知道。”

谭天圆并没显得兴奋，他的兴奋期已过。他在这之前已得知桥本被炸死，当时确实兴奋，这个王八蛋，见陈万丈去了，到阴曹地府庇护陈万丈去了。他长长地吁了一口气后，暗道：“好险，好险！”

谭天圆说的“好险”是什么意思呢？难道是因桥本和陈万丈一样都是被飞机炸死而说“好险”？非也。他是说自己好危险。这个危险由来已久，自打他“先斩后奏”毙了肖德贵，桥本便已怀疑上了他，桥本使了一个计，故意透露“老东打闹”的具体消息给他，什么时候出动下乡，去什么地方。他果然中计，将这情报告诉了河西。幸亏得先生早与河西有约，收到鬼子集队下乡的消息后，只将有关方面转移，不和鬼子正面冲突。故当这支日军做好了被打埋伏的准备，且定下将游击队包围消灭的计划，准时到达预定地点后，什么事也没发生，只得真的“打闹”一下便“班师回朝”。

然而，桥本并没放松对谭天圆的警惕。而谭天圆之所以和他顶，之所以非要动他的红人陈万丈，甚至要老礼喊桥本来，以报“受哽”之气，全是策略而已。“你越怀疑老子，老子越要和你‘过不去’，才显得老子不心虚。老子坦诚为公，该干什么还是干什么。”这一招连老礼都被瞒了过去。

谭天圆看似爱意气用事，如得先生所说“年轻气盛”，其实在这方面是有心计的。

现在没事了，桥本被炸死了。

陈万丈被炸死，桥本被炸死，铁甲舰被炸没……局势，可能真的要大变了。

“静观其变”！爷老子的神啊！可他待在个平江三眼桥田庄里，怎么能知道全局？谭天圆想，肯定是重庆方面和他有秘密联系。

谭天圆觉得，有爷老子在后面坐镇，爷老子直通重庆，桥本又死了，可以放心了，只等局势变过来，他也可算得上一个有功之臣。可几个月后，他被国民政府押上了审判庭。

长沙城内有了变化。

市民们发现，站岗的、巡逻的、在街上走的鬼子，怎么突然变年轻了，有的还是十六七岁的少年。他们当然不知道，就连冈村宁次调集的攻打芷江的部队里，也有不少从日本本土新征而来的学生兵。长沙城内原有的老鬼子兵，大多上前线去了。而集结在距长沙不远之宁乡的第六十四师团一部（六十四师团分驻宁乡、沅江），早已编入“芷江攻略战”的右翼攻击部队。精锐都调去围攻芷江了。

鬼子不但变年轻，穿着还变“朴素”了，长沙的冬天冷死人，春寒也冷死人，原来的军官穿的是厚呢子军装，新来的怎么穿的是普通的布料军装；原来的军官都穿长统皮靴，新来的不见“长统”了；原来的穿的是翻毛皮鞋，新来的少年士兵穿的竟然是和市民一样的便宜胶鞋。有市民私下里嘀咕，“老东”是不是没钱了，要省着点了。

留在城内的一些老鬼子竟然还和市民打起招呼来：

“吃饭了吗？”

用的是中国人最常用的礼性话。

“还有吃呢，你哪家（gā）吃了吗？”

长沙人本来就好客，此时见老鬼子先打招呼，不能不以礼性回答，出口的礼性本来就要带“你哪家”，尽管“你哪家”的意思是你老人家。

还有鬼子见街边的一家人正在吃饭，也打招呼：

“吃饭啦！”

这家的主人回答：

“是呢，吃饭了。你哪家吃了吗？”

鬼子说：

“还没呢。”

这家主人说：

“你哪家一起来吃点不？”

这本是句纯客气话，绝不是真的要你哪家来吃。正确的回答应该是：

“莫客气，你哪家慢慢吃。”答完便走。

可这个鬼子还真的就坐下来吃。

吃完后走时，主人又依照礼性说：

“你哪家吃饱了没有，好走。”

这句话后面本应该还有“下次再来吃咯”，但主人猛地刹住，不敢说了。

吃了饭的鬼子走远了后，这家人不无气愤地说开了：

“原来跟我们打招呼是要来撮饭吃。”

“问他一声吃了吗，他就真的来吃，不懂味！”

“×他妈妈瘪，他有饭给我们吃不啰？”

……

有鬼子主动给市民打招呼，还有鬼子对待进城的人也没有原来那么凶，那么刁难了。很快又传来武汉的消息，说是大白天，在原本挂满日本店铺幌子的武汉三镇，已见不到几个日本人，他们大都撤离回日本去了。

长沙人开始暗地里嘀咕，日本的气数，怕莫是要尽了。

然而，有一点完全没变的，是宪兵，特别是汉奸宪兵，他们比原来出动得更频繁，对长沙人更凶残。

二十一

林韵清将女儿贡献给石冈后，通过石冈这层关系套购商品，从中赚钱。有人故意问：

“林老板，你是石冈太君的岳父吧。”

林韵清“嗯嗯”回应。

“石冈太君比你大那么多，还是你的女婿，女婿半个崽，你有个年过半百的‘老东’崽，你为我们长沙人争了气。”

又有人说：

“我们都要像林老板这样就好了，每人收一个‘老东’崽，崽都得听爷老子的，对不对，爷老子要‘老东’崽滚回东洋去，他们就得乖乖地滚回去。”

一阵笑。

笑毕有人说：

“莫乱讲，林老板要是把你们这些话告诉他女婿，你们就有‘大财’发了。”

林韵清心里窝火，嘴上则说：

“大家都是讲耍话子，我怎么会当真？你们继续讲，我有事，得走了。”

林韵清找石冈去了。

林韵清找到石冈，并没有“告状”，这年月，他才不会像范老七和陈万丈那样得罪人、结仇家。陈万丈被炸死，几乎人人称快，连收尸的都没有；这年月，谁能保证石冈待在长沙不会走，他一走，靠山没了，人还不会找他报仇？这样的傻事不能干，干不得。

林韵清找石冈，是要石冈给他搞个固定的赚钱差事。自己虽说已经赚了不少钱，但听那些闲话也听得多，不想再听了。

石冈对他这个“岳父”倒也“孝顺”，有求必应。听林韵清一说，石冈想了想，认为这个“岳父”考虑周到，是应该有个固定的进钱的门路，便要林韵清到恒昌公司去，给他一些股份。

林韵清一听要他去恒昌，喜出望外，连忙叩谢“贤婿”。石冈也不回礼，说了声“去吧”，再无二话。

恒昌，那可是有名的贸易商行，有了恒昌的股份，坐地分红便是。林韵清喜滋滋地往恒昌而去。

林韵清进了恒昌，方知道恒昌的实际控制人竟是聚爷。

林韵清想起自己早先想投靠聚爷，去劝聚爷出任商会主席时，聚爷认为他是日本人派来当说客的，义正词严地说：“你去告诉日本人，就说聚爷身子骨欠安，得静养。他们的差事聚爷懒得干。”聚爷硬是不当那个商会主席，溜了。没想到他溜来溜去，溜到了这儿，为石冈掌控恒昌。“为石冈效力，不就是为我的半个崽效力；为我的半个崽效力，不就等于是为我效力。”

“聚爷，我服你，真正地服你！服你会溜来溜去转来转去，我得向你多学着点。”林韵清在心里说，又忍不住笑出声。

聚爷溜到桃江被石冈派人找到后，石冈要他回长沙，他并没有立即回去，而是要徐归和石冈“接头”。徐归和聚爷的关系是：聚爷的老婆是徐归姨太太的姐姐，徐归可喊聚爷为姨姐夫，但他也只喊聚爷。

徐归原来在唐生智的队伍里当过兵工厂厂长。唐生智守南京是很有名的，这个有名却多是奚落，说唐生智原来是反老蒋的，还打过老蒋，没打赢，被老蒋收服，封了个虚职。日本人打南京，老蒋要他守，他还能真心守？南京不失才有鬼！但也有说守南京是唐生智自告奋勇，临危请缨，别的人都不敢守、不愿守，只有他明知守南京之危险，却独挑此重担，虽然没能守住，不能全怪他。

徐归就是持后论者之一。他没随唐生智去守南京，在唐生智和老蒋开打打输后，没什么兵了，兵工厂也就垮了。兵工厂垮了，他这个厂长失业后，在长沙开了家饭店，饭店生意一直不怎么地，想起当年自己管兵工厂，那是何等的气势，遂郁郁常发不得志之慨。听得聚爷要他去和日本驻华中区商务代表石冈“接头”，想到唐长官不顾生死守南京，自己却去找石冈，怕落下个汉奸嫌疑，犹豫不决。远在桃江的聚爷却似乎早已料到，随即有亲笔书信到来，说要他去和石冈“接头”只是做生意，且嘱如此如此可保无恙。徐归便放了心。

徐归和石冈很快谈妥。很快谈妥的原因自然是聚爷的面子，聚爷的面子之所以有那么大，是因为石冈急于要他回长沙。

徐归和石冈谈妥后并不急于开张，而是遵照聚爷的“如此如此”：

一位商人模样的“不速之客”到了国民革命军第二十七集团军副司令李玉堂将军面前。

李玉堂在第三次长沙保卫战时为守卫长沙的第十军军长，第十军在此次长沙大捷中战功卓越，打出了赫赫威名。大捷后李玉堂升任第二十七集团军副司令，预十师师长方先觉升任第十军军长。之后第十军援常德、守衡阳，打得那叫一个惨烈，终至于在孤军坚守衡阳四十七天后，没了。李玉堂升任副司令后，他的名字仍始终和第十军连在一起：老军长。

这位商人也喊李玉堂老军长。

李玉堂一听，知道来人要么是在第十军干过，要么便是和第十军有过密切联系的人。

一问，来人在第十军坚守衡阳绝粮之际，于衡阳城外山区一圩集，为第十军偷渡草桥河、穿过封锁线而来购粮的士兵筹集过食物。而这一点，除了当事人，鲜为人知。

帮助过自己老部下的人，李玉堂顿感亲切。

来人遂将榴聚慎不肯出任商会主席，避居桃江，石冈请他回长沙合伙贸易，他则要徐归先与石冈接洽办贸易行的事说出。

“榴聚慎，是那个称聚爷的吧。”

“正是。”

“是他提出的与日寇驻华中区商务代表石冈合办？”

来人说：

“聚爷的意思，办这么一家商贸行，打着石冈的牌子，暗地里可为老军长输送紧缺物资。”

李玉堂说：

“石冈会同意？他能不发觉？”

来人说：

“老军长可能也知道，聚爷是石冈的老朋友，他要徐归一去商谈，石冈便已同意。和老军长合作之事，自然不会让石冈知道，这方面聚爷是老手，他说商贸行要做到表者是东京，里者是重庆。但徐归还是担心‘里者’不足，日后被国人误会，故特派我来请老军长定夺。”

李玉堂想，能在长沙城内得一为我所用的商贸行，这有何不可，只会对我方有利，但须派一个自己人去，别让商贸行尽做“表者”之事。

李玉堂遂派一亲信，随来人前往长沙，配合徐归。

徐归见重庆方面的集团军副司令亲自派了人来，不由得愈发佩服他的姨姐夫聚爷，聚爷在信里的“如此如此”，便是要他派人去与李玉堂联络，说李玉堂定会派人前来相助。

“里者”足了，恒昌贸易行很快开张。

恒昌贸易行开张了，聚爷仍然不回来。

聚爷还要等一等，直等到陈万丈当上商会主席。

商会主席有人了，不会再要聚爷去当了，但聚爷仍然是秘密回到长沙，不让人知道。

回到长沙，聚爷又是秘密去见石冈。

“嘀呀呀，老朋友，你终于回来了！”

“石冈先生，我想你啊，能不回来？”

“怎么不早点回来？”

“身不由己嘀！”

两人确似故友重逢。石冈要为聚爷摆宴接风，聚爷连连摆手，说使不得使不得。

“为什么？”

“此时非彼时，境况不同了啊，不瞒石先生，我还是担心有人不会放过我。”

“还要你的，去当商会主席？”

“非也。另有隐情啊！”

“隐情？你的隐情，我的知道。和我在一起，你不用担心。”

聚爷说：

“我总不可能天天和你在一起吧，比如，夜里睡觉……”

石冈大笑。

“行，那就免了，不为你接风，我俩小酌。”

“小酌，小酌。”

在小酌中，石冈要聚爷上任恒昌的负责人。

聚爷说：

“恒昌仍由徐归负责，当然，他是‘表者’，我是‘里者’。我会打点好一切的。”

“‘表者’‘里者’？”石冈略一思索，笑道，“老朋友不是原来的行事方式了，原来是唯恐他人不知。”

聚爷说：

“当年在上海，我常去‘明月歌舞团’，听乐队演奏，听明星演唱，我不是也拉你去听过么？你说我听出了什么？我听出了该高调时便高调，当低调时得低调。否则指挥的无法指挥，乐队一团糟，明星会被轰下台。我现在啊，就是得低调。你这位乐队总指挥的指挥棒，不也正在往下压么。”

聚爷轻轻挥动双手，作出乐队指挥压低调的样式。

石冈说：

“我要你低调？强加于人，强加于人。”

聚爷说：

“老朋友啊，我不但得低调，还得秘密地干活。得由明转暗，由台上转入地下。”

石冈说：

“行，你地下就地下，恒昌由你暗中指挥。”

聚爷说：

“恒昌不打我的幌子，同时也不亮你的旗号。但我保证，利润倍增。”

石冈说：

“这个我相信你，但为什么不亮我的旗号？”

聚爷说：

“老朋友，这也是为你好啊！”

聚爷又补一句：

“恒昌，有你直接用得着的时候。不亮旗号，方为保险，那叫以防万一。”

石冈会意。

“来，喝酒喝酒。”

小酌完后，聚爷又要秘密地走时，石冈对他说：

“老朋友，我给你一万匹布、五千担盐的售额，以补你躲在美人窝里的亏空。”

由是，隐于幕后的聚爷仅在布匹、食盐的经营中就盈利不少，而恒昌从未打出日方旗号，遇上可靠的人，则故意透露出是代李玉堂将军经商。

聚爷脚踩两条船，而且稳稳当当。

忽一日，石冈亲自来到恒昌。聚爷同时出现。

石冈、聚爷同来恒昌，这在恒昌史上为首次。

恒昌的伙计们相互咬耳朵，猜测有大事发生。

“会不会要解散恒昌呢？”有人担心。

“我们恒昌的生意做得这么好，不会突然解散吧？”

“这年月，难说啊！”

“生意做得这么好的恒昌如果都要关门，我们还能去哪里呢？”

担心似乎要变现实，石冈召集徐归、林韵清等开会，聚爷“列席”。

聚爷“列席”是他自己说的，他微笑着对伙计们说：“就是开个会，我列席旁听。”

连聚爷都只能旁听的会，那该是什么会？

伙计们都想去会议室外偷听，但不敢去。

开会得喝茶水，茶水由一个小伙计送进去，便有人悄悄地对负责送茶水的小伙计说：“你进去后多挨一下时间，听听开的什么会，好让我们早点晓得。”小伙计说：“一早交代了今天不让送茶水呢。”

这令伙计们更紧张，连茶水都不要送的会，那就是更加秘密的会。这愈发使他们联想到关门、解散，至少是裁员。

关门、解散，还好接受一些，大家都没活干了，都走人。但裁员会裁到谁的头上呢？留下的又会是谁？

在惶恐不安中，“秘密会议”散了。

“这么快?！”

有人走到觉得平时和自己关系还不错的小头目面前，立马咧出笑容，悄悄地问：

“就开完了啊……”

后面的话还没来得及出口，被打断：

“没什么，不要打听。”

“不会是……”

“忙你自己的事去！”

“嘿，嘿。”

这人觉得自己不会在被裁之列，“要我忙自己的事呢，如果已经列入被裁，还要我去忙什么事呢”。遂安了一点心。

第二天，恒昌的伙计们却都兴奋不已，开始只见一车一车的货物往恒昌方向而来，以为谁个大老板一次进这么多货，可那满载货物的车一到恒昌门口，停下了。

“卸货卸货，快帮忙卸货！”

这是我们恒昌的货啊?！这么多货到来，恒昌还会关门、解散吗?这么多货，要的是人手，还会裁员吗?虚惊一场，原来昨天的秘密会议是决定进货啊！进货那确实是秘密，不能让别的商行知道！

“卸货喽，卸货喽！”

伙计们相吆喝着，纷纷前去卸货，身上的力气比往常大得多。

这么多的货物是从哪里进来的，伙计们不知道，也用不着打听，有规定不能打听。反正只要有了货，就有生意，生意就能做得更大，各自的饭碗不但能保住，打赏的红包也会鼓得高一些。

一车又一车的货物，是石冈的。

石冈在“秘密”会议上，通知头头脑脑，其所存湘商货物，只要是便运便销者，全部交付恒昌。

此话一出，恒昌的头头脑脑们兴奋得有点傻眼，所存的货物全部交付给恒昌，而且是便运便销的货物，有这等好事？但他们知道，石冈讲话是算数的，况且有聚爷在场。他们以为这是聚爷的面子，是聚爷争取来的。

石冈接着说：

“所交付的货物，限二十天内处理完毕，只能提前，不能延后。”

石冈的这个“限二十天内处理完毕”并没有使得头头脑脑们觉得难以完成，便运便销的货物，以恒昌的能力，在二十天内脱手，应该没问题。这二十天，那银钱可就是滚滚而来。

石冈说完，要聚爷说几句。

聚爷心里明白，石冈之所以突然来这么大的一个动作，绝对是局势很快就要大变，日军可能要退，石冈肯定是要走。难道日本就要完蛋了？

“石冈要走，不能不走！”聚爷没用那个“溜”字。那么，有一句话也是不能不问的，生意人嘛，“亲兄弟，明算账”。

于是，聚爷开口说：“石冈先生，这笔货物的款项如何处理？”

聚爷不像别的人开会说话，开口便提出款项问题。头头脑脑们有的在心里赞叹，只有聚爷敢这么问；有的想，“是啊是啊，这么重要的问题，石冈没说呢”；也有确实担心的，这么一问，他的货物可能不给恒昌了，他的货物都是紧俏货，别的商行抢着要。林韵清则觉得这是聚爷故意不给他“贤婿”面子，想让石冈难堪。“款项，当然得私下商议，怎么能在这种场合公布？”

林韵清正要站起来驳聚爷的话，石冈已经回答：

“此项货款，恒昌所赚之项可以自行处理，余款暂时存放恒昌，未经允许，不得挪用。”

“哇！”所赚的可以自行处理，这笔生意可就赚大了。这真正是送上门来的好生意啊！

石冈明确了款项处理，聚爷正式讲话。

聚爷的讲话本应该是要恒昌同仁抓住这个好机遇，同心同德，在二十天内把这个大买卖干好，重复石冈的“只能提前，不能延后”。或者还加些具体措施。可聚爷的话是：

“我已经讲完了。徐归你没有什么要讲的吧，其他人也没有要讲的吧，没有就散了。”

林韵清是准备要站起来讲一讲的，可还没等他站起，已经散会了。他在心里嘀咕：“只有问人家还有什么要讲的吗，哪有问人家没有什么要讲的呢。”

散会后，石冈对聚爷轻轻说了声他想喝酒。

聚爷点头，说：“我陪你喝。”

不到三天，恒昌里里外外堆满货物，半个月后全部脱手。恒昌迎来最繁盛的二十天。

石冈在和聚爷喝酒时，说：

“老朋友，不用我说，你应该已经知道了吧。”

聚爷说：

“我猜测是那么回事而已。”

石冈没有说出日本就要完了，聚爷也不问什么，陪着石冈喝闷酒。

石冈终于长叹一声：

“人生如梦。”

聚爷轻叹一声：

“亦如戏，如戏。”

然后又是冷场，连碰杯的声音都没有。两人面前各摆着的一壶酒却慢慢见底。

聚爷说了一句石冈并没问及的话。聚爷说：

“所余货款，全部封存，届时分文不少。”

石冈对这句话也如没听见一样。

酒喝光了，石冈没有再要酒，站起：

“再去看一场长沙的戏吧。”

聚爷就陪他去看了一场戏。

看完一场戏后没过多久，石冈匆匆来到聚爷住处，见面就说：

“我会被列入贵国战犯名单，那笔货款无法带走，只能存放在恒昌，今后或是来取，或是请你汇寄，看情况再定。”

说完，石冈匆匆而去。这次连“老朋友”都没喊。

这是他俩最后一次见面。

石冈刚走，传来“砰”响。聚爷一惊，以为石冈自杀或遭枪杀，继而“砰砰砰”，以为是放鞭炮，谁家店铺开业，再接着似有炸弹爆响，可天上没有飞机飞过……

二十二

岳麓宪兵队挨了炸弹。

岳麓宪兵队挨的炸弹不是飞机从天上丢下来的，是有人用手扔进去的。据说主要是为了炸死那个抓女游击队员的焦震，为那位女游击队员报仇。

然而，扔进去的炸弹没有炸着焦震，也没有炸死别的宪兵。

炸弹声倒是很响，肯定不是一颗炸弹，肯定扔进去了好多。有人说，老远就不但听到爆炸声，还看到火光冲起老高。

“×他妈妈瘪，怎么就冇炸死焦震？”

“那些王八蛋冇被炸死一个呢！”

奇了怪了，一是宪兵队挨了炸弹怎么没被炸死一个，二是那炸弹是怎么扔进去的？岳麓宪兵队附近没有民房，也就是没有遮蔽掩护之处，扔炸弹的怎么能靠近宪兵队？若是城里那个在教育会坪的宪兵队，周围都是民房，还可以借民房掩护靠近，溜到围墙下，将炸弹扔到围墙里面去。可这岳麓宪兵队四周开阔，还没等你靠近就会被发现，三八大盖只要勾一下，“砰”，就把你打趴了。如果是远远地扔，拿块石头去扔也扔不到宪兵队的围墙，更别说在宪兵队围墙里的房间爆炸。除非是用日本人的小钢炮，远远地架起，瞄准宪兵队，“轰”的一炮，把宪兵队炸飞……

用小钢炮轰只是愿望、想象，而手榴弹在宪兵队爆炸却是事实。

宪兵队竟然挨了手榴弹，宪兵队那个日本人一把手暴跳如雷，严令追查。但这个“暴跳如雷，严令追查”是想象、猜测，宪兵队被炸，日本宪兵队队长能不如此？其实此时宪兵队的两个日本人都不在，全是汉奸宪兵。

手榴弹在宪兵队里一炸响，汉奸宪兵们始是惊慌不已，以为是游击队攻进来了，屋里的趴在地上，外面站岗的却跑了进来。“怎么回事？”屋里的问跑进来的，跑进来的问屋里的。

“快趴下，准备还击！”

赶快趴下。趴下后问：

“朝哪里还击？”

“游击队进攻了，你还不知道？”

“我们在外面没见着什么人进攻啊！”

“没有人进攻?！那怎么扔进了手榴弹？”

“小心，小心！仔细观察。”

在确定没有游击队进攻后，一个个爬起来，你看着我，我看着你，还是那句话：怎么回事？

终于有人喊："搜查！倒看看出了什么鬼？"

于是汉奸宪兵一个一个房间地搜查，搜查时又怕挨冷枪，皆小心翼翼。

搜查的结果，什么鬼也没有。

事故？难道是事故？！

追查事故！

汉奸宪兵的办事效率也蛮高，很快，"事故"追查结果就基本出来了。

追查结果令宪兵队所有人都震惊，这个扔手榴弹的是内部人，汉奸宪兵中的一个。

这个追查其实很容易，手榴弹在宪兵队一间房里爆炸，宪兵队没死一个人，可少了一个汉奸宪兵，还少了一个女人。

这个汉奸宪兵朝房里扔了手榴弹后，趁着爆炸起火的混乱瞬间，不但自己跑了，而且带着一个女人跑了。手榴弹之所以没炸死人，因为他将手榴弹扔进了一间空房。

很明显，这个汉奸宪兵不想炸死他的同伙，只是为了带走那个女人。

这个汉奸宪兵叫赵弘，上过初中，在这个宪兵队里属"知识分子"。被带走的女人名叫赵满桂，是被焦震抓进来的，当然，罪名照旧是"抗日分子"。

在追查结果出来之前，也就是手榴弹刚在房间爆炸时，焦震觉得这手榴弹是奔他而来的，因为他清楚自己做的那些事太多，如果讲民怨民愤的话，他最多最大，非其他同伙可比。但对于宪兵队来说，他功绩最大，只是也没得到什么提拔。日本头头反正看不起中国人，换句话说就是看不起汉奸，只要你卖力，只要你出生入死，只要你为他们干事，别的，对不起，大大的没有。相反，对于那些坚决与他们为敌、至死不屈的坚定分子，比如朝焦震开了一枪的那个女游击队员，不仅看着那个女人被押赴沙滩枪毙的日本兵好像感到有点惋惜，就连宪兵队队长，竟也说“有点可惜，太年轻了”。

“你他妈的说她太年轻了有点可惜，你就将她放了啦，可你又不敢放。明明是你下令枪毙又说这种话，什么脑壳？”焦震曾心里嘀咕，怕是绊哒脑壳。

焦震似乎也感觉到日本人这次可能要输，城里的气氛硬是不一样了，但他绝不服输。日本人如果输了，他无论如何也逃脱不了被枪毙的命运。不管河东河西，无论哪一方面，国民党也好，共产党也好，锄奸队、铁血队也好，逮着他就会枪毙。若是被老百姓逮着，他会被活活打死。想逃是逃不脱的，日本人不会让他跟着跑，城里混不进，乡里藏不住，他焦震“名气太大”，认得他的人太多。用他自己话说则是：“老子要战斗到底，老子死前多杀一个是一个！”

追查结果出来后，他略微松了一口气，手榴弹不是专门为他而来的，是赵弘那个王八蛋为了那个叫赵满桂的女人。

那个女人，是他亲手抓来的，和以前一样（除了那个女游击队员），要说有什么确凿证据证明她是“抗日分子”，其实并没有。但那个女人形迹可疑啊，她从码头一上岸，东张西望，一见焦震走近，神色慌张。

东张西望、神色慌张的，即使不是“抗日分子”也得抓回来！一抓进宪兵队，不是“抗日分子”也得变成“抗日分子”。

赵弘为了救这个女人，竟然在宪兵队扔手榴弹，她难道是赵弘的什么亲戚？

管他什么亲戚不亲戚，能从宪兵队逃出去的，之前没有。赵弘带着赵满桂虽然逃出去了，但赵满桂曾被严刑拷打，走不动，不可能走远。

“老子去把那个叛徒抓回来！”

焦震自告奋勇去追赵弘，问有谁跟他去。

爆炸一发生，汉奸宪兵都吓得要死，谁不怕死？知道是赵弘扔的手榴弹后，犹惊魂未定，竟然是自己人，平时称兄道弟，却一声不吭就扔手榴弹。还算有点良心，没直接朝弟兄们头上扔……他们一听焦震说谁跟他一起去追，都不吱声，黑灯瞎火到野外去，万一碰到打游击的……如果是日本队长下命令，他们不敢不去、不得不去，但你焦震算老几，要去你自己去，别拉我们去垫背。

焦震见无人响应，说：

“你们都不敢去，老子一个人去，老子一定把赵弘抓回来，一枪崩了那个女人。抓回赵弘先要他尝尝刑具的滋味，然后赏他一手榴弹。”

焦震转身就走。有人说：

“咦，他平常不是和赵弘蛮讲得来嘛，两人是一个村子的啦！”

赵满桂不是赵弘的亲人，什么也不是，同姓而已，可称本家，五百年前可能是一家。

赵弘不是受了“抗日分子”的宣传要弃暗投明，也不是知道日本要立马完蛋了救一个“抗日分子”好给自己留一条后路。只能说是良心在一刹那间发现，而这良心发现，是因为赵满桂长得有点像被枪毙的女游击队员。

女游击队员被枪毙时嘴角带着的那丝嘲笑，脸上浮现的那种鄙夷不屑，常在他眼前掠过，令他心惊。

这个女人是不是女游击队员的姐姐？赵弘可以肯定她不是，仅仅只是有点像而已。女游击队员至死连自己的真名都没说，反正只说她就是游击队员。而这个女人一被抓进来就喊冤枉，说她叫赵满桂，是岳麓山那边桂花村的，是从城里回来过江后在等娘家人接。

这个女人就是一个农村女人，一个普通的农村年轻堂客。

焦震连这样的人也抓已不是头次，抓进来逼其承认是“抗日分子”。赵弘和别的同伙也曾对焦震开过玩笑，说：“焦瘪你做得太过火了吧，不怕报应？”焦震说：“有什么报应，卵报应。要有报应你们也跟我一样，杀一只鸡是杀，杀十只鸡也是杀，菩萨不会说杀一只鸡就不是杀生，杀十只鸡才是杀生。既然已经杀生，不如一顿乱杀，杀个痛快。”

这个乡里堂客背时，碰上焦震。

焦震一拿出刑具，她就吓得尖叫。她一尖叫，焦震没像以往那样问“说不说，不说老子动刑了”，只是哈哈笑。

焦震是以动刑为乐趣，近乎虐待狂。

焦震猛地停住笑，扬起皮鞭就抽，女人惨叫，他又哈哈笑。女人叫得越惨，他笑得越厉害。他突然又不笑了，丢下皮鞭，捡起另一种刑具……他动刑动累了，又喊女人作阿嫂：“赵阿嫂，你招不招？”女人喘息：“你要我招什么哟？”

赵弘对焦震说：

“焦瘪，她就是一个乡里堂客，长得也这么好看，何必往死里动刑呢。”

焦震在宪兵队里没有什么职务，和赵弘是水陆洲老乡，所以赵弘喊他焦瘪，他喊赵弘赵瘪。在人家姓后加“瘪”是比较要好的关系才加。

焦震说：

“长得还是可以呢，赵瘪你不是看上她了吧。我把她交给你啰，你让她招供我就不动刑了，给你赵瘪一个人情。”

说完又补一句：

“赵瘪你没发现啊，她是不是和老子抓过的一个女人有点像？”

赵弘早就看出有点像，故意说：

“像哪个女人？你抓过的女人不少。”

“像被我抓到的那个女游击队员啦！你再仔细看，看她那张脸。那张脸我给她留着，老子舍不得毁。”

赵弘想，焦震是不是因为这个女人有点像那个女游击队员，所以在这个女人身上发泄余恨。女游击队员打了他一枪，他没能将其活埋，只是枪毙，太便宜了……

赵弘这么想时，女游击队员被枪毙时嘴角带有的那丝嘲笑，脸上浮现的那种鄙夷不屑，又蓦地在他眼前掠过。

赵弘说：

“我没看出哪里像，也懒得仔细看。一个乡里堂客你何必白费力气，她有什么可招。”

焦震说：

“我还不晓得她是乡里堂客？乡里堂客也要她招供，你心疼她吧，心疼她你去审问，给个好路子给你，问不出什么那就还是我来。”

赵弘说：

“焦瘪你狠啰。”

长沙人说“你狠啰”，有佩服人家而自己无可奈何的意思。焦震就笑着歇息去了。

赵弘要女人随便供点什么出来，免得再挨刑罚。女人说她实在什么都不知道啊！赵弘说：

“那你就编啦！随便编点什么。编也不会编啊？”

女人哭着说：

“确实编不出呢，你帮我编咯。”

赵弘说：

“那就没法了，我也只能帮到这里了。”

赵弘要离开时，忍不住仔细看了女人一眼，女人正大瞪着眼睛看着他。那双大瞪着的眼睛，是注射了药物的反应，可就是这双眼睛，又令他想到女游击队员被注射药物后的眼睛，他猛地心颤了一下。

就这么着，他不愿这个女人如那个女游击队员一样，药物反应出现后，接下来的便是对女人……他突然决定救这个女人出去。

这个突然的决定一作出，竟怎么也无法去掉。

赵弘走到外面，发现夜色已笼罩一切，这促使他立即付诸行动。如果是白天，想救也救不了，他的决定会自动取消。

怎么才能救这个女人出去呢？只有趁着夜色，制造混乱。怎么制造混乱？只有发生爆炸。他又不愿自己的同伙在爆炸中丧命，毕竟在一起相处了这么些日子，平常相互也有些照应，让他们挨炸于心不忍，于是他将几颗手榴弹扔进了无人的房间。

焦震断定赵弘不会送那个女人回她的家，那个女人说是岳麓山后的桂花村人，她不会说假话。赵弘肯定想过，如果将这个赵阿嫂送回家，宪兵队立马会去桂花村，等于没救；赵弘要想让赵阿嫂逃脱，只有带着她上船，或过江进城，或沿湘江顺流而下。进城也好，顺流而下也好，都得找船，都得上码头。

焦震直奔码头。他不是奔较近的码头，而是奔下游码头。他认为赵弘不敢去近码头。

焦震的判断没错，赵弘正是去下游码头。

赵弘或背，或扶，或连拉带拽着赵满桂，还得防着被人发现，能走得快？

这晚的天上有一弯月亮，是农历七月初八夜晚的月亮。

终于到了下游码头，可码头无船，江面也无船。

赵弘正着急，隐隐约约传来喊声，听不太真。

该不是宪兵队的人追来了吧。赵弘想："不会这么快啊，队里的两个日本头儿今天都不在，不知去哪里了。平常一般都不会离开，要离开也只有一人离开，可今天两人同时不见，连个招呼都没打。队里没有日本头儿，谁会下令来追。再说，老子又没炸死谁，老子就是耗费了几颗手榴弹。"

喊声渐渐清晰，是有人在喊：

"日本投降了！日本投降了！"

赵弘怀疑是自己的耳朵出了问题，凝神再听，喊的硬是"日本投降了"，而且喊声渐多。

"日本投降了?！日本难道真的投降了?！"

赵弘循着喊声望去，隐隐约约还有人边喊边蹦。

怪不得那两个日本头儿不见了！原来是撇下宪兵队跑了。

这时瘫坐在地上的女人对他说：

“恩人，来了一只船。”

船是顺水而来，很快，船上的人看见了他俩。

船上有人扯开嗓子对他俩喊：

“日本人投降喽！投降喽！”

赵弘这下确信日本是真的投降了，他一屁股坐到地上。

“恩人，你快喊船过来啊！”

“不用喊了，你不会有事了。”赵弘想到现在有事的该是自己了，自己如果救出的是那个女游击队员，也许能将功折罪，可身边是个农村阿嫂。

“喂，喂……”

女人自己想喊船过来，但声音微弱。船上的人听不见，也顾不上听，船上的人只是兴奋地喊着：“日本投降喽！日本投降喽！我们要回去过太平日子喽！”

船儿很快划过去了。

女人失望地对赵弘说：

“恩人，船走了。”

赵弘回答说：

“就在这坐着吧，我说过你没事了。你就等着有人来将你带回去吧。”

“恩人，那你现在要走？”女人担心地说。

“我走到哪里去，我能有什么地方可走。”

女人要赵弘到她家里去。赵弘说：

“我到你家里去也跑不掉。”

这个农村阿嫂还没听出赵弘的意思，她只以为救了她的就是好人。

“你到我家里后不用跑啊！再说，现在哪里会有人来接我。”

赵弘不吭声，迷茫地看着他来的那条路。

“日本投降了！”

“日本投降了！”

“我们胜利了！”

喊声、欢呼声越来越近。

“啊——”瘫坐在地上的女人突然尖叫一声，抱住赵弘的腿，“他来了！”

女人尖叫时，赵弘已经看见了焦震。

“赵瘪，老子看你还往哪里跑?！”焦震大喊。

“还往哪里跑，还有哪里可跑，你也一样。”赵弘并不在意，跟没看见焦震一样，只是站了起来。

“老子就晓得你必然在这里，你说，为什么要帮这个女人？她是你娘你娭毑?！”焦震举起手里的盒子炮。

赵弘看了眼焦震手里的枪，猛地吼起来：

“这个时候了你还凶，凶你妈个×呢！日本人投降了，你晓不晓得？还问老子往哪里跑，你自己又往哪里跑？”

“哈哈哈哈……”焦震狂笑起来。

焦震在追的路上也听到有人喊“日本人投降了”，他压根儿就不相信，认为那是“抗日丢部”的人故意起哄。他本想去给乱喊的人一点厉害瞧瞧，可觉得抓赵弘要紧：“等老子抓到赵弘再说，‘砰砰砰’，老子甩一梭子过去，看哪个还能再喊！”此刻听赵弘也说日本投降了，如变态的他竟狂笑不已。

赵弘说：

“你还笑，笑你爷条卵！你往那边看，再听听，那边的人不但在喊日本投降了，还喊胜利了。”

“日本鬼子投降了！我们胜利了！”喊声此伏彼起，而且听得出，欢庆的人正往江边而来。

那是河西游击队在庆贺。他们比城里得到的消息要快，他们还正组织人在写告示，要连夜张贴到城里去。

焦震这下有点相信了，日本人真的输了，如果没输，能容许这种事发生？那些叫喊的人能有这么大的胆子？

他没笑了，晃了晃手里的盒子炮。

“日本人投降了?！可老子没投降，老子的枪还在。”

赵弘说：

“快把你那枪丢了，想想我们该怎么办吧！”

焦震手里的盒子炮对准了地上那个女人。

“怎么办？老子先打死她，再看看老子高不高兴，高兴就放你一条生路，不高兴再一枪崩了你。”

赵弘也带了一把枪，可此时只顾想自己的出路，忘了。

“焦瘪你……”赵弘不由自主地转身弯腰。

“砰！”枪响了，打中的是赵弘。

赵弘转身弯腰并不是去护女人，而是想拉起女人，对焦震说“都到这个光景了，你何必还要杀人”。他想着焦震不会真的开枪。

赵弘头朝下倒在女人身边。早就吓得缩成一团的女人，这个看似木讷的乡里堂客，在性命攸关之际，本能地往河滩滚去。

“砰砰砰砰！”焦震连开几枪。

连续的枪响惊动了往江边而来庆贺胜利的游击队，游击队立即朝响枪的方向开枪，有人大喊着“抓日本鬼子，抓汉奸”，还有人飞快地赶来。

焦震顾不得再朝女人开枪，拔腿就跑。他并没有跑回宪兵队，他断定宪兵队已被游击队占领，宪兵队的那些人要不早就缴械投降，要不早就全跑了。他要从上游码头进城去看个究竟，他还抱有一线希望：这只是游击队发起的一次攻击，是“抗日丢部”的心理战术。

“亏他们想得出，说日本人投降了。”

二十三

清晨，焦震“转悠”到了中山路。

焦震连夜过江，进城后却找不到一个落脚点，他的铁哥们都不见了，家门口大多是“铁将军把门”，未有“铁将军把门”的则里面空无一人，有些人家里还凌乱不堪，似被打劫。“难道都跑了？”他想。

焦震本还想去长沙宪兵队，去“兄弟单位”看一下、问一下，可他实在太累了。

焦震实在没有体力立即去“兄弟单位”，他打算在无人的屋子里坐一下，歇息一下再去，可一坐下就不由自主地躺下，打起了窒息似的鼾。

过了一阵，又是一声突然的轰响。焦震“啊”地一声，如同挣扎般爬起，双手抱住脑壳。

莫非是有人进来寻他报仇？寻他报仇的大有人在，但不在此时，此时他是被自己做的噩梦吓醒。

他梦见自己在街上走，后背突然被顶上一个硬邦邦的东西，他知道那是一支短枪，不敢动。旋即眼前一黑，什么也看不见了，头被黑袋罩住。他被带到了江边，感觉到江风惨惨，吹得心里一阵阵发麻：“你们要干什么，干什么？”他喊，但喊不出声音，黑袋子被揭掉，身边没有人，四周也没有人，什么都没有。他想趁机逃跑，可怎么也跑不动，他在心里不断地使劲，“我要跑，我得跑，再不跑就没机会了”。他拼尽全力，好像能跑动了，却听得有人喊：“焦震你还我的命来！”这人是谁？怎么也记不起，要找他索命的太多了，哪能个个记住，还是赶快跑，四面都响起了要他还命的喊声，喊声凄厉，如无数男鬼、女鬼将他围住。女鬼中，他认出了那个女游击队员，女游击队员披着湿漉漉的长发，长发盖住她的脸，但不狰狞。女游击队员对着他将长发往后一撩，露出的不是青面獠牙，而是依然美丽的脸庞，嘴角依然挂着被枪毙时的那丝嘲笑，脸上浮现的依然是那种鄙夷不屑。那丝嘲笑，那种鄙夷，有什么可怕？他对自己说：“老子不怕你这个样子！”女游击队员朝他走来，那不是走，而是飘，飘飘然然，一飘然就到了他面前。一股冷峻如冰的气息喷向他，他浑身立即颤抖起来，两条腿像抽筋。这是怎么回事？她有法术，她是天上的仙女下凡。“仙女仙女，你饶了我吧，是你先向老子开的枪。”他要喊，但还没喊出声，来了个最熟悉的：赵弘。

“赵瘪，老子才打死你，你就能变成鬼？这么快？”

“焦瘪，你太毒了！你真的向我开枪！”

“你不扔手榴弹我怎么会打死你？”

“老子扔手榴弹是扔进空房子，老子没伤你。”

“你没伤老子，可谁叫你护住那个女人。”

“我告诉你焦瘪，老子身上本也有枪，可老子没掏枪，老子现在来了，老子现在来毙了你。”

赵弘正要开枪，有人喊，毙了他太便宜了，把他丢到河里去！“丢到河里，我会游水，太好了，快丢快丢。”他觉得自己这下不怕了，可他的手脚被绑起来了，根本动弹不得，这下完了，会游水也游不起来了，但总算能落个全尸。又有人喊，把他交给他们。

他不知怎么被带到了一个像庙的地方，一进去，上首坐着龙王爷，原来是座龙王庙。这个龙王庙他好像来过，是在长沙哪个地方呢？想不起。他正在使劲想，一把雪亮的砍刀晃在他眼前。“你们，你们是什么人，敢在龙王爷面前……”话还没说完，好像有人答了一句什么血队，话音刚落，那把雪亮的砍刀朝他砍下，“噗”的一声，血往外喷，脑壳不见了……

焦震被吓醒后，抱着自己的脑壳。脑壳还在，没有被砍掉，但脑壳痛，硬是像被什么打了。他摸摸脖颈，好像有血，赶紧看摸脖颈的手，湿湿的，是汗。

焦震努力去回想在龙王庙砍他的人到底是什么人，他只记得回答是什么血队。猛地想起，确实有个铁血锄奸队！“老子难道真的会死在铁血锄奸队手里？”

“梦死得生。”他记起自己小时候也做过“死梦”，也被吓醒，告诉母亲，母亲说不要紧，梦死得生，做梦是反的。母亲现在怎么样了？他已多年未去看过母亲，他懒得去看，不想去看，可此时，母亲的样子在他眼前晃了晃。母亲，也是个漂亮女人。小时候，母亲常搂着他睡觉，给他唱“金打铁，银打铁，打把剪刀送姐姐”或是“摇啊摇，摇到外婆桥”。他在母亲的“打铁”声里、“摇啊摇”的晃荡中慢慢长大，母亲却渐渐变成了老女人，他成了令老女人害怕的混混。老女人天天为他念叨“别作孽，少作孽”，还念“苦海无边回头是岸阿弥陀佛”。他也知道自己是个混混，混混就混混，他到外面去混，懒得回家，免得老女人一见他就唠叨。

他把头摇了摇，晃了晃，将那个老女人“摇晃”开，又去想被雪亮的砍刀砍得血往外喷，这该是一个什么预兆？

“梦见喷血，血是红的，见红，见红是有财运。梦见棺材是既有官升又有财发，老子难道还有财运来？！”

想到还有财运来，来的该是哪路财呢？还是脑壳痛，脖颈硬是像被砍刀砍了一下。“梦里的鬼莫非真的能打人，听那个老女人母亲说过，是有鬼打人的呢！有台戏，王桂英因负心郎而死，变成鬼报复负心郎。妈妈的瘪，怎么又想到她，老瘪！”

焦震狠狠地骂了一声，不知是骂他母亲还是骂王桂英。如果是骂王桂英，戏台上的王桂英还蛮年轻的。

他站了起来，看看外面，天已麻麻亮了。

走！他将盒子炮插到腰带前面，脱下宪兵服，找出一件对襟扣便衣穿上。他想，还是小心一点好。虽说梦死得生，别梦死真死。

焦震走出了让他做噩梦的屋子。他还是要先去教育会坪，去长沙宪兵队，去“兄弟单位”打探消息。

去“兄弟单位”要经过中山路，他走到路口，见许多人在围看着什么，一个个还兴奋地议论。

莫不是有什么紧俏货，这大清早的，那么多人抢购？梦见喷血，见红来财运，难道就应在这里，老子赶上前去，全将它没收！

焦震冲过去。

“闪开，闪开！”

焦震挤到最前面，抬头一看，哪里有什么紧俏货，是墙上贴着一张文告：

中国战区司令蒋介石命令

……各地下军在原地驻防待命，令日军在中国先遣军未进城时，维持秩序，等待接管。……

最下面写着：正义别动队谨录。

兴奋议论的人以为这个挤到最前面的人是为了看布告，没在意他，仍然兴奋地议论：

“日本真的投降了？我们真的赢了？！”

“那还不是真的？布告上写得清清楚楚！命令日军维持秩序，等待接管。”

“唉呀，老天啊！终于盼来了这一天。”

“怪不得日本鬼子这几天老老实实……”

按常理，焦震亲眼见到蒋介石的命令，这个蒋介石的命令可不是“抗日丢部”、游击队、别动队敢乱写乱编，用来打心理战术的，日本投降已是砧板上钉钉子的事！就连他的铁哥们都已闻风而逃，他焦震应该也赶快跑，可焦震就是焦震，到了这个关头还是那么顽硬，或者说他硬有那么蠢。他当即掏出盒子炮，朝天就是一枪。

“不准观看，谁再看，老子打死谁！”

他大概以为不准人看，那命令就无效。

焦震双脚一蹦，伸手将“蒋介石命令”扯下，“哧哧”几下撕烂，往地上一扔。

日本人都不敢开枪了，他焦震敢开枪。日本人都遵照布告，等待接管，焦震敢将布告扯下撕烂。可就在他将撕烂的“蒋介石命令”往地上一扔时，他的脑壳重重地挨了一下。

他重重地挨的这一下，不知是拳头还是石头，不知是木棍还是铁棒，也不知是谁打的，连围观的市民都没看清，总之，他倒在地上，使不上盒子炮了。

接着响起的是一片喊声：

“打！打得好！打死他！打死！”

倒在地上的焦震又被市民一顿乱打。

……

焦震没被打死，他迷迷糊糊醒来时，不知自己身处一个什么地方，他只觉得脑壳痛，是真痛。此情此景应了他做的梦，但被打的地方不是脖颈，直接是脑壳。他的脑壳疼痛欲裂，比梦醒后的脑壳痛得厉害多了。

他的面前，站着一个拿刀的，拿着的正是一把雪亮的大砍刀。他的左右，站着好几个平时被他喊作土瘪的人，土瘪中有一个人拿枪，拿的是他的盒子炮。

这是什么地方？正是他梦见的龙王庙，上首坐着龙王爷。

梦真的那么灵验！“我的娘哎”，他喊出一声娘，不是梦死得生啊，而是梦死得死，梦见怎么死就会怎么死。他正要问：“你们是什么人，敢在龙王爷面前……”话还没说完，好像有人答了一句什么血队，话音刚落，那把雪亮的砍刀朝他砍下，“噗”的一声，血往外喷，脑壳不见了……

幻觉！他的脑壳肯定被打成脑震荡了。

他拼命摇摇头，睁开眼，没有拿刀的，也没有龙王爷，这不是龙王庙，是他熟悉的地方，但一时又想不起是哪里。他拼命想，终于想起来了，这是他原来的“兄弟单位”——长沙宪兵队关押“抗日分子”的地方。

“兄弟单位”的这个地方，他来过多次观摩学习，学习新刑具的使用方法。他进了原来关押、审讯、拷打“抗日分子”，拿“抗日分子”试验新刑具的地方。

“放我出去，放我出去，怎么把我关进了这个地方?！”他想喊，但没喊，他知道喊也白喊。他将被他认为的“抗日分子”关进宪兵队时，那些人早就这么喊过，他理睬过吗？他让刑具去搭理。

他又觉得这是冥冥中注定的，他不是要到“兄弟单位”去看看、问一问吗，这不，进了“兄弟单位”。

他感到这个地方有所变化的是，各式各样的刑具没公开摆在这里，可能收捡起来了，待上刑的时候再拿出来，也可能是有了更新的刑具。

焦震突然有点像打摆子一样抖了起来，他有经验，凡是暂不摆出来的刑具，一使用起来，那个厉害！他的眼前，浮现出那个女游击队员被上新刑具的样子：如被割破喉管但还没死的鸡一样地抽搐，鸡还能扑棱几下，她连扑棱都不行。她的手脚被铐得无法动弹，只能发出“哈哧哈哧”的声音，如要断气的鸭子，但又不会断气。

“他们也会这样对付我的，他们会说什么以其人之道还治其人之身。”焦震的“摆子”打得更厉害了。

“我投降，我投降！”他大喊起来。他害怕遭受女游击队员同样的刑，他受不了那种刑，他只能给别人上刑。

他之所以喊“我投降”而没喊“我交代”，是因为他想着人家根本就不会要他交代什么，他干的那些事人家都知道，犯不着跟他啰唆。他喊没降是想着日军杀的中国人比他多得多都能投降，而且投降后蒋介石并没有命令处死他们，只是命令“在中国先遣军未进城时，维持秩序，等待接管”。那么他投降后，也可以“维持秩序”啊！

焦震不停地喊“我投降”，却没有任何一个声音回应，连“叫什么叫，叫你妈妈的瘪啊”的回应都没有。

焦震喊投降没人回应，是因为关他的这个地方没有一个人。没有和他同样被关着的人，也没有看守他的人。

焦震在中山路撕下“蒋介石命令”文告后，是被铁血锄奸队打昏的。

文告是正义别动队张贴的，打昏他的是铁血锄奸队，其时游击队的人员已相继进城，专逮焦震这类人，碰上日伪散兵则以收缴枪械为主。

铁血锄奸队将焦震打倒在地后，将昏迷的他架起便走。围看文告的市民在一片欢呼后，喊道：“日本人投降了，宪兵队完蛋了，我们去宪兵队啊！”

市民最恨的是宪兵，冲去宪兵队自然是为了报复、发泄。一路上加入的人越来越多。

长沙宪兵队已是空无一人。人们冲进宪兵队无人可打，把怒火发泄在了宪兵队的设施上，先是见什么砸什么，但有人趁机搬起桌子椅子就走，这一有人带头，发泄变成了抢东西。

宪兵队很快被“清理”一空。因而，有的长沙市民家里有日式望远镜、台灯、日军皮靴，甚至有皮鞭等刑具，就是这次获得的“战果”。不过凡带有金属的刑具很快就被当成废铁卖了，那是凶器，留在家里不利。最有用的是桌椅、锅盆、被子、衣物等。

铁血锄奸队原本想将焦震带到河西去，可嫌麻烦。有队员说杀掉算了。领队的说得交法庭审判，审判后再枪毙，还要贴布告。但又有一个问题，目前还没有审判汉奸的法庭。另一队员想出个好主意，把他关到宪兵队去，那里有现成的牢房，先送他回“老家”。锄奸队的人都认为这个主意好，把汉奸宪兵关到宪兵队的牢房去，让他尝尝他们自己设立的牢房滋味。

焦震遂进了他“兄弟单位”的牢房。

“清理”焦震“兄弟单位”的市民已携“战利品”散去，他们是匆匆而散，捞到满意“战利品”的赶快走，没捞到满意“战利品”的骂几句也赶快走。他们知道，这种“清理”和抢劫容易挂上钩，他们得“速战速决”，不能背上个抢劫的名声，还最好别被街坊邻居看到。实在看到了，说：“捡来的呢！你哪家没去捡？”

铁血锄奸队将昏迷的焦震五花大绑丢进宪兵队的牢房后，都走了，都不愿看守，说没必要看守。

“他在他自己‘家’里还往哪里走！还有那么多任务、那么多事情得我们去办，谁耐烦守着他！”

后来有说焦震是在他自己的牢房里饿死的，有说他是撞“自家”铁门撞死的。更多的则是认为没对他动刑，太便宜他了。

“怎么不给他上老虎凳，怎么不给他灌汽油，怎么不对他动电刑，怎么不让他也像被他害过的人那样！”还有人边哭边说。

有路过的问，她在哭谁啊？

“焦震。”

“焦震？是不是那个汉奸宪兵？”

“是的呢！”

“哭什么啊，那样的恶人死了还哭。”

“你有病吧，冇听见她是在咒焦震，她被焦震拷打过，侥幸救得一条命，落下一身伤病。”

“哦，哦，是我冇搞清。是的啰，怎么没活剐了那个恶贼！”

“太便宜他”“没活剐”的原因是，锄奸队的都抢着再立新功去了，把他给忘了。等到有人记起时，去废弃的宪兵队一看，赶紧捂鼻子，和章质紊、林韵清打着白旗进城后被派去掩埋的尸体一个状况。

二十四

湘江东岸腾起冲天大火，爆炸声接连不断，但市民不慌张，远远地看热闹的不少，那是日军自行将沿江军火仓库引爆。游击队则又气又恨，投降了还将军火毁掉。紧接着，日军黄土岭汽车仓库也被自行放火焚烧，被烧掉的无数汽车轮胎接连不断地冲向天上，掉落下来。游击队亦无可奈何，只盼着大部队快点开进长沙进行接管。

游击队主要干的事，是拦截日伪散兵，一遇上，缴他们的枪。

市民看着军火库、汽车库爆炸燃烧不慌张，还看热闹，那是日本人在烧他们自己的军火库，烧他们自己的汽车，关我们卵事。可一回到街上，慌了，原来揣在兜里的日军发行的储币不能用了，店铺一家一家相继关门闭市，用法币也无处买东西。

市场拒用储币是因为日本人投降了，他们发行的票子还有什么用，收进来等于收废纸。

店铺关门闭市是因为有不少人趁机抢劫。街上不见日本兵巡逻了，宪兵也没了，连警察都不知哪里去了，好机会来了。抢劫者有单独行动的，冲进店铺，抢些东西就走。回头看看，店主或伙计若追出来，抢劫者还站住，说："你来追啰，你追得我条卵到。"有的合伙作案，一人把店主引出来，其他人则乘虚而入。更有甚者，持刀持枪作案。

长沙一时陷入了混乱。日伪头儿趁着混乱，转移隐藏物资财产；汉奸家属怕遭连带清算，忙忙地回娘家；帮会哥们寻仇凶杀，有的公开摆开战场；附近农村游手好闲之徒结队向城里进发……

谭天圆忙得不亦乐乎。

他感到自己这才是正儿八经的市长了，全长沙的事都要真正归他管了。只是这要管的事也太多，而且件件都棘手。

河西来了通知，在接收人员到来之前，要他先去代为接收日方所有物资，同时要确保日酋生命安全。

游击队来了通知，游击人员进城了，得保证经费开支。

游击队要经费开支，那锄奸队、别动队、报国队能不要经费开支？能不派人前来通知？

凡曾经和抗日挂得上钩的，对不起，都来要经费。一个在乡里戏台上唱过几出戏的戏班子，说他们唱的戏里有激起民众抗日的唱词。不信？不信就当面唱给你听。现在挪到城里来唱，得给经费。就连在章质紊那个街坊当了坊长的“二五”也跑来，说他当坊长每天晚上敲一面锣，喊“各家各户，小心火烛，防火防盗，防没良心的打劫”，最后那句“防没良心的打劫”，就是指的日本鬼子。虽说这一句不是他的原创，是别人加上去的，但是由他的嘴里喊出来的。他每天晚上骂日本鬼子，经费不说，总得报销一些酒钱。

除了“二五”，其他的通知都相当于命令。那个乡里戏班子说如果不给经费，就要在戏台上把谭市长这个伪市长唱进去。

对于河西的通知（命令），谭天圆觉得是对他的信任，当然得接收，当然得确保，抗日总算胜利了，能不接收他们的物资？日寇投降了，是得保证他们的生命安全。物资问题嘛，通知命令还没来，日军就自行烧毁了军火库、汽车库，这个他谭天圆也没办法，只有等接收部队进城后才能处理。先派人去暗中查访，查几个为首的出来，报给接收部队。日酋的生命安全嘛，也派几个人去，给他们“站岗”，实在出了问题，也没办法。

要经费的通知（命令），游击队、锄奸队、别动队、其他的什么队，都是抗日的有功之臣，照办。好在市政府还存有几个钱，他谭天圆不会做生意，对生意也不感兴趣，所以先发放一些。那个乡里戏班子也发一些，不发的话，唱戏的搞起宣传舆论来也是蛮厉害的。至于坊长“二五”，私人给他几个酒钱就算了，那本来就是个“二百五”。

谭天圆打发了这批人，刚松一口气，又有拿了经费的转来，气愤：这钱有卵用，买不到东西，连吃的都买不到。

“岂有此理，有钱买不到东西？老礼你去看看。”

老礼回来禀报，不是买不到东西，是没地方买东西，商铺全关门了。

“罢市？日本人投降了，他们反而罢市！”

“不是罢市，是怕打抢。”

“难道连吃饭吃粉面的也怕打抢？打抢的就不要吃饭？他们不怕饿？”

老礼说，只有八角亭一带还有些摆摊的，但也只在中午才有。以前卖吃的是先吃后付钱，现在全改了，先付钱才能吃。

“老礼你打听得还是仔细。”谭天圆看看手表，“现在还来得及，你带他们去八角亭吃饭，吃饭要紧。吃饭改为先付钱就先付钱嘛，先付钱后付钱反正都得付。”

谭天圆话说得轻松，举重若轻，心里清楚，一切都乱了套，但他能抓住主要矛盾，有钱无处买东西、店铺关门、抢劫……这乱哄哄的一切，都是治安恶化之故，必须先设法维持全市治安秩序。

怎么维持？原来有日军巡逻，有宪兵，有警察，现在光靠市政府，治安布告贴得再多也没用。

现在得靠自己的警察。

“自己的警察”，这话怎么讲？难道原来的警察不是市政府的，或者说市政府没管警察局，现在得自己组织警察。

原来是有一个警察局的，从名义上讲，可说是属谭天圆管，警察局编制为二百人，定正副局长各一人，办事人员数名。但实际上既无局长也无副局长。为甚？无人愿当局长、副局长，有官无人当。其实也不是不想当，是怕当这个警察局的局长、副局长。日军占领长沙之前的市警察局局长邓如耀就在河西，他避至河西，没警察局局长的事可干了，被任命为长沙县县长。这个老局长、新县长发出狠话，谁敢去当伪警察局局长，定找他“秋后算账”！还补一句，“不一定等到秋后”。这“不一定等到秋后”的意思很明显，游击队、锄奸队什么的随时上门。偏他的一个外侄不怕，说没人当警察局局长他来当。这个外侄名叫邓三恭，是一个督察。你自告奋勇就自告奋勇吧，局长、副局长的委任书是不会发给他的。这邓三恭虽没有被正式委任，却立即以局长自居，上面没有正式局长，他不就是局长？他自封为局长后倒也勤勉，局长、勤杂皆一人兼了，没其他的人啊！没有工作人员，也没有固定的办公地址，今天在原南区分局，明日又改在原北区分局，真正的流动办公。

大概正是因为邓三恭不是真局长，“不一定等到秋后”这话没在他身上印证，但他一离开“局办”就不是自认局长而是自称局长：“我邓局长来了！”他还要市民喊他局长。市民本不愿喊局长，知道他不是局长，但喊邓三恭如同喊“邓三公”，像喊他“三公公”了。遂只得喊“邓局长，邓局长”。很快，有人密报他叔叔邓如耀。邓如耀捎话给他，别给他们邓家丢人，办敌伪警务还自称局长。后面的话不用说也知道，就是要他小心一点、低调，别真被作为伪警察局局长给上了名单。

谭天圆喊来这个不是局长却自称局长的邓三恭，要他汇报警察局的情况。

邓三恭说：

“市长，你知道，我不是局长，我能汇报什么情况。”

谭天圆说：

“我晓得你不是局长，你汇报一下你晓得的情况。”

邓三恭说：

“我晓得的是，日本人管事时，警务多由宪兵队兼管，没有什么警务经费，连警服警帽都没制好。警察局形同虚设。”

谭天圆说：

“这个我也晓得，不是有名无实的虚设，而是无名无实的虚设。不但连局长都没有，说是归市政府管也是一句空话。”

邓三恭说：

“市长，恕我讲话不恭了，你既然什么都晓得，还要我讲什么？”

谭天圆说：

“你讲讲，到底还有多少警察？还有多少当过警察的？”

邓三恭就耐着性子讲，说原来不是规定两百名额嘛，名额有，但无人，到前两天日本投降只剩一百多。

谭天圆说：

“好，这个讲得好。在我来当这个市长之前，听说原警局就是两百人，怎么会不足名额？”

邓三恭听市长表扬了他，来了劲火。

“市长你不知道吧，那一百把人是不愿干，宁愿去当老百姓。”

“为什么？”谭天圆明知故问。

“给日本人当警察，他们怕担上个汉奸名分。”

“现在日本人投降了，再要他们回来干，他们会愿意吗？”

“你是要我去把他们喊回来？我把他们喊回来，这局长……”

邓三恭想，要他去喊人可以，先得讲好，不说局长，副局长无论如何得归他当。

谭天圆说：

“不光是要把那些人喊回来，现在还算警察的，你统统管起来。”

邓三恭说：

“我没有个头衔怎么管？”

谭天圆说：

“你一直都有头衔的啦，人都喊你邓局长。”

邓三恭笑了，说：

“那是我自封的，假的。市长你现在得给我个真的。”

谭天圆说：

“你还要真头衔啊，你知道你现在是什么吗？你是河西准备缉拿的汉奸！这几天社会乱、市场乱，你要趁这混乱之际，把治安秩序搞好，争取立功，知道吗？有了立功表现，河西方面过来，我才好帮你说话。”

邓三恭一听，心里想：“嘿，我是汉奸，你这个市长难道不是汉奸？你是比我大得多的汉奸。我还有个叔叔是河西方面的长沙县长，你有什么？”

他当即顶道：

“市长，你的官比我大得多啊！缉拿汉奸不会先缉拿我吧。”

谭天圆大笑：

“老邓啊老邓，给你一条路还犟嘴，我现在可以告诉你了，是重庆派我来当市长的，我有薛岳将军的手令！河西方面已通知我，在接收人员还未到来时，由我代为接收。你知道吗，进城游击人员的经费都在我这里领。我现在就可以要游击队来抓你，不，干脆把你交给锄奸队，锄奸队办事少些手续，爽快。”

邓三恭一听，不由得咋舌，怪不得他这个市长现在还稳坐钓鱼台，原来他是这么个背景。

邓三恭立即改口：

“谭市长，我这就按你的命令办。不过，你讲话要作数啦，到时候要帮我讲话啦！”

谭天圆说：

“我什么时候讲话不作数？枪毙肖德贵，是不是说到做到，让他‘消得快’；惩办陈万丈，是不是和桥本对着干，可还没来得及呢，陈万丈就被飞机炸死了，桥本也被炸死了。我当年是何键将军的骑兵团团长，你晓得吗？骑兵办事，那就是一个快字，快刀斩乱麻！马刀一挥，冲啊！刷地一刀，将刚举起枪来要朝老子射击的人砍了。”

谭天圆做马刀挥砍样，朝邓三恭砍去。

邓三恭不由自主地忙躲开，赶忙说：

“好，你讲话作数就好，我立即去执行你的命令。”

邓三恭转身走，谭天圆又喊住他。

“我再问你一个问题，你说那一百把个不愿干的人是怕背上汉奸名分，你怎么不怕？”

邓三恭说他认为当警察不是汉奸，警察不就是维持社会治安吗？不管谁来管长沙，都得要维持治安，都少不了警察。这不，社会秩序乱了，打抢的害得商铺不敢开门，凶杀的害得市民不敢出门，还有乡下的流痞大量进城。

“警察就是谁给点薪水就为谁维持治安，治安有保障，老百姓安全，所以最终还是为了老百姓。老百姓没有警察不行。”

谭天圆觉得他这个讲法有道理，便说：

“行了，你去吧，只要干得好，一定为你说话。”

邓三恭说：

“有市长这句话我就放心了。不过，没有头衔，达不到你的要求莫怪我。”

谭天圆说：

“你就还是用你原来的局长头衔啰，就说你是局长。”

邓三恭应一声“好咧”，走了。

邓三恭倒也有些组织能力，他以局长的名义，还真将“老”警察、现警察组织起来了。那些“老”警察见日本人投降了，现在出来是为自己人干事了；现警察则是为谁干都是混口饭吃，只要有薪水发就行。邓三恭没想到的是，他在日本人手里自封的局长，日本人投降后由谭天圆口头授的局长，在军统缉拿汉奸的名单里，都属于伪局长，他那个河西方面当长沙县长的叔叔究竟保没保他，不清楚。也许保了，但没能保住；也许根本就没保，谁叫你自称局长呢！

邓三恭将警察一组织行动起来，社会秩序有了好转。

谭天圆又要人写招募书，招募维护市场秩序的志愿者。招募书到处贴，贴出去后来了不少志愿者。

维护市场秩序本可借商会之力，谭天圆难道没想到这一点？

谭天圆不可能没想到这一点，可自陈万丈被飞机炸死后，再没人愿接任商会主席，就连章质紊和林韵清都不露面。林韵清再不想那个商会主席，是因为他有了进财的门路。章质紊则认定那个位置犯凶煞。陈万丈若是被人打死，被刺客刺死都说得过去，可偏偏被飞机炸死；若是飞机扔炸弹还炸死了别的人也说得过去，却偏偏只炸中他一家，不是犯凶煞是什么。

无人接任主席，商会便自然消失，谭天圆还怎么去借商会之力。他对于日本人在没有商会之后的市场运作倒是感兴趣。日本人在没有了商会这层中介后，既要抛售商货以活跃市场，又要从中赚钱，便对要抛售的商货采取开标方式，定一地方为挂牌争标之处，头天挂出商品名称，第二天早晨收标，谁的价出得高即与谁成交。为防止“门内购进门外销”“走后门”，也采取了一些限制措施，譬如同一批货物，数次挂牌，使通过关系已知内情者找不着北。

谭天圆想，他得学一学经济，要不断学习提高自己。

谭天圆在百忙之中还想到要不断学习，是因为他认为自己是真正的有功之臣，国民政府的长沙市长还会是他。即便不当长沙市长，换个地方去当也行，所以要不断学习。他确实忙，但忙得开心，忙得值。可没想到一个月后，他被作为大汉奸抓了，邓三恭同时被抓，就连老礼也被抓了。谭天圆不但没能为邓三恭说上话，他自己也是百口莫辩。老礼则怪谭天圆他爷老子得先生，说他在三眼桥乡里待得好好的，偏要他跟随谭天圆，还说是为了救国，要他助谭天圆一臂之力。这下助得好，助（住）进班房了。

二十五

谭天圆只当了十天的家。

十天后，河西接收人员接踵而来。接收人员一来那硬是不一样，大概已经过接收培训，对投降日军划以保护区，不准走出，在保护区内待着保证安全，出保护区则不保证安全。日军物资集中于划定仓库，凡敢私自销毁、转移者，严惩不贷。对游击队、别动队、锄奸队等人员经费和安置，设专管部门办理落实，该收编的收编，要复员回家的发放经费。至于乡下戏班子、“二五”之类的，一见这阵势，不敢再来啰唣。但戏班子不好惹，回到乡下后搭台唱戏，唱词里就有了讽刺接收大员如何如何的唱词。不过在乡下唱，也没人管。

谭天圆接一专门任务，做好迎接第四方面军司令官王耀武进驻长沙的有关安排部署。

王耀武率第四方面军在雪峰山会战中负责湘西及芷江机场正面防御任务，其所辖赫赫有名的第七十四军为雪峰山东麓决战主阵地部队。胡琏所率有名的第十八军在会战前夕也调入第四方面军归王耀武指挥。王耀武是第七十四军的老军长，仅以湖南战场而言，他就参加过长沙保卫战、常德会战、雪峰山会战。而自全面抗战爆发后，淞沪会战、南京保卫战、兰封会战、武汉会战、南昌会战、上高会战、浙赣会战、鄂西会战等，他全都参加过，且他所率部队或指挥的战役、战斗，大都获胜。八年全面抗战，他有七年是在前线度过的。雪峰山会战取得全胜后仅两个多月，日本政府宣告无条件投降。

欢迎王耀武这么一位名将进长沙，当过骑兵团团长的谭天圆感到荣幸，这个欢迎任务也是对他的信任。他亲力亲为，安排布置，并以市政府名义通告全市各街道、商铺、住户张灯结彩，悬挂旗帜，欢迎王耀武将军。

“王司令要来了！”

“是啊，王将军要来了！”

“王将军长得什么样呢，武高武大吧。”

“他有多大年纪了，晓得不？”

“王将军肯定是老将啦！”

“他是不是我们湖南人？”

虎将、名将、老将要进长沙的消息令长沙人兴奋，都想亲眼目睹他的风采。尽管听说他为长沙人打过保卫战，但那是打仗，打仗时还能让你见到他？这次是胜利之师进城，那肯定是大摇大摆，可以把他看个清楚了。

于是人们又猜测：王司令会从哪儿进城？

这天中午，长沙上空来了飞机，飞机飞得很低，轰鸣声震耳，忽然有人大喊，那是王司令的飞机，是王司令的飞机！这一喊，市民都往外跑，都要去看王司令的飞机，维持秩序的忙拦住，喊：“不要着急，王司令会从飞机上下来的！”

王司令的飞机在市区上空绕了三圈，向长沙致意，然后飞往机场降落。

一个小时后，王耀武一行十余辆汽车，由南门口进城，那个威武，用现在的流行语说，就是一个字：酷。

王司令的车队缓缓而行，穿市而过，那种欢迎场面，真是万人空巷，欢声雷动，壶浆塞道，八音迭奏。沿途两旁商店住户，纷纷燃放鞭炮。王司令站在车上，满脸微笑，频频向两旁欢迎的民众点头答礼，挥手致意。

“王将军还这么年轻啊！”

“这么年轻就是司令官。”

“他不是一般的司令官，晓得不，带几十万兵马。”

“不久前的湘西会战，就是他指挥的哩！”

“难怪日本人投降了，打得过这样的将军？”

“那倒不全是呢，是美国在日本丢了原子弹。”

“王将军厉害总是真的吧，你现在亲眼看到了。”

有人扯开嗓门朝车上喊：“王司令，你今年多大了？”王司令自然听不到，可他正朝这边微笑点头，喊的人便说：“他听见了，听见了。”

王耀武时年四十。

完成欢迎王耀武的任务后，谭天圆吁了一口气，总算圆满，没出问题。你想想，投降的日军还在城里，汉奸还没清算，各种组织仍有武装，隐藏的敌对势力还搞不清。倘若有流散的伪军、不法之徒或对王司令不满的人，乘机行刺，对王司令开一枪、丢一颗炸弹，或趁机作乱，在欢迎人群里制造骚乱，那后果可不都得归他这个市长担当。

吁了一口气后，他想着王耀武那个威武劲，被市民欢迎那个场面，虽说是自己安排得好，可市民那种欢呼、那种兴奋，无论如何也安排不出。自己若是一直从戎，不说能像老王那样成一方诸侯，至少也得搞个集团军副司令干干。不过，这长沙也是一省之都，当长沙市长也没差到哪里去。

市长的担子重啊！他又想到自己的职责，还有那么多复杂繁琐的事得去解决，得复兴长沙，得开创长沙的新局面。今后会更忙啊，趁着这当儿，休息一下，稍微放松放松。

谭天圆这一稍微放松，怎么地就发现有点不对路，还真就轻松了，许多事他管不上也不用管了。

这些事都归金元寻和罗招代劳了。

金元寻和罗招是第一批进城的接收人员，属军统，他俩的主要任务是清查汉奸，对象有经济方面的、政治方面的，还有“双料货”。但他俩进城后，只做了些日军方面的接收事宜，对其主要任务似乎不感兴趣，根本没有什么动作。市政方面的事，全由谭天圆办理，对谭天圆也很尊重，开口谭市长、闭口谭市长。“谭市长你看这件事该怎么办？”“谭市长这件事还得请你亲自出马。”

谭市长突然不怎么要管事了，身边的人除了老礼，其他的都不知干什么去了，接连两天没来向他汇报，也没呈送要他签字的东西。

“老礼，你去喊几个人来，我要问问他们这两天干什么去了。”

老礼便去喊人，去了半天，喊来一个人。这个人其实还不是他喊来的，是主动要来见市长的，他一看见老礼，忙说：

“哎，老礼，市长在哪里？”

老礼说在市长办公室。

“嘀，这就好。老礼，市长现在有空吗，我想去见见他。”

老礼正愁没喊到人，见有个“送上门”的，当即带他来“交差”。

带来的人是邓三恭。

邓三恭一见到谭天圆就说：

“市长，你还在办公室啊！”

谭天圆说：

“我不在办公室还在哪里？”

邓三恭说：

“我以为你和我一样了呢！”

“什么意思？”谭天圆问。

“市长你还不知道啊？你亲自要我管警察局，重新组织人马，我按你的指示办，把那些‘老’警察都喊回来了，足额两百人，从来没有过的。我带领他们日夜辛苦，社会秩序好些了吧，抢劫商铺的不敢了吧，寻仇杀人的少了吧，王司令进城也安全没出事吧，我没有功劳也有苦劳吧。可突然不让我搞了，要我靠边站了，这不是卸磨杀驴么，我成一条驴子了。”

“谁撤了你的职？”

“撤职倒没撤呢，本来就没有职务，是不让我管事了。”

“谁不让你管事？”

“金元寻金大员啦！”

谭天圆说：

“喔，我知道了。你去吧。”

邓三恭说：

“市长，你还在这个办公室我就放心了，你说过的话要兑现啦，我是已经立了功的啦！”

邓三恭走了。

邓三恭是和谭天圆单独谈话的最后一个下属。

邓三恭走后，谭天圆的火气上来了，邓三恭说的那些什么“你还在办公室啊”“你还在这个办公室我就放心了”，虽听着刺耳，但担心得有道理。“金元寻你没和老子商量就把邓三恭晾到一边，把邓三恭晾到一边也就算了，实际已经把老子也晾到一边了。老子连桥本都不怕，老子怕你姓金的？军统怎么着，军统还能大过老头子？老子这名字都是老头子给赐的，薛岳将军的手令还在我手里。薛岳将军派特使来三眼桥田庄时，说得清清楚楚，特使对得先生说，老头子已通知军统，赐令公子代号为‘天圆’。”

“你姓金的既然是军统的人，难道不知道?！你别是个假冒军统！”

谭天圆立马要去找金元寻，老礼要他先别冲动，还是先请示得先生，听取得先生的指示再说。

谭天圆遂修书一封，要老礼速速送去。

老礼走后不到两个小时便回来了。

“这么快就回来了？得先生怎么说？”

老礼说哪能这么快就赶回来，坐美国吉普也没有这么快。

“怎么回事？”

老礼说他根本就没出长沙，到东门就被挡住了。

“戒严？”

老礼说戒严倒是没戒严呢。

“没戒严怎么出不去？就是戒严你也能出去啊！你没说是我派你出去的？”

老礼回答：

“说了，不但说了是谭市长派我出去的，而且说我是谭市长办公室的人，你们不信可以打电话去问谭市长。你说他们怎么答复？”

“怎么答复？”

“他们说，谭市长的人去见谭市长可以，谁去见谭市长都可以，就是不能离开长沙城。”

“我×他老母！”谭天圆气得用平江话大骂，“被跟踪了、限制了，比他妈的桥本还可恶，看来连我也被软禁了。”

他抓起桌上的茶杯摔到地上。

“老子的军刀呢，取来，老子去找姓金的算账！”

谭天圆来长沙就任时带了他在骑兵团的军刀。

老礼自然不会去替他取军刀，只是劝他别发怒，就是去找金元寻也要好好讲。

谭天圆自己去取军刀，慌得老礼连忙将他拖住。

老礼能拖住谭天圆？他一把将老礼摔倒在地。

谭天圆手执军刀，怒冲冲正要去找金元寻，金元寻来找他了。

金元寻还没进门就喊：

“谭市长，有空吗，一起上潇湘楼吃饭去。”

一脚跨进门，愣了。

谭天圆手执军刀，怒目而视。老礼在地上哼哼。

“谭市长，你这是干吗？”

“干马（吗），干牛！老子手里这把军刀今天想开荤。”

老礼平时似乎有点憨，说话也不性急，要紧时刻何等灵泛，他一听得金元寻来了，本已爬起的他又往地上一倒，大声哼哼。

“金组长，是我犯了错，惹得谭市长发火。”他爬到谭天圆身前，抱住谭天圆双腿，“谭市长，看在老乡的面上，你饶了我。”

“哎呀，谭市长，再大的事也用不着这样发火嘛。”

“是啊，谭市长，金组长来了，你给他一个面子，饶了我。”

谭天圆见老礼跪在他面前“哀求”，这“哀求”分明就是在喊“使不得使不得啊”，不能对金元寻动手。老礼比他年纪大，是他爷老子特意派到他身边的。得先生当面对他说得很清楚，忤老礼即忤汝父。加之金元寻喊的是“一起上潇湘楼吃饭”，他能不就着老礼的苦心“转移”？

其实谭天圆也就是做做样子，吓唬吓唬人，发泄一下心里的怨气。样子要做得像，话也要讲得牛。

“我告诉你，当年在骑兵团，有多少人成了我这把军刀的刀下之鬼，多年没用了，哼！”

谭天圆这话，明着是对老礼说，实质当然是说给金元寻听。至于金元寻是否能听出来，只有金元寻自己知道，他也不是等闲之人。反正都在演戏，金元寻来喊吃饭本来就是演戏。

“行了行了，老礼快起来，谭市长饶恕你了，别耽搁我们上潇湘楼，好多朋友在等着呢。”

这“行了行了”是不是暗示谭天圆和老礼别演戏，也只有金元寻自己知道，他演的戏谭天圆和老礼此时则肯定不知道。其实真还搭帮老礼演戏，否则，谭天圆要让他的军刀去开荤是绝对不会，对着金元寻比划比划倒是有可能。谭天圆的军刀一比画，金组长后面的戏也演不成了。当然，他那句“上潇湘楼吃饭去”的开场白，应该能延缓谭天圆的军刀比画，只是肯定不太好收场。

谭天圆问：

“一起吃饭的有哪些人？”

金元寻说：

“都是长沙有头有脸的人物，难得凑到一起。”

谭天圆说：

“那就去啰。”

金元寻忙说：

“谭市长，请，请。”

谭天圆将军刀往地上一扔，“哐当”响。老礼赶忙捡起。

在去潇湘酒楼的路上，金元寻用带点秘密的口气告诉谭天圆，说上任不久的湖南省政府主席吴奇伟有意改组省政府，据他所知，谭市长是人选之一。谭天圆听着这话似曾耳熟，但一时想不起是谁对他说过。虽然没想起是谁对他说过，心里的气还是消了不少。

谭天圆是个性情中人，还是要当面质问他这两天怎么被“闲”了，老礼怎么连出城都出不了。他如果这么一问，老礼的戏就白演了，他不得不当的“配角”也白当了。他正要开口，潇湘酒楼到了。

一到潇湘酒楼，罗招在下面等着。

“谭市长，请上楼。”

谭天圆说：“罗副组长，你还亲自在这里等啊，有什么好东西吃，不会是鸿门宴吧。”罗招说：“谭市长会说笑话，你上去见到那些人，他们就是想搞鸿门宴也搞不起。”

上了楼，嗬，齐齐站起对谭市长打拱手的有：聚爷榴聚慎、恒昌总经理徐归、万昌公司老板魏铮……满满一桌全是长沙商界名流。

开吃前，金元寻和罗招说的全是谭市长的功绩、商界各位在长沙沦陷期间如何如何的不易。商界名流自然都是频频点头附和，说对对对、是是是。

酒菜上来后，金元寻说：“咱们这聚餐纯粹是交朋友，以后我金某和罗先生就是各位的朋友，谭市长更是你们的老朋友。沦陷期间，如果没有谭市长，不把肖德贵那样的人枪毙，在座的各位都会是受害者，有的也许已经没机会坐到这里了。所以第一杯酒，应该敬谭市长。”

“对对对，敬谭市长。”

“第二杯酒敬商界诸位朋友，感谢诸位在日本投降后，对长沙市场秩序稳定所尽的力。当然，这又是谭市长处理有关事项有方。如果没有谭市长果断采取措施，各位想尽力也尽不上。”

金元寻说：“第三杯酒嘛，先给各位朋友打个招呼，以后有需要帮忙且在我和罗先生管辖范围内的事，只管来找，一定为朋友尽力。再有，今儿个这酒，大家要喝个痛快，聊个痛快，不受拘束，一醉方休。我就先自己喝了。”

“我已喝了三杯，今儿个嘛，因为是我做东，所以抢着先说了几句，现在请谭市长讲话。”

谭天圆说：“今天是金组长请客，我是吃客。吃客嘛，带张嘴来就是吃喝，话就别讲了。”说完，他就自饮一杯。

谭天圆连喝三杯，然后和金元寻碰杯。他想：“今天老子喝酒也要放倒你。”

“谭市长海量，金组长也是海量，我来敬大家一杯。”罗招举杯，“喝完这杯，大家随意。”

金元寻说了要喝个痛快，聊个痛快，不受拘束；罗招要大家随意。可在座的老板能痛快、随意？他们心里都忐忑，都怕这是个鸿门宴。

徐归低声对聚爷说：

“聚爷，那个金大员说他做东……”

聚爷说：

“他做东，你能让他掏钱包？”

徐归点头，说：

“那等下由我……”

聚爷说：

“这话还好意思说出口，你就只管吃吧，吃了再说。”

聚爷举杯，喝，喝！

这餐饭终于吃得要散席了，金元寻和罗招除了闲扯，没说一句让老板们紧张的话。

徐归要去结账，老板们纷纷抢着要买单，金元寻说：“我一来就讲是我做东，怎么能让你们买单？”他自然“争”不过老板们，只得说：“那明天归我，明天我请。”罗招说：“我看干脆这样好不好，轮流做东，咱们把长沙的大酒店、好酒店全吃遍。”这话一出，除了谭天圆，个个喊好。聚爷站了起来：

“这轮流做东就从我这里开始，今天这账，我已经结了。”

聚爷什么时候去结的账？没见他起身。

“今天这结了的账不能算我做东，明天去‘三和’，从我这里开始，就这么转着来。”聚爷用手自左往右画了个圆圈，“轮着谁，就是谁，地点由他定，酒菜由他点，他点什么我们吃什么。行吧。”

聚爷毕竟是聚爷，他这么一说，都不争了。

自此后一连数天，金元寻和罗招都是和这些大老板吃喝，并不断有人加入进来。新加入进来的不光有大老板，还有中小老板，不光是商界人士，还有非商界人士，总之都是些上得台面的人物。新加入进来的或是“老客”介绍，或是“慕名”而来，都说金、罗二位够朋友，交上这样的朋友才不会吃亏。

徐归私下里跟聚爷说：

“聚爷，看来姓金的和姓罗的确实如一些人所说，什么接收大员，就是趁机捞吃捞喝的酒囊饭袋，吃了‘潇湘’吃‘三和’，吃了‘西濠’吃‘奇珍阁’……长沙的酒楼真的会吃遍。依我看，他俩不光是捞吃捞喝，还想要我们进贡，得下狠心送他俩一笔大的。据说已经有人偷偷地送了。”

聚爷说：

“谁已经送了？”

徐归说：

“我只知道万昌的魏老板已经送了，别的人还不知道。但肯定都送了。我们如果再不送……”

聚爷说：

“徐归啊徐归，你硬是个木鱼脑壳，不敲不晓得响（想），你以为金元寻、罗招真是酒囊饭袋，真想趁机捞一笔？那是军统的人啊，军统的人只会喝酒？别看他俩好像喝得醉醺醺，那是醉翁之意不在酒。”

“聚爷，那他俩在乎什么？”

聚爷慢吞吞地说：

“在乎你我，还有酒桌上的所有人也。”

“在乎我们？不会是……”徐归没说出他最担心的事，怕说出来不吉利，“可他俩整天喝酒，没见去办别的事啊！”

聚爷只说了句“你连个木鱼脑壳都不如”，不说了。

聚爷不说，徐归也不敢再说，再说就不仅仅是“木鱼脑壳”了。愣了一会儿，忍不住问：

“那要何似搞（长沙方言，意为怎么办）？”

他问何似搞，聚爷还是答话：

“何似搞，随他搞。该吃照样去吃，该乐照样乐，轮到买单就买单。东西不能送，送了是白送。”

徐归觉得这个姨姐夫此时的话有点费解，哪有送钱物会白送的呢？在这之前，你不就是经常送的吗，此时人家都送了，你不送，金元寻、罗招会有好果子给你吃？！他虽然当过兵工厂厂长，对这个姨姐夫聚爷却只能唯唯诺诺。

徐归“嗯嗯”着“告辞”。刚要出门，聚爷喊道：

“回来。”

徐归只得转身。

聚爷说：

“你的嘴巴给我闭紧了，和石冈那笔交易，就算用金筷子夹龙肉送到你嘴边也不能张口。”

谭天圆也觉得金元寻、罗招不是什么好玩意，怎么派两个这样的人来担此接收大任，天天就知道吃喝。

谭天圆在潇湘酒楼吃了那一餐后，再没去。他想告这两人一状，可目前这两人就是他的顶头上司，无法越级告状，他见不着别的领导。

他预感到自己会有麻烦，在日本人手里都没出现过这种境况。他想见桥本就见桥本，他还能和桥本当面顶，还能以辞职来要挟桥本让他逮肖德贵。想到桥本，他猛然记起，他要桥本准许他抓陈万丈时，桥本说他是准备成立的省政府主席二人候选人之一。金元寻在喊他去潇湘酒楼的路上，说他是吴奇伟要改组的省政府人选之一，他当时听着这话似曾耳熟，但一时想不起是谁对他说过。这下想起来了，是桥本。

“难道是因为日本人提名我为他们的省政府主席候选人惹出了麻烦？这是没向重庆方面报告的。当时应该报告。可我以为那是桥本说的不足为信，况且那省政府也没建起来啊！这个金元寻又说我是吴奇伟要改组的省政府人选之一，什么意思？”

吴奇伟如果真的属意自己，怎么自己连见他都见不到？

金元寻的话是不是暗指伪省政府？

金元寻如果要找自己的麻烦，怎么又没立即撤掉自己？

虽说没撤掉自己，可种种迹象表明……

莫非真要把自己当汉奸办？

自己没做错什么啊，给河西递送“老东打闹”的情报，几乎每次日本兵出动都事先告诉了河西；枪毙肖德贵，要抓陈万丈；在接收人员到之前，社会秩序是自己整好的，市场是自己整好的。

他又想到民意，枪毙肖德贵，市民拍手称快啊！捉拿打抢的，商铺重新开门，市民叫好啊！

“既然怀疑老子，你来调查老子啊，又没人来。老子不怕，老子有薛岳的手令，老子的名字是老头子给起的，老子当这个市长是奉令行事。可是，怀疑老子怎么还把迎接王耀武那么重大的事交给老子办？连安保都由老子负责。”

谭天圆焦躁不安。他觉得自己像被困在笼子里的老虎。

肯定是有人陷害！

肯定就是金元寻、罗招！

谭天圆在肯定陷害他的人就是金元寻、罗招时，金元寻来了。

“怎么，又来喊我去吃喝啊，今天去的是哪个酒楼？”

“今日酒宴已吃过了，知道谭市长不愿去，所以没来喊。”

“酒宴吃过了你来干什么？”

“特来和谭市长叙一叙。”

谭天圆那军人直筒子脾气立时来了：

“好，叙一叙就叙一叙，我问你，我的市长被撤了没有？”

“没有。你是市长。”

“我还是市长，那么我手下的人员都到哪里去了？”

金元寻说：“谭市长，这个你应该清楚，伪政府的班子得换掉，即使是留用的，也得经过审查。”

“那为什么不审查我？”

“所以就要来和你叙一叙啰。”金元寻说，“谭市长，你先得沉住气，听我说。兄弟我把兜底的话都告诉你，对于你个人，上面是知道的，你的功绩摆在那里，谁也抹杀不掉。具体的我就不说了。你在伪市政府，我在河西，咱们明里暗里、城里城外，配合默契，日本人在长沙没占到多大便宜。总算等到长沙光复了，我金某大摇大摆进城，代表正义得胜之师，你谭市长可就受委屈了。民众不知道啊，只知道你是伪市长啊，这伪市长就是大汉奸啊！舆论不饶人啊！所以你也只能受委屈。不过你想一想，多少敌伪地方头目，接收人员一到，立即逮捕。而你呢，这么久了，市长位置没动，王耀武将军来，还是由你亲自部署迎接。这说明什么呢？说明上面还是相信你的。我知道你现在认为自己被闲置了，闲就闲一段时间吧，会好好给你有个安排的。”

“前几天你喊我去潇湘酒楼，在路上说我是吴奇伟要改组的省政府人选之一，什么意思？”谭天圆还在想着金元寻是不是暗指伪省政府候选人的事。他认为这才是最关键的问题，必须弄清。

金元寻好像一时没记起说过的这句话，想了一会儿才说：

“我听吴主席亲口说过，说你有办事能力。他要改组省政府，能不考虑你？吴奇伟背后夸过什么人，也就是夸过你。”

听金元寻这么一说，谭天圆把悬着的心放下来了。但他又问：

“我派老礼去找得先生，为什么不准他出城？”

“得先生？得先生是谁？”

谭天圆如果直接说他爷老子的名字谭得，金元寻知道，可谭得只在他老家平江三眼桥被喊作得先生。

“我只问你为什么不准他出城。不准出城也罢，说什么市长的人可以去见市长，谁都可以去见市长，就是不能出城。这又是什么意思？”

金元寻说：

“谭市长，兄弟我在你这里犯的一个错误，本不能说的，可我也对你说了吧。那不是我们搞的，我们怎么能不准老礼出城，我们知道他是你的亲信。我们如果要搞你的路子，难道不会去跟踪老礼？是中统那个姓胡的搞的。用长沙话说他就是发宝气，不准出城。行了，谭市长，我的话只能讲到这里为止。你就静心闲一闲，养好身体，等着另行安排，不会亏了你的。我如果是你，这段时间我就只管去吃，去喝。提着脑袋过日子过了这么多年，脑袋还长在脖子上没掉，还不多吃点，还不多喝点。不吃白不吃，不喝白不喝。兄弟告辞了。”

金元寻这番“叙一叙”的话，谭天圆认为有这么几个关键词：功绩、委屈、安排、能力。

“承认老子的功绩，说老子受了委屈，答应有个好的安排。最关键的还是省主席吴奇伟说的那一句。”

倒不是因为省政府主席说他有能力，而是觉得别人给了他很高评价，他认为“受委屈”也值了。而是他想，“有能力”这话既然是金元寻说“听吴奇伟亲口说的”，那么，不管金元寻说“吴奇伟要改组省政府，他是人选之一”的话是真是假，都和伪省政府把他作为候选人的事没有关系。

只要和伪省政府候选人那事没关系，他就不怕。而伪省政府候选人之事也就是没报告而已。但他知道，就凭没报告这一点，追查下来就非同小可（可没人知道啦，自己也就是听桥本提了一嘴，而桥本早已死了）。

谭天圆这次根本就没抓住主要矛盾，他以为“没报告”是会被人抓住的“致命之伤”，其实报告或没报告都无所谓，和他同被列为伪省政府候选人之一的黄烟韭就逃过了此劫。黄烟韭不但是两个候选人之一，而且已被日本人定为省政府成立工作的主持人。此时，他已从长沙逃走，逃到湖北后被抓。在湖北省高级法庭审判他时，他说他虽被日寇要求主持成立伪湖南省政府工作，但直到日寇投降，伪省政府仍然未能成立，何故？乃他借事拖延，先成立一个湖南省设计委员会，得先设计好再成立伪省政府。这一设计，就设计到了日寇投降。结果湖北省高级法庭判决他无罪释放。湖北省高级法庭判他无罪，乃因没有压力。什么压力？民众和舆论的压力。一个从湖南逃到湖北的汉奸，不关湖北人多大的事，湖北人关注的是湖北汉奸。如果是个主持成立伪湖北省政府的人，敢判他无罪？

谭天圆没听出金元寻关于“民众和舆论”那句话的分量，金元寻说：“民众……只知道你是伪市长啊，这伪市长就是大汉奸啊！舆论不饶人啊！所以你也只能受委屈。”

金元寻这句话是句大实话，民众和舆论能放过你这个伪市长？军人出身的谭天圆忙于政务，没去关注他原来的同行——守衡阳第十军的下场。第十军孤军死守衡阳四十七天，创日军攻城之仗最大损失，最后弹尽粮绝，衡阳城破，仅剩下几千难以动弹、被红头苍蝇萦绕的伤兵。结果举国上下声讨，说为什么不全部战死，还有何脸面存活于人世！第十军背骂名几十年，以至于残存老兵只能搬出毛泽东的一句话，毛泽东说："守衡阳的战士们是英勇的。"而在衡阳保卫战两年前的菲律宾战场，美军从马尼拉撤退后，日军说要活捉麦克阿瑟，将其押至东京受审，并割下他的头，挂在帝国广场示众。美军统帅部立即严令麦克阿瑟离开这支部队，飞往澳大利亚，担任新成立的西南太平洋盟军总司令，由其手下将领温赖特代为指挥全部美菲联军。美菲联军撤到巴丹半岛陷入绝境后，罗斯福总统亲自下令，要温赖特率军投降。温赖特被押送到日军建在中国沈阳的战俘营中服苦役。而在密苏里战舰受降仪式上，曾经的降将温赖特就站在受降主帅麦克阿瑟的身后，列席参加仪式，看着日方代表在投降书上签字。签字仪式后，麦克阿瑟用专机将他和曾在新加坡投降的英军司令珀西瓦尔送到马尼拉，让当年俘虏他们的日军将领山下奉文向他们签字投降。第二年，温赖特升为上将，任美军第四集团军司令。国民革命军第十军军长方先觉、主力师预十师师长葛先才等则自衡阳保卫战后便被闲置，饱受国人诘难，最后郁郁而死，惊天地泣鬼神的衡阳保卫战竟至于在几十年内无人提及或不敢提及。倒是参加过衡阳攻城仗没被打死的一个日军老兵绘有一幅大型油画《衡阳之战》，油画所表现的是他们面对第十军士兵构筑的绝壁工事发起一番又一番攻击的场景，画面上部是守军凭借绝壁工事在顽强抵抗，从如同被鲜血染红的绝壁工事扔下的集束手榴弹、日军炮弹爆炸交织起冲天火光。画面中部是不断进攻的日军、横陈的日军士兵尸体。画面下部是躲在掩体后面随时准备再次进攻及急切呼喊援兵的日军士兵。这个日军老兵将这幅油画的影印缩照送给葛先才、白天霖作为纪念。白天霖当时是第十军预十师迫击炮连连长，正是他指挥发射的迫击炮，将日军第六十八师团长佐久间为人中将、参谋长及其身边人员等悉数炸死。另有一些日军老兵，在古稀之年到方先觉的墓前鞠躬，表达敬佩之意，敬佩这位令他们遭受重大损失、战至弹尽粮绝的将军。

谭天圆还不可能知道，蒋介石曾只要第十军固守衡阳两个星期，并给过方先觉“二字密码”，说战至实在支撑不住时，只要将“二字密码”发出，四十八小时解衡阳之围。

谭天圆对蒋介石的话从没有过半点疑问，他绝不会想到，蒋介石所赐的代号“天圆”，其实也就跟给方先觉的“二字密码”差不多。他只想着自己为河西提供“老东打闹”情报的功绩；他只记得枪毙肖德贵，民众拍手称快；他只记得商铺重新开门，市民拍手叫好。他还以为那就是民意。他没想到后来审判他时，民众更拍手称快。

谭天圆要想免去牢狱，只有学黄烟韭，逃。逃到外省去，逃到一个与长沙无关的地方。可他会逃吗？他才不会逃。他自恃有功，他连“委屈”都受不了。这次有了金元寻的勉慰，他的焦躁平复了很多。至于那个中统姓胡的要搞他的路子，那就搞吧，自己有薛岳的手令，有老头子的赐名在这呢。

他觉得自己是得静心闲一闲，养好身体。他在等着一个好的安排。

诚如聚爷所言，金元寻和罗招不是酒囊饭袋，军统的人不是只会喝酒。他们不动声色，早已在长沙南大十字路设立了一个机构，这个机构不挂牌子，看似趁机乱办的一家非法公司。附近的市民猜测是贩鸦片，谁也不敢进去看个究竟，毒品走私窝，敢进？也有大胆的向金元寻、罗招等密报，得到的回复是先别打草惊蛇，时候一到，一定取缔。

这个机构在暗中调查摸底，掌握汉奸及其财产问题。

金元寻、罗招的“轮流做东”，也就是先要稳住酒桌上的这些头面人物，让他们误以为对手无能。他俩不但以好酒贪杯的面目出现，而且对送来的钱物照收不误，登记在册。通过这些头面人物，又拉来、引来更多有问题的人。他俩有一条定律：没有问题的人，谁来花钱请这个酒宴？于酒宴的“胡扯”中，又能得到线索，一有线索，那个被认为是贩鸦片的机构立即秘密行动。

经历过无数风浪的聚爷既然已经知道他们是“醉翁之意不在酒”，为什么不逃呢？一是要逃早逃，此时还想逃，为时晚也，逃不掉了；二是舍不得逃，石冈有那么大一笔货款在恒昌。他知道，石冈想要回去是不可能的了，而只要不被发现、不泄露信息，这些钱就是他的。故而他叮嘱徐归，就算用金筷子夹龙肉送到你嘴边也不能张口。

金元寻、罗招对密报“毒品窝”之人所回复的话在一个月后兑现。“毒品窝”挂上了“侦缉调查局”的牌子，不但欢迎市民进去举报毒品、走私等，更欢迎举报汉奸。附近市民说：“嘿，那个黑窝被端了，侦缉局的也会占地方，那地方是好呢！”

就在挂牌的头天夜里，金元寻、罗招突然采取行动，将全市大大小小有不同问题的汉奸，无论是经济汉奸，还是政治汉奸，抑或“双料货”，统统抓了，关进监狱。

聚爷、徐归、万昌魏老板等作为经济汉奸被抓，谭天圆、老礼及伪市政府一些人员作为政治汉奸被抓。陈万丈是典型的“双料货”，但已被炸死，类似于他的全被抓，章质紊和林韵清也在内。除了趁乱逃走的如黄烟韭，基本上无漏网之“鱼”。

有市民到侦缉局举报“二五”，说坊长“二五”也是小汉奸。金元寻要人将“二五”带来，他看了看，问了几句话，说这就是个“二百五”，回去！“二五”回到街坊后，晚上照样打锣，照样打锣才好要酒钱。街坊人此时懊悔不该“选”他当坊长，不用应付日本人了他照样要酒钱，可已没办法，告他个小汉奸也没用。只是“二五”打锣喊完“防火防盗”后，把“防没良心的打劫”改了，改成“哪个讲我是小汉奸，我×他妈妈瘪”。

二十六

聚爷和徐归在头几次分别被提审时，问其他的经济活动，随问随答，非常配合。但只要一涉及恒昌那笔大交易，无论怎么问，两个人都是铁紧的嘴巴。

金元寻已调查到日寇投降前半个多月，有大批货物进入恒昌，但这批货物很快又没了。这个情况是恒昌临近商行提供的，当初看着恒昌连续三天进那么多货，能不眼红？但眼红归眼红，人家有那个本事，你拿着卵办法。待到调查徐归的人一来，这个商行老板见恒昌没有人（恒昌的人全跑了，此时提供情况没人知道，不会得罪同行），能不立马提供？只是不知道这是石冈的货物。商行老板告诉调查人员的是，那肯定是日本人提供的货物，除了日本人，谁有那么多紧俏货？而且，那么多紧俏货在十来天又运销一空，货款能是小数目？提供情况的商行希望调查人员能查获那批巨款，并又密告，恒昌经理徐归和聚爷有亲戚关系，聚爷是徐归的姨姐夫，没有聚爷，他徐归办不起恒昌这么大的商行，也搞不来那么多的紧俏货。密告毕，此人心里说："对不起了聚爷，谁叫你一心只帮徐归从没帮过我呢！"

审聚爷、徐归关于恒昌的那笔大交易无果，却在审林韵清时获得重大突破。

林韵清和章质紊是被作为"双料货"分别受审，审"双料货"先审政治问题，政治还是得放第一。

审政治问题时，章质紊和林韵清的口供基本一致，说他们确实是第一批回城的，回城的目的也确实是想在日本人手里发点财，所以冒充长沙工商界代表去和日酋谈判。谈判什么呢？想要日酋让他们当商会主席、副主席，可日酋根本看不起他俩，认为不够资格，结果被派去掩埋尸体。“惨啊，那么多尸体，全腐烂发臭了！”可不埋不行啊。一是日酋限令三天之内得完成，没完成就要他们也变成尸体；二是看着被杀死的长沙人不埋于心不安，总得有人埋吧，况且那里面还有很多是守城士兵的尸体；三是如果还不赶紧埋，怕暴发瘟疫啊，所以不得不替日本人埋。

审问的听到这里就打断：“说后来的事，后来干了些什么？”

后来就下乡去劝说难民回城，动员农民到城里卖菜蔬。他们确实劝说了很多难民回到城里，农民也开始进城卖菜蔬。还要老实交代的是，最先回城的时候和下乡劝说难民的时候都打了白旗，不打的话怕日本鬼子开枪。“你哪家晓得，那个时候日本鬼子是乱开枪的。只有打白旗还稳当一点。好多商铺、市民房子外面也挂了白旗，你哪家可以去调查，这全是实话。”

“再交代后面的！”

再后面的供词章质紊和林韵清就不一样了。

章质紊说他到处去找发财的门路，一直没找到，碰上个陈万丈，被骗不说，差点死在他手上。章质紊狠狠地骂陈万丈，说陈万丈用宪兵威胁他，害得他只好装疯卖傻，才逃过毒手。说史三、孙兴死在他手里，还有好多商人被他送进宪兵队受酷刑而死。“搭帮美国飞机，把陈万丈一家都炸死了，恶有恶报，别人说老天有眼，我说美国飞机才是真的有眼。”

审讯官喝问林韵清，为什么不主动交代将女儿送给石冈的事。林韵清说他以为这是个家事，审讯官不会感兴趣，所以没主动交代这个问题，现在老实交代这个问题。

审讯官之所以问到这个问题，是市民举报，说他将亲生女儿送给石冈做外宠。军统在调查时，有人说是林韵清带着溜溜进入他为石冈选好的得福巷十八号后，当晚即自己设一盛宴，请石冈前来一同饮宴。宴后，趁其女熟睡，引石冈进入其女房间，让石冈强行奸宿。但林韵清的邻居不同意这种说法，说林韵清将亲生女儿送给石冈是实，但说他趁其女熟睡，引石冈进入其女房间，让石冈强行奸宿不可信。一是倘若当天晚上石冈便施暴，以溜溜的性格，会把得福巷闹翻天，会和她爷老子翻脸，甚或真的以头撞墙，死给她爷老子看。邻居说他们是看着溜溜长大的，溜溜的性格他们晓得。二是得福巷所谓僻静，是指巷子而言，十八号房的左右、对门都住有人家，以石冈的老到，他不会强行行事。得福巷的街坊老人则说，林韵清安排他女儿住进十八号后的头几天，石冈确实是下午来，待一会儿就走了，并未留宿。而林韵清女儿正式成了石冈的外宠后，变得低眉顺眼温顺了，可见她也乐意服侍石冈。

林韵清关于这个问题老实交代的口供和得福巷街坊老人说的差不多，说是石冈用手段计谋使他女儿就范。

审讯官正要就这个问题的性质质问林韵清，林韵清却突然说到了恒昌，说他知道恒昌有一笔大交易是和石冈做的。

林韵清为什么主动供出，是他知道石冈已经被抓关起，那笔大交易肯定还有货款在恒昌。如果石冈没被抓，他认为石冈会分点给他，毕竟有那么一层关系，如今关系没了，那笔货款他肯定一分钱也得不到，只能是聚爷和徐归得到。“老子得不到，你聚爷和徐归也休想得到。”

其时林韵清还没想到检举揭发、提供重大线索可立功，能将功折罪。他只是抱着“要得大家得，得不到都别得”的大众心思说出来的。审讯官一听，这真是踏破铁鞋无觅处，得来全不费工夫。得，先把此人带下去，忙去报告金元寻。

金元寻立即从俘虏营里提审石冈。审完石冈后立即提审聚爷和徐归，同时审。这回聚爷和徐归全傻了眼，石冈全供了。

聚爷比徐归先开口：

“我们立即全数缴上货款。”

林韵清供出恒昌那笔大交易与石冈有关，还使得他女儿溜溜免受审讯。本来得传问溜溜，石冈到底对她强行施暴否。如果强行施暴，石冈得加上一条罪状。可既然已经从石冈、恒昌那里将一笔巨款收缴，就懒得追问那个“家事”问题了。再传问也麻烦，石冈被抓后，溜溜便回了乡下。

溜溜回到乡下后，林韵清写信要她嫁个乡民成家了事，可她的眼光已经高了，想找个能让她继续过“好日子”的人。这种人难以找着，嫁人之事遂久拖未决，这一拖就拖到了人民政府成立后。她原本想着在乡下已好几年，无人知晓她做过石冈外宠那段历史，但很快被人检举揭发。检举揭发后，没定她为汉奸，而是定为坏分子。乡民背地里则讲她是被日本人干过的烂货。虽然被定为坏分子，但从年龄来说，她才二十出头，从相貌来说，不但依然漂亮，而且有种乡里女人没有的气韵。她在快满二十三岁那年突然死了。死前也没见她有什么病，好好的，一下就死了。有人说那个烂货死得好，不死总会祸害别人；也有人略微叹息，说：“那个女人，唉，死得太年轻了一点。”

二十七

聚爷、徐归缴款后不久，因有李玉堂那个背景，被释放了。万昌的魏老板及其他没有直接和日本人合作的经济汉奸也都是缴款后陆续被释放。原本被定为“双料货”的林韵清和章质紊，没追究政治方面的问题了，只追究经济方面的，同样得缴款。林韵清想瞒一些，但瞒不住，只能在心里说“军统厉害，×他妈妈瘪”。章质紊则只能把拖埋尸体赚来的钱全缴了。

林韵清被释放后，碰上南门口的人，想躲开，可人家早就看见了他。迎上来，亲热地说：“糖粑哥，好久好久没呷到你炸的糖油粑粑了，你还是来炸糖油粑粑咯，你炸的糖油粑粑真的好呷呢！”章质紊回到街坊，街坊人说：“章百粒你回来了啊，你还是开杂货店稳当得多。”章质紊说：“哪里还有本钱啰，老本都没了。”早就重新开张的百粒丸老板喊：“章百粒，你每天还来我这里吃百粒丸啰，我的百粒丸又加了新调料。”章质紊说：“可以赊账不？赊账我就来。”百粒丸老板说：“如今赊账就赊不得啊！”

被释放后的徐归问聚爷：“石冈到底是不是个真日本人啊？都说日本人硬，宁肯剖腹自杀也不当俘虏，当了俘虏要想从他口里掏情报，等于敲张开嘴巴的木鱼。他怎么一问就招，而且招得那么彻底，也不晓得留一点。”

聚爷说：“硬？硬又怎么地，举国投降，也没见举国自杀。硬得一时硬不了一世。”

徐归叹口气：“唉，白忙活一场。”

聚爷说：“知足吧，若不是我要你先找到李玉堂将军再办恒昌，你还想被释放，就在里面吃牢饭吧。”

徐归应着“是，是”。心里说：“要吃牢饭也是你先吃，石冈是你的朋友。”

聚爷说：“我这个人啦，就是容易知足，知足常乐。”

徐归说：“李玉堂还是讲话算数，军统肯定去调查过，他如果说没跟恒昌合作，我们就惨了。”

徐归没附和聚爷“容易知足”的话。

“什么容易知足，是没办法了。”这话，他当然不敢讲出口。

李玉堂和恒昌做生意所讲的话算数，薛岳要谭天圆去当伪市长的手令可就讲不清。

要谭天圆交代罪行的是中统胡呆，一个小年轻。

要他交代罪行虽然和审问差不多，但不叫审问，叫谈话。胡杲说是奉命调查。之所以没叫审问，因为他是政治人物，而且是个大政治人物，可称湖南最大。越是大的越得先谈话。只是胡杲自行将谈话改为调查，他心里想的是："一个大汉奸，还和他谈话？谈什么话，有什么话可谈？"

谭天圆说：

"你到牢房里来调查我？"

谭天圆的态度显然不好，胡杲的火气顿时上升：

"说！你为什么投敌？"

谭天圆说：

"你凭什么说我投敌？我说你才是投敌！"

胡杲冷笑一声：

"你当伪市长近一年，不是投敌？难道在抗敌？"

谭天圆说：

"这近一年我一直跟河西有联系，从没听说过有你这么一个人，岳麓宪兵队里倒是有个姓胡的，应该就是你。"

胡杲大怒：

"谭天圆，你少胡扯，说，你是怎么当上伪市长的?！"

谭天圆立即回骂：

"姓胡的，你瞎了眼，老子是奉薛岳将军的手令来当这个伪市长的！"

胡杲愣了一下：

"手令？你把手令拿出来。"

谭天圆说：

"我把手令给你？你也配看薛司令长官的手令？手令老子收得好好的，你想搜也搜不到。你要手令是想撕毁吧，撕毁了好往死里整老子吧。你以为老子不知道，你早就在监视老子，老子派个人出城都被你拦住。你早就要对老子下手。小子啊，你最好这次把老子整死，没整死老子，老子出去就要整死你！”

谭天圆一口一个“老子”，胡杲气得大喊：

“谭天圆，你太嚣张了，我不信治不了你！”

谭天圆说：

“你动刑吧，老子等着。老子要向你讨半句饶，老子就是你个狗娘养的。”

“行，行，你等着。”

胡杲气冲冲地走出去，转念一想，这个王八蛋怎么知道是自己拦阻他的人不准出城。

胡杲要对谭天圆动刑，负责此专案的组长说不行，动刑是不能动的，谭天圆说他有薛岳的手令，这事还真不能性急。胡杲说：“有薛岳的手令又怎么啦，谁知道他说的是真是假，就算是真的，该怎么办还得怎么办。”他知道薛岳自长沙失陷后就失去了蒋介石的信任，撑到日本投降前夕，就连担任了好几年的湖南省政府主席都没了，由吴奇伟接任。

专案组组长说：“胡杲啊胡杲，有人喊你胡日，有人喊你胡木，你取个名字没几个人认得，办起事来就真的是个胡搞。先向上面报告！摸清上面的意思再说。”

罗招知道胡杲审谭天圆被骂了一顿娘，对金元寻说：“榴聚慎那么老奸巨猾，都被我们制服得老老实实缴出藏款，我们干脆将谭天圆的案子接过来，再显点本事给他们看看。”金元寻说：“这个本事不能显，这个刺头不能接，中统的事儿咱们去凑什么热闹，看看热闹还差不多。”

和谭天圆“谈话”的换了一个人，此人姓冯，曾是得先生的同事。谭天圆喊他冯老。

冯老一来，“谈话”的气氛平和多了。冯老先叙和得先生的交情，然后由谭天圆“自由发言”，他只倾听。

谭天圆遂说，他和父亲得先生本在平江三眼桥田庄过归隐日子，长沙沦陷后的某夜，有特使来到田庄，持薛岳将军手令，本是要得先生打入伪组织、出任伪长沙市长。得先生拒绝不从，是他挺身而出，愿代父亲出任。薛岳将军手令他还保存着，如有必要，可当众出示。

“必须当众出示！”谭天圆说，“这点头脑我还是有的。冯老你知道的，只有当众出示才可保手令无恙。否则，被中统那帮王八蛋收去，销毁了事，查无对证。我谭天圆虽无知，还不至于傻到他们所想象的地步。”

冯老点点头，不插话。

谭天圆还说了一些别的“机密”。他说早在长沙沦陷前数年，地点仍在平江三眼桥田庄，他接到老头子派人带来的指示，要他跟唐生明去南京打入汪伪组织，但因条件不成熟，未去。在进长沙伪市政府之前，他经人介绍参加了“国际问题研究所”，可找介绍人证实。

唐生明是唐生智的弟弟，黄埔军校第四期毕业生，曾任国民革命军第四集团军第八军副军长、代理军长。这第八军就是谭得任职之军。唐生明又曾任长沙警备司令部副司令、代理司令。1938年春，常德、桃源警备司令酆悌要求与他对调，时任湖南省政府主席兼保安司令张治中希望酆悌来长沙，唐生明去常德、桃源警备司令部则可去掉个“代”字。遂都同意。为张治中所器重的酆悌到长沙却是走上断头台，他上任警备司令不久，发生“文夕大火”，一夜之间全城多被烧为瓦砾。民情愤慨，酆悌和长沙警察局局长文重孚、保安团团长徐昆等被作为替罪羊公开枪决。谭得先生曾说张治中负有不可推卸的责任。到了常德的唐生明说他若是还在长沙，那一把火有可能烧到他头上，人称他是福将。汪伪政权成立后，这位福将奉蒋介石之命打入汪伪政府，立即被汪精卫委派为伪军事委员会中将委员。

谭天圆之所以特别提到唐生明打入汪伪组织的事，是因为他认为自己进入长沙和唐生明有类似之处。

唐生明自己愿去南京，谭天圆自己愿去长沙。

唐生智坚决反对唐生明去南京，说如果自己的弟弟去投敌，别人不知道他是奉派接受了特殊任务，还以为自己会同意弟弟去当汉奸。这置他于何地？

谭得先生自己不去长沙，也反对儿子谭天圆去，说："什么为救国计！这是害人计！想陷我于叛国之境！"

唐生明去南京前请唐生智写一封信给汪精卫，唐生智说："你不顾一切，只图自己享乐，还想把我也搭进去。别人如果拿我写给汪的信攻击我，我如何自圆其说？你要去你就去吧！你见到汪精卫也不准提到我。"

谭得在谭天圆执意要去长沙后，说："你去后，不准提到我是你父亲。"

戴笠为了让唐生智同意唐生明去南京，说这是为了抗战。唐生智说："抗战要派兵去抗，派人去投敌当汉奸怎么抗呢？"

薛岳派去见谭得的特使为了让谭得同意谭天圆去长沙，也说是为了救国。谭得说："派人去当伪政府官员就能救国？"

要唐生明去南京是戴笠找他面授机宜，蒋介石亲自指示；谭天圆去长沙有薛岳的手令，蒋介石赐代号。

两人有一个最大的共同点，那就是都有公子哥儿的秉性，不但适应而且喜欢都市生活。两人又都是军人，只不过唐生明早就是国民党军事委员会中将参谋，谭天圆只当过骑兵团团长，但其时的南京和长沙毕竟也不是一个等级。

唐生明去南京打入汪伪组织，的确带了不少人去。谭天圆因故没能跟他去，后来自告奋勇执意要去长沙，不能说不是受到唐生明的影响，向唐生明"学习"。问题是谭天圆此时正在受审，而唐生明曾被国民政府故意发布以掩护其真实身份的"汉奸通缉令"，在日本一宣布投降后，蒋介石就以国民政府主席名义取消了对他的“通缉令”。蒋介石不但取消“通缉令”，而且在上海召见唐生明，赞扬他工作很有成绩，委任为国防部中将部员。后又任军统局中将设计委员、总统府中将参谋、第一兵团中将副司令官。

唐生明其实是共产党的老朋友，早在1927年“四一二”反革命政变中，他就与陈赓等黄埔军校学生发表“讨蒋通电”。毛泽东在湖南发动秋收起义，他给起义部队送过枪支、弹药。蒋介石在上海召见并赞扬他后，他认识了中共方面的潘汉年，便开始暗中鼓动“共同倒蒋”，并与唐生智在上海做国民党高层人士的策反工作。1949年春回到长沙，协助陈明仁起义，是湖南和平起义协议的签字人之一。尔后出任中国人民解放军第二十一兵团副司令员，继而任国务院参事，第三、四、五届全国政协委员，第六届全国政协常委。

唐生明的这些经历和谭得也类似。谭得后来也是参与湖南和平起义者，有功于湖南和平解放，任了个省参事什么的，使得他的晚年安然度过。

谭天圆对冯老所说的“国际问题研究所”是国民党的国际间谍机构。

“冯老啊，我当伪市长是奉命行事，是冒着危险在为国家做事啊！当时我就怕外面不明真相，背负骂名，如今日本投降了，我们胜利了，不说论功行赏，却硬要我承认投敌，世上哪有这种荒谬之事！”

他接着述说自己的功劳：给河西递送情报，枪毙汉奸宪兵肖德贵，要惩办勾结宪兵队残害市民的陈万丈，与桥本硬斗，在日本投降后整治社会秩序、市场秩序，迎接王耀武司令……

讲完功劳后，沉默一会儿，他突然问：

“你知道我的原名吗？”

冯老说知道。

“你知道我为什么改名？”

冯老不吭声。

“这名字不是我自己改的。我改名干吗，奉命打入伪组织，当个伪市长，我用得着改名吗？改个名人家就不知道你了？”

冯老只说“嗯嗯”。

“不知道是谁改的吧！这是老头子亲自为我改的，‘赐名天圆’！”

冯老仍只是“洗耳恭听”。

谭天圆又发飙了：

“手令、赐名，军统全知道。可他妈的搞个中统来查我！”

谭天圆的案子更麻烦了，牵涉到蒋介石，不得不召开专门会议研究。

上面的意思很明显，湖南没有成立伪省政府，但必须抓一个最大的汉奸，否则无法向民众交代，更无法应付媒体。没有伪省政府，就只能唯伪长沙市政府主要头头是问，而且得公审。

这一公审，谭天圆如果又叫喊薛岳的手令，叫喊老头子的赐名（那时他必然直呼蒋介石，不会再喊老头子），得了！那个影响……

有人说直接找老头子核实。

“找老头子核实？你去?！”

又有人说，他叫喊手令、赐名还好办，有办法制止，也有办法不让外人听见；但如果有人拿着那手令在庭外宣读，交报社发表，那才是真正的麻烦。

说这话的是冯老，但冯老是谭天圆所喊。中统的人都只喊他老冯。

“老冯，你的意思，手令不为谭天圆所藏？”

“不要忘了，还有个谭得先生，那是他父亲。谭得先生能闲着？”

“手令在谭得那里！由谭得收藏。”

“去搜查谭得的田庄。”

“谭得先生可就不是谭天圆啊，那个老家伙、老资格、老革命，‘四通八达’，日军经平江攻打长沙，到他的三眼桥田庄都绕道而过。”

“日军绕道而过，正说明老家伙有通敌之嫌嘛，干脆将他也抓了，随即彻底搜查。老冯，你说呢。”胡杲打断老冯的话。

老冯被胡杲这么一打断，心里不舒服：“我说谭得是老家伙可以，当着谭得的面也可以说；你说他老家伙就是不知天高地厚，还有影射我也是老家伙之意。开口老冯老冯，不知道自己是什么玩意。”但老冯不发火，老冯说：

“关于谭得先生嘛，我就不多说了。胡杲小同志如果执意要抓他，就请胡杲小同志去，我就不奉陪了。还想啰唆一句的是，我估计谭得先生不会直接询问老头子，他积几十年经验，稳当持重。如果有人去搜查他的田庄，会不会惹怒他，我就不敢保证了。我敢保证的是，他随便借哪路军伍之手，俗话说‘吃不了兜着走’，他会叫你吃不了也兜不走！”

这话使得专题研究会有点不对劲了，这不对劲又是因胡杲而起。

专案组组长遂训斥胡杲：

“胡杲，你这人怎么只知道胡搞！”

训斥后说：“大家讲，大家讲。”

但谭得已引起大家的兴趣，有人仍然讲谭得：

“北伐时谭得当第八军军法处长，将一个副师长就地正法，连请示都没请示一句，先斩后奏。”

“第八军，不就是何键的部队吗？”

“谭天圆就是在何键部下当过骑兵团团长。”

“这父子俩不会是同时在何键那里吧？”

“扯淡，谭得当第八军军法处长时，第八军军长是唐生智，何键是第八军第二师师长，攻克汉阳、收复鄂西后升任第三十五军军长。”

“谭得枪毙的那个副师长，不会就是第二师何键的副师长吧。”

……

“讨论”谭得倒热闹起来了。

专案组组长纠正会议方向，说：

“一些历史，年轻同志搞不清，从学校出来的嘛。还是讲谭天圆、手令、赐名。”

胡杲又发言了，这次说得比较妥当，说他就是对一些历史不清楚，所以开始说的话鲁莽，以谭得那样的资历，确不能鲁莽从事。况且，就算去搜查，也搜查不出，田庄那么大，还能全拆了，挖地三尺？

胡杲自己笑，意在缓解“无知”造成的不和谐气氛。

但还是有人不放过，对他说：

“我看你还有句话没说出来，日军为什么绕他的田庄而过，你知道吗，他和冈村宁次是同学，日军士官学校第一期毕业生。”

胡杲嘟囔：“和冈村宁次是同学还荣耀吗？冈村宁次是大战犯。”

那人似乎听出他嘟囔的话，又来一句：

“他是辛亥元老！”

胡杲还嘟囔：“元老里面也有汉奸，汪精卫就是第一大汉奸。”

“好了，不讲这些了。对于谭得该怎么办，我心里已经有数。”组长说，“继续讲谭天圆的事。”

于是，大家继续讨论谭天圆。

有人说既然谭天圆说他的那些事军统都知道，那就干脆转交给军统去办好了，中统还省些麻烦。

“交给军统去办？置我们中统于何面目，上面的指示可是给我们的，没给军统。”

“那怎么办？核实不能核实，搜查不能搜查，转办不能转办，动刑又不能动刑。”

“还是请老冯讲。”组长发话。

老冯说：

“组长要我讲，我就讲一下吧，但我有一个小小的请求，请求胡杲小同志不要插话。胡杲小同志如果再打断我的话，我就不讲了，你们就请他去讲。”

“胡杲，闭紧你的嘴。”组长严厉地说。

胡杲被老冯那“小同志”气得够呛，但不敢顶。心里自然不服，摆什么谱，干了几十年，也没见升个高官。

老冯说：

“办法怎么能没有？办法还是有的，不能老想着如何审，如何逼他认罪，咱们得从另一个角度去想问题。谭天圆不想早点出狱吗？谭得先生不想怎么将他的儿子早点弄出去吗？我们得抓住他们的心理，这就如同治水，越堵水势越大、越猛，得疏，将水疏通。对谭天圆来硬的，那是不行的，别说他也是日本士官学校的毕业生，别说当过何键的骑兵团团长，就说他当这市长，当然是伪市长，他的能力就摆在那里。他做的几件大事也摆在那里，你不承认他是个人才，不承认他做的那几件事，都是不行的。那么，我们可以查他的经济问题，先从经济上搞垮他，行不行呢？当然行，问题是他有经济问题吗？谭天圆这个人我了解，他的‘业余爱好’还是公子哥儿那一套，根本不懂生意窍门，他利用职务发财是发不起的。你们去查了吧，查出什么来了没有？没有查出什么吧。我不敢说他不想贪，而是不知道怎么去贪。他要摆自己刚正不阿的谱。知道吧？为了完成上面交代的任务，你强迫他承认自己是大汉奸，你砍了他的脑壳他也不会承认。为了完成上面的任务，你得让他自己口头承认……”

老冯又说如此如此，可为上策。

与会的除了胡杲，都认为老冯此策可行。

专案组组长的总结决定为：

“谭得那里不但不能搜查，而且得稳住他，不能让他把事情往老头子那里捅。谭天圆那里，按老冯说的行事。”

问题是派谁去和谭天圆如此这般谈呢，专案组组长认为还是只有老冯去。

老冯连连摆手，说："我不去。我去过一次了还能去第二次？去见谭得先生倒是可以考虑。"

正如老冯所说，谭得没有闲着，他还能闲得住吗？儿子被关进了监狱，儿子从三眼桥田庄去长沙，他也是同意了的。

稳当持重的得先生此时在竭力控制着内心的火，他想着当时对薛岳的特使说："要我这个儿子去就任伪市长？不给个什么凭据，日后能说得清？"特使说薛将军的手令即是凭据。这手令，现在还能作为凭据吗？如果还能作为凭据，为什么没有一个人上门来核实？

他想着自己当时又对那位特使说："光凭薛长官的手令？老头子难道没发什么话？"特使说："老头子已通知军统，赐令公子代号为'天圆'。"

当初他就是以为有手令、代号双重保险，才松了口，才让儿子去长沙。

得先生确实准备将手令找个适当时机予以公布，至于直接询问老头子，他还在犹豫。

这当儿老冯来了。

老冯是独自而来，他不让任何人跟着他。有人说要陪他同往，他说"那就你去，我不去了"。胡杲对专案组组长说，他一个人去有违纪律。组长说："你找谭天圆谈话不也是一个人？"胡杲说："那是在审讯室，外面有人监视，经过你同意的。"组长说："老冯一个人去你知道我同意还是没同意。"说完便走开。组长心里还是喜欢这个年轻人，稚嫩。胡杲思索组长"你知道我同意还是没同意"的话，思索了一阵，想出一个字：滑。事情办成了是同意，办砸了是没同意。

得先生一见老冯，没有像见着多年未见的老同事、老朋友那样至少得先寒暄一阵，只是淡淡地说了一句：

“终于有人来了。”

老冯也不拐弯抹角，直接说他就是为令公子的事而来。

老冯告诉得先生，谭天圆的案子正由中统在办，他是专案组成员之一。

得先生一听是由中统在办，心里震了一下，但也没问为什么是中统而不是军统。这明摆着的是撇开知悉有关情况的军统。得先生问的是：

“你为薛岳的手令而来？”

老冯说是，但也不是。

“你要看看那份手令吗？”

老冯说：

“手令我就不用看了，但的确有人想看，而看的目的是，谭先生，我不用说你也知道，他们是想销毁了之。”

得先生说：

“收藏在我手上的东西，不想看的人，我可以给他看；想看的人，休想看到。你们就不怕我公之于众？”

老冯说：

“谭先生，还是用‘他们’，我如果属于你所指的‘你们’，我就不会单独来见你了，这已经违反了他们的纪律。我敢冒着违反他们的纪律而来，为的就是我们多年的交情。他们也已想到了你说的那点：公之于众。对于这一点，他们是既怕，也不怕。”

“情况远比想象的更复杂、更严重啊！”

老冯叹口气，把上面要将谭天圆一案定为湖南最大的汉奸案，以及如何组织专门机构、专案组组长是谁、直接听命于谁、已经采取了哪些措施、准备采取什么措施（譬如应对手令，一是强行搜查，搜到后立即销毁；二是万一没搜到，则改公开审判为秘密审判）基本上和盘托出，可以说是严重违反了纪律，严重泄密。

必须泄密才能让得先生相信他，才好“规劝”。

秘密审判，意味着秘密处决、突然病故、意外身亡……

得先生无法控制内心的火了，喝道：

“秘密审判，他们敢！对南京汪伪方面的都是公开审判。”

“难讲啊，老同事，为达目的，他们什么手段都能使出。”老冯知道可以喊谭得老同事而不是谭先生了。

“我去找薛岳！”

“薛岳如果还在湖南，好办。可老同事你知道，薛将军在湖南战场立下那么大的功劳，第三次长沙大捷震动世界，可就因为长沙失陷一年，省政府主席都给免了，交给吴奇伟了。吴奇伟新上任，他能不烧三把火？薛将军即使直接去和吴奇伟交涉，吴奇伟恐怕也不会买账。他的上面，能没有人？”

“薛岳的处境我倒是知道，去年他派人来找我时，我就断定他不可能未向老头子请示就发手令，自长沙失守后，老头子对他的信任骤减，他绝不敢擅自行事。所以我就直接问来人，老头子难道没发什么话。来人说，老头子已通知军统，赐令公子代号为‘天圆’。老头子说的能不算数？你回去告诉他们，不要太过分了，否则，我直接找老头子去！”

“唉——”老冯又叹口气，“老同事啊，也只能如此了。可老头子现在正是如日中天，走到哪里都受到山呼海啸的欢迎，不是蜗居重庆山城的老头子了，‘天圆’于他来说，只怕已经忘了啊！当然，仍不妨试试。试试再说。”

得先生顿足而叹：

“薛岳误我！老头子误我！我误吾儿！”

老冯说：

“老同事也不至于如此悲观，我想第一要紧的是，绝不能让他们秘密审判，只要是公开审判，就有时间，先得拖住，拖时间。就算是被判，也绝不至于太重，然后再想个办法……这个，我就不说出口了。说不得，说不得。”

得先生不置可否，自言自语：

“言而无信，终将自毁。”

几年后，得先生参加程潜、陈明仁起义，和平解放湖南，不知是不是和老蒋讲话不算数有关。

当时老冯走后，得先生冷静思索，觉得老冯讲的就算是有其目的，也不无道理。日后，他还是给老头子写了一封信，信是否到了老头子手上，无从得知，总之无任何回复，泥牛入海。

老冯回到专案组后，问组长派人去和谭天圆谈了没有。组长说还没呢，没有合适的人。老冯说那他就再去一次啰，但要等两天后，他得休息休息，人老了，跑一趟平江就不行了。

老冯其实是要等谭得传递些信息给谭天圆。他断定谭得会捎个纸条什么的，为此他特意“关照”，要看守别太管紧了前市长，说他虽然是个伪市长，做的也不全是坏事，能行方便处就行个方便。

老冯“歇”了两天，问看守，有人来看望伪市长没有。看守说现在怎么能让人看望呢，老冯你糊涂了吧，不过有人送了点吃的，这个是可以由我们转送进去的。“老冯我已经给了你面子啦，你得请我上馆子。”老冯说：“糊涂，确实是老糊涂了，不过送点吃的嘛，你不给我面子也是能送进去的。那些吃的，你自己留了一半吧，好吃不？”

老冯打着哈哈往回走，再“歇”一天，人家刚得到信息你就去，先得让他消化消化。

老冯再见到谭天圆时，就喊他外侄了。

他历数了这位外侄的功绩，不但将谭天圆自己所说的以组织的名义肯定，而且讲了谭天圆自己没讲的一件功绩，那就是曾将一名美国飞行员转送出城。

转送美国飞行员的事是这样的。一天夜里，老礼着急地告诉谭天圆，说有个美国飞行员因飞机失事跳伞，误落入“倒脱靴”巷子里，被市民藏在家里，如果被日军发现，那就不得了。谭天圆当即令老礼带上市政府的制服、证件，要他先将飞行员装扮成政府工作人员，伺机再送出城去。老礼回来后，谭天圆问美国飞行员叫什么名字。老礼说那不是外国人，是个中国人，送出城没遇到什么麻烦。谭天圆想，没见到有美国飞机来轰炸，又不是美国人，送出去就行了，也就没列入功绩。可“倒脱靴”巷子里的市民在日本投降后，硬说是个美国飞行员，并把埋藏的飞行服挖了出来。老冯听说后断定，是中美飞行大队的中国飞行员，那架出事的飞机不是轰炸机。因为市民见到的飞机都是美国飞机，他们天然觉得开美国飞机当然就是美国人。再则，即使知道是中国飞行员，说成美国飞行员显得自己当时更牛。说成美国飞行员就是美国飞行员吧，反正是救了一个飞行员。

谭天圆从没听人说过他的功绩，都是他自己表功绩。这下听老冯一说，感动不已。谭天圆被感动后，老冯可就说上面的意思了。还是那些话，湖南没有成立伪省政府，但必须抓一个最大的汉奸，否则无法向民众交代，更无法应付媒体。没有伪省政府，就只能唯伪长沙市政府主要头头是问。他讲了很多不得已的话后，说：

“外侄啊，为了大局，不审判你不行啊，你也只能为大局着想，再为国家做回委屈自己的事了。谁叫你是个市长呢，你如果是个副市长，这事也能过去，你就暂时认了，不然的话，后果不堪设想啊！”

他又将对谭得说过的可能会改公审为秘密审判的事说一遍。

“你只要答应在公审时说句接受判决的话，老叔我以性命担保，量刑绝不会太重。等到宣判后，老叔我和老省长赵恒惕、行政院余籍传等等，都会为你想办法。你父亲自不必说。这些，你可是要绝对保密，若露出半点口风，老叔我也就完了。”

谭天圆仰天长叹了一声。

老冯回到专案组，专案组的人问：“老冯，怎么样啊，搞定了吧？”

老冯笑而不答。胡杲说：“那么顽固的铁杆汉奸，这么轻松就能搞定，只能做梦吧。”

老冯没直接回击胡杲，而是对汉奸作了一番总结。老冯说：“从长沙沦陷后的情况来看，汉奸有这么几种。一为铁杆汉奸。铁杆汉奸多为地痞流氓。二为普通汉奸。普通汉奸多为希冀发财之辈、贪图蝇利之徒。三为摇摆汉奸。摇摆汉奸多为读过几年书，平时喊爱国喊得凶，做事走极端，还唯恐他人不知，总觉得埋没了自己，不断地寻找机会，自觉机会一来，便不妨要去试一试。”

“你们说，假如抗日还没抗完，我们这中间的人谁最有可能成为摇摆汉奸？”老冯不待有人搭腔，便指着胡杲说，“像小胡同志你这样的，就最容易成为摇摆汉奸。”

老冯这话令胡杲气得要发飙，老冯已起身往外走，边走边说：“有名气的人物多力拒汉奸，隐居不出；早先被骂为汉奸的多不当汉奸，早先专骂人家是汉奸的多成了真正的汉奸。”

二十八

高等法院判决：

谭天圆通谋敌国，图谋反抗本国，处有期徒刑十年，褫夺公权十年，全部财产，除酌留家属必需生活费外，没收。

报纸登载：

曾充长沙伪市长谭天圆，前日由高等法院刑庭公开审判时，经谭所延律师引据卷证，委婉辩论后，庭长即宣告辩论终结。昨日提谭宣布……谭云：接受判决，决不上诉。

谭天圆被判徒刑后，曾自称警察局局长的邓三恭被判处死刑，执行枪决。邓三恭被判处死刑后大喊，说他不是局长，从来就没当过局长，先是自封的局长，后来是谭天圆要他说自己是局长……

老礼由得先生保释。

半年后，由得先生的老友老湖南省省长赵恒惕、行政院救济总署湖南分署署长余籍传等人作保，谭天圆保外就医。保外就医似乎也看得很严。一天，谭天圆牙痛厉害，要去看牙齿，看牙齿也由警察押送，到了湘雅医院，在这似乎看得很严的情况下，谭天圆从前门进去，后门溜走，不见了。

竟然逃走了，那还了得！相关方面立即发令通缉，惩处押送警察，追查担保人赵恒惕、余籍传等的责任。除得先生外，谭天圆的家属、亲属或被拘询，或被停职、关押。

谭天圆自此潜逃无迹，不知所终。他留下六个字：信不得！搞不得！

有人分析他留下的这六个字，认为他说的“信不得”是指老蒋的话信不得，“搞不得”是指老蒋所派的事也搞不得。

这六个字，他写在一个空白本子的封面上，搜查其物品时所得。